O Mar

John Banville

O Mar

TRADUÇÃO: MARIA HELENA ROUANET

2º impressão

EDITORA
NOVA
FRONTEIRA

Título original: The Sea

Editora Nova Fronteira S.A.
Rua Bambina, 25 – Botafogo – 22251-050
Rio de Janeiro – RJ – Brasil
Tel.: (21) 2131-1111 – Fax: (21) 2286-6755
http://www.novafronteira.com.br
e-mail: sac@novafronteira.com.br

CIP-Brasil. Catalogação-na-fonte
Sindicato Nacional dos Editores de Livros, RJ.

B171m Banville, John
O mar / John Banville ; tradução Maria Helena Rouanet. – Rio de Janeiro : Nova Fronteira, 2007.

Tradução de: The sea
ISBN 978-85-209-1973-6

1. Romance irlandês. I. Rouanet, Maria Helena. II. Título.

CDD: 828.99153
CDU: 821.111(411)-3

Para Colm, Douglas, Ellen, Alice.

I

Os deuses partiram no dia daquela maré estranha. Durante toda a manhã, sob um céu leitoso, as águas da baía foram subindo, subindo, atingindo alturas inauditas, com pequenas ondas lambendo a areia ressecada que, por anos a fio, não soube o que era umidade, a não ser pela chuva, e chegando até a base das dunas. Os despojos enferrujados do velho navio encalhado lá na entrada da barra, e que, para qualquer um de nós, estavam naquele lugar desde sempre, devem ter achado que tinha chegado a hora de voltar a navegar. Depois daquele dia, nunca mais nadei. As aves gritavam e mergulhavam do céu, parecendo perturbadas pelo espetáculo daquela imensa bacia cheia de água que inchava como uma bolha de um azul quase chumbo malignamente reluzente. Naquele dia, os pássaros estavam mais brancos, com uma cor nada natural. As ondas iam deixando uma faixa de espuma amarelada na areia. Nenhuma vela manchava a linha do horizonte. Não, não voltei a nadar depois desse dia. Nunca mais.

Acabou de passar alguém sobre o meu túmulo. Alguém.

A CASA SE CHAMA OS CEDROS, como antigamente. Um punhado eriçado dessas árvores, de um marrom cor de macaco, um cheiro rançoso de resina e os troncos assustadoramente retorcidos, ainda cresce à esquerda da casa, diante de um gramado maltratado que fica defronte da grande janela abaulada do cômodo que era a sala de visitas, mas que Miss Vavasour, como boa profissional do ramo, preferia chamar de saguão. A porta da frente fica do outro lado, dando para um pátio quadrado, recoberto de cascalho manchado de óleo, logo depois do portão ainda pintado de verde, embora a ferrugem tenha reduzido aquela pomposa grade a uma frágil filigrana. Fiquei impressionado ao ver como tudo mudou tão pouco nos mais de cinqüenta anos que se passaram desde que estive aqui pela última vez. Impressionado, e desapontado. Diria até horrorizado, por razões que não consigo descobrir; afinal, por que eu desejaria que as coisas houvessem mudado, logo eu, que voltei a viver em meio aos escombros do passado? Não sei por que a casa foi construída desse jeito, de lado, com uma parede branca e sem janelas virada para a rua; talvez, em outros tempos, antes da construção da estrada de ferro, o traçado da rua também fosse diferente, passando bem diante da porta da frente. Tudo é possível... Miss V. é bastante vaga quanto a datas, mas acha que, de início, construíram ali uma casinha pequena, em princípios do século passado, quero dizer, do anterior, estou perdendo a noção dos milênios, e, depois, foram fazendo obras e aumentando a casa meio aleatoriamente ao longo dos anos. Isso explicaria o ar caótico daquela construção, com salinhas que dão passagem para outras salas maiores, janelas que se abrem para paredes cegas, e tetos baixos de ponta a ponta da casa. O assoalho de pinho dá um toque náutico ao local, assim como a minha cadeira de rodinhas, com encosto de ripas de madeira. Posso até imaginar um velho lobo-do-mar, cochilando ao pé da lareira, finalmente assentado em terra firme, e o vento do inverno fazendo as janelas baterem. Ah, ser esse marinheiro... Ter sido ele...

Quando estive aqui tantos anos atrás, no tempo dos deuses, Os Cedros era uma casa de veraneio, alugada por quinzena ou por mês. Todo ano, em junho, um médico rico e sua família estridente infestavam o lugar — não gostávamos dos seus filhos esganiçados, que riam de nós e ficavam nos atirando pedras, protegidos pela barreira impenetrável do portão. Depois deles, vinha um casal misterioso, de meia-idade, que não falava com ninguém e quase toda manhã levava, sempre de cara amarrada, o cachorro salsicha para passear, descendo a Station Road até a praia. Para nós, agosto era o mês mais interessante naquela casa. A cada ano, havia inquilinos diferentes, gente da Inglaterra ou do continente; uns casais esquisitos em lua-de-mel, que ficávamos tentando espionar, e, certa vez, veio inclusive uma trupe de teatro ambulante que estava se apresentando na matinê do cinema do vilarejo, com o seu telhado de zinco. E, então, naquele ano, veio a família Grace.

A primeira coisa que vi foi o automóvel, estacionado no pátio de cascalho, por trás das grades do portão. Era um carro preto, baixo, meio amassado e arranhado, com bancos estofados de couro bege e um volante enorme, de madeira polida. Livros com capas desbotadas e amarrotadas estavam jogados no console junto ao vidro traseiro, ao lado de um mapa turístico da França com ar de já ter sido bem usado. Como a porta da casa estava escancarada, dava para ouvir vozes vindo lá de dentro, e, do andar de cima, o som de pés descalços correndo pelas tábuas do assoalho, e um riso de menina. Fiquei parado diante do portão, nitidamente bisbilhotando, até que, de repente, surgiu um homem, saindo da casa com um copo na mão. Era baixo e desproporcional, só ombros, peito e uma cabeçorra redonda, de cabelo preto, ondulado e lustroso, cortado bem curtinho, com umas mechas de um grisalho prematuro, e uma barbicha pontuda, igualmente salpicada de branco. Usava uma camisa verde, desabotoada, um short cáqui, e estava descalço. De tão queimada pelo sol, a sua pele chegava a ter um brilho arroxeado. E, como pude notar, até o peito dos seus pés estava queimado. Quase todos os pais que eu conhecia eram branquíssimos do pescoço para baixo. Pôs o copo — gim de um branco-azulado, com pedras de gelo, e uma rodela de limão — em equilíbrio instável sobre a capota do carro, abriu a porta do lado do carona e se inclinou para apanhar alguma coisa embaixo do painel. No andar de cima, que eu não podia ver, a menina riu novamente, e soltou um sonoro grito selvagem, fingindo estar apavorada. Mais uma vez, deu para ouvir o som de pés correndo pelo assoalho. Estavam brincando de pique, ela e a outra pessoa sem voz. O homem voltou a se erguer, pegou o copo de gim e bateu a porta do carro. Não encontrou seja lá o que estivesse procurando. Quando se virou para entrar em casa, me viu e piscou o olho. Não como os adultos fazem normalmente, daquele jeito a um só tempo brincalhão e insinuante. Não. Foi uma piscadela amigável, conspiratória, quase maçônica, como se aquele momento que nós dois, completos desconhecidos, um adulto e um menino, acabávamos de compartilhar significasse alguma coisa, embora fosse aparentemente desprovido de qualquer significação, até mesmo de qualquer conteúdo. Os olhos do sujeito eram de um azul-claro extraordinariamente translúcido. Então, ele voltou para dentro, falando antes mesmo de passar pela porta: — Diabos... — disse — parece que... — e sumiu. Fiquei parado ali ainda por uns instantes, fitando as janelas do andar de cima. Não apareceu ninguém.

Esse foi, portanto, o meu primeiro encontro com os Grace: a voz da menina vindo lá de cima, o som de gente correndo, e o homem aqui embaixo, com aqueles olhos azuis piscando para mim, daquele jeito gaiato, íntimo, ligeiramente satânico.

Acabei de me pegar fazendo de novo aquele assobiozinho atrevido por entre os dentes da frente, coisa que dei para fazer recentemente. *Li ri ri ri ri ri...* e por aí vai, parecendo até um motor de dentista. Meu pai assobiava assim. Será que estou me transformando nele? No quarto em frente ao meu, o coronel Blunden está ouvindo rádio. Os seus programas favoritos são aqueles da tarde, que recebem telefonemas irados dos ouvintes para se queixar dos políticos corruptos, do preço das bebidas e outras eternas amolações. — É companhia — diz ele secamente, e pigarreia, parecendo constrangido, com aqueles seus olhos saltados, parabólicos, evitando encontrar os meus, embora eu não lhe tenha lançado nenhum desafio. Será que fica deitado na cama quando está ouvindo rádio? Não é fácil imaginá-lo ali, com aquelas grossas meias de lã cinzentas, remexendo os dedos dos pés, sem gravata, com o colarinho desabotoado, e as mãos entrelaçadas por detrás daquele velho pescoço troncudo. Fora do quarto, é o próprio modelo de integridade, desde as botinas lustrosas, que já levaram tantas meias-solas, até o topo da cabeça cônica. Todo domingo de manhã, o coronel vai cortar o cabelo no barbeiro do vilarejo, e manda cortar bem rente na nuca e nas laterais, sem apelação, deixando apenas uma espécie de penachinho grisalho no alto do crânio. As suas orelhas de lóbulos compridos se destacam, parecendo que foram secas e defumadas, e o branco dos olhos também tem uma tonalidade amarelo-esfumaçada. Dá para ouvir o som das vozes no rádio, mas não consigo entender o que estão dizendo. Posso enlouquecer aqui. *Li ri ri ri ri...*

MAIS TARDE, NAQUELE MESMO DIA em que os Grace chegaram, ou no dia seguinte, ou quem sabe no outro, voltei a ver o carro preto, e o reconheci de imediato, assim que ele despontou na corcova da pontezinha que passa por cima dos trilhos do trem. Ela continua ali, a tal ponte, pouco depois da estação. É... as coisas duram, ao passo que os seres vivos se acabam. O carro estava saindo do vilarejo, rumo à cidade, que vou chamar de Meganagh, e que fica a uns quinze quilômetros dali. Se a cidade é Meganagh, o vilarejo é Mininagh. Talvez seja ridículo, mas não estou nem aí... O sujeito de barbicha que tinha piscado para mim estava dirigindo, dizendo algo e rindo, com a cabeça inclinada para trás. Ao seu lado, uma mulher com o cotovelo apoiado na janela, a cabeça também jogada para trás, o cabelo claro agitado pelas rajadas de vento. Mas ela não estava rindo, apenas sorria, com aquele sorriso que reservava para ele, um sorriso cético, tolerante, languidamente divertido. Usava uma blusa branca e óculos escuros de aro de plástico também branco, e estava fumando um cigarro. Onde será que estou? Que lugar tão privilegiado é esse onde estou escondido? Não vejo a mim mesmo. Eles logo desaparecem, a traseira do carro se rebolando e sumindo numa curva, soltando uma baforada de fumaça. O capim mais alto da beira da estrada, louro como o cabelo daquela mulher, estremeceu por um instante, e voltou à indolência sonhadora de antes.

Desci a Station Road deserta e iluminada pelo sol da tarde. Ao pé da colina, a praia estava de um castanho-claro reluzente, debruada de índigo. À beira-mar, tudo são faixas horizontais;

o mundo fica reduzido a umas poucas linhas retas, espremidas entre a terra e o céu. Fui me aproximando da casa com todo cuidado. Por que será que, quando criança, qualquer coisa nova que me interessasse tinha uma aura sobrenatural? Se bem que, de acordo com todas as autoridades no assunto, o sobrenatural não é algo novo, mas sim algo conhecido, que volta sob uma forma diferente, que se torna um fantasma. No meio de tantas perguntas sem resposta, esta é sem dúvida a que menos importa. Quando estava chegando mais perto da casa, comecei a ouvir um som estridente e regular de coisa enferrujada. Um menino da minha idade estava encarapitado no portão verde, com os braços pendendo da barra superior das grades, dando impulso com o pé, bem devagar, para frente e para trás, traçando um quarto de círculo no cascalho. Tinha o mesmo cabelo cor de palha da mulher que estava no carro e os inconfundíveis olhos azuis daquele homem. Enquanto eu ia passando, lentamente, e acho até que devo ter parado, ou melhor, hesitado, ele fincou a ponta do sapato Plimsoll no chão para deter o balanço do portão, e me fitou com um ar inquisidor, nitidamente hostil. Era assim que nos encarávamos, nós, as crianças, num primeiro encontro. Atrás dele, dava para ver o caminho que atravessava o estreito jardim dos fundos da casa, levando à fileira diagonal das árvores que margeavam a linha do trem — essas árvores já não existem mais; foram cortadas para abrir caminho até um conjunto de bangalôs pintados em tons pastel, que parecem casas de bonecas —; mais adiante, mais para o interior, até onde cresciam os campos e havia vacas, minúsculos borrões amarelos dos arbustos de tojo, uma solitária torre de igreja, e, depois, o céu, com nuvens brancas arredondadas. De repente, tomei o maior susto: o menino fez uma careta horrível para mim, ficando vesgo e deixando a língua pender sobre o lábio inferior. Fui embora, sentindo que os seus olhos zombeteiros estavam me seguindo.

Plimsoll. Aí está uma palavra que não se ouve mais hoje em dia, ou só muito raramente, quase nunca. Originalmente, eram sapatos de marinheiros, receberam o nome de alguém, se não me engano, e têm a ver com navios. O coronel foi ao banheiro de novo. Problemas de próstata, sou capaz de apostar. Quando passa diante da porta do meu quarto, anda pé ante pé, fazendo o chão ranger bem de levinho, por respeito ao meu luto. Um bastião das boas maneiras, o nosso galante coronel.

Lá vou eu, descendo a Station Road.

A vida era tão tranqüila naquela época, quando éramos jovens, ou, pelo menos, é esta a impressão que tenho agora; uma quietude de espera, uma vigilância. Ficávamos esperando, no nosso mundo ainda sem forma, espreitando o futuro, exatamente como o menino e eu tínhamos ficado nos espreitando um ao outro, como soldados no campo de batalha, de olho no que estivesse por vir. Ao pé da colina, parei e olhei para os três caminhos possíveis: seguir pela Strand Road, voltar pela Station Road, ou o terceiro deles, que ia dar no cinema de zinco e nas quadras de tênis públicas. Ninguém. A estrada que passava pelas quadras de tênis era chamada de "Caminho do penhasco", se bem que qualquer penhasco que tenha porventura existido ali já havia sido erodido pelo mar há muito tempo. Diziam que tinha uma igreja submersa naquele ponto, no fundo do mar, intacta, com campanário e sino; uma igreja que, antigamente, ficava num promontório que também havia desaparecido, derrubado pelas ondas gigantescas, numa noite imemorial de tempestade, quando houve uma terrível inundação. Era uma daquelas histórias que os moradores do vilarejo contavam, gente como Duignan, o leiteiro, e Colfer

— um surdo que ganhava a vida vendendo bolas de golfe recuperadas —, gente que contava essas histórias para que os visitantes temporários ficassem achando que a sua cidadezinha pacata tinha sido, nos velhos tempos, um lugar aterrorizante. O letreiro, na porta do café Strand, fazendo propaganda de cigarros Navy Cut, com a figura de um marinheiro barbudo numa bóia salva-vidas, ou enrolado numa corda — será? —, dançava ao vento do mar, rangendo nos seus gonzos enferrujados, fazendo eco ao portão dos Cedros onde eu podia jurar que o menino já tinha voltado a se balançar. Tanto o portão atual quanto o letreiro de antigamente continuavam rangendo até hoje, até esta noite, nos meus sonhos. Entrei pela Strand Road. Umas casas, umas lojas, dois hotéis — o Golf e o Beach —, uma igreja de granito, o armazém do Myler, onde também funcionava o correio e um *pub*, e, depois, o campo — o Campo, com maiúscula —, com seus chalés de madeira entre os quais estava a nossa casa de veraneio, do meu pai, da minha mãe e minha.

Se aqueles dois do carro fossem os pais do menino, teriam deixado ele sozinho em casa? E onde estaria a garota, aquela que ouvi rindo?

O passado está pulsando no meu peito, como um segundo coração.

O NOME DO MÉDICO era Todd. Isso poderia ser considerado uma piada de mau gosto, mas só se fosse por parte de um destino que falasse alemão. Podia ser pior. Existe o sobrenome McOrt, com essa maiúscula intermediária e o "c" de mentirinha, que, na verdade, não enganam ninguém. O tal de Todd chamava Anna de Mrs. Morden, mas me chamava de Max. Não sei dizer se gostava ou não dessa distinção, ou da familiaridade ríspida do seu tom. À primeira vista, o seu consultório, não, as suas salas — era assim que se dizia, salas, do mesmo jeito que todos o chamavam de Mr. Todd, e não de doutor — pareciam um ninho de águia, embora ficassem apenas no terceiro andar. Era um prédio novo, todo de vidro e aço — tinha até um daqueles elevadores dentro de um tubo transparente, lembrando perfeitamente o tambor de uma seringa por onde o elevador ficava descendo e subindo como um êmbolo gigantesco que fosse puxado e pressionado sem parar —, e duas das paredes do consultório principal eram envidraçadas de alto a baixo. Quando Anna e eu entramos ali, fiquei ofuscado pelo brilho do sol de início de outono que penetrava por aquelas vidraças imensas. A recepcionista, uma criatura loura com avental de enfermeira e sapatos que rangiam — nessas ocasiões, quem presta atenção à recepcionista? —, pôs a pasta de Anna em cima da mesa de Mr. Todd e desapareceu, rangendo. Mr. Todd mandou que nos sentássemos. Não podia nem me imaginar instalado numa cadeira, e, então, fui para perto da parede envidraçada e fiquei olhando para fora. Logo abaixo, havia um carvalho, ou, quem sabe, uma faia. Nunca sei distinguir muito bem essas árvores enormes que vão perdendo as folhas. Sabia que não era um choupo, pois estes estão todos mortos. Essa árvore era uma daquelas coisas nobres, com o verde de verão da sua vasta copa apenas grisalho, apesar das geadas do outono. As capotas dos carros reluziam. Uma moça de terninho escuro caminhava apressada pelo estacionamento, e, mesmo a essa distância, tive a impressão de que podia ouvir o ruído dos saltos altos no asfalto. Na vidraça à minha frente, vi um pálido reflexo de Anna sentada bem ereta na cadeira metálica, meio de lado, como a paciente exemplar, de pernas cruzadas e mãos juntas repousando sobre as coxas. Mr. Todd se virou um pouco na cadeira, remexendo os documentos contidos naquela pasta de papelão rosa-claro que me fez lembrar das frias manhãs de volta às aulas, depois das férias de verão; da sensação dos livros novos e do cheiro de certo modo repleto de presságios da tinta e dos lápis recém-apontados. Incrível como a mente vagueia, mesmo nas situações mais intensas...

Saí de perto da janela porque o lado de fora tinha se tornado insuportável.

Mr. Todd era um sujeito corpulento, nem alto, nem gordo, mas avantajado: parecia quadrado. Tinha um jeitão antiquado que transmitia uma certa segurança. Estava usando um terno de *tweed*, com colete e relógio de bolso, e umas botinas marrom-escuras que o coronel Blunden teria decerto aprovado. Passava óleo no cabelo, como se usava antigamente, e penteava tudo para trás; e tinha também um bigodinho meio eriçado que lhe dava um ar obstinado. Tomei um susto quando me dei conta de que, apesar dessa aparência calculadamente venerável, ele não devia ter muito mais de cinqüenta anos. Desde quando os médicos começaram a ser mais moços do que eu? Ele ficou escrevendo, deixando o tempo passar. Não o culpo por isso; no seu lugar, faria o mesmo. Por fim, largou a caneta, mas ainda não parecia disposto a falar, dando a nítida impressão de não saber como ou por onde começar. Aquela hesitação era um tanto estudada, meio teatral. Mais uma vez, eu podia entender. Um médico tem de ser tão bom ator quanto clínico. Anna se remexeu na cadeira, impaciente.

— E então, doutor — disse ela, um pouco alto demais, dando à voz o tom forte e agudo daquelas atrizes de cinema dos anos 1940 —, é a sentença de morte, ou tenho esperanças?

A sala ficou em silêncio. Sua tirada espirituosa, por certo ensaiada, não surtiu efeito. Senti ímpetos de correr até lá, agarrá-la nos braços, como faria um bombeiro, e levá-la embora dali. Mas não me mexi. Mr. Todd a fitou com olhos de animal acuado, as sobrancelhas arqueadas chegando quase até o meio da testa.

— Ah, não vamos deixar que a senhora se vá assim, Mrs. Morden — disse ele, mostrando os dentes grandes e acinzentados num sorriso horrível. — Pode ter certeza de que não vamos, não.

Mais um instante de silêncio se seguiu àquela frase. Anna olhava as próprias mãos pousadas no colo, franzindo a testa, como se nunca tivesse reparado nelas antes. O meu joelho direito começou a repuxar, de medo.

Mr. Todd se lançou numa dissertação convincente, já gasta pelo uso, sobre os tratamentos promissores, as novas drogas, todo o possante arsenal de armas químicas que tinha à sua disposição. Parecia até que estava falando de poções mágicas, do elixir dos alquimistas. Anna continuou a fitar as mãos, com a testa franzida; não estava ouvindo nada. Finalmente, Mr. Todd parou de falar e ficou sentado ali, olhando para ela com aquele mesmo olhar de animal desesperado, respirando ruidosamente. Os seus lábios se contraíram, meio de viés, mostrando novamente aqueles dentes.

— Obrigada — disse Anna, toda educada, com uma voz que, agora, parecia vir de muito longe. Assentiu para si mesma. — É — prosseguiu, de um jeito ainda mais remoto —, obrigada.

Ao ouvir isso, como que aliviado, Mr. Todd deu umas palmadinhas nos joelhos com ambas as mãos, e, de um salto, se pôs de pé, dirigindo-se rapidamente para a porta. Depois que Anna saiu, ele se voltou para mim e me deu um sorriso resoluto, de homem-para-homem, e um aperto de mão seco, brusco, determinado, que, não tenho a menor dúvida, reservava para os cônjuges em momentos como este.

O corredor atapetado abafou o som dos nossos passos.

O elevador, acionado, desceu.

Saímos na rua como se estivéssemos andando num outro planeta, num planeta onde não houvesse ninguém além de nós dois.

QUANDO CHEGAMOS EM CASA, ficamos sentados dentro do carro por um bom tempo, hesitando em nos aventurar pelo que sabíamos, sem dizer uma palavra, sentindo-nos de repente estranhos com relação a nós mesmos, com relação ao outro. Anna ficou olhando para a baía onde iates ancorados se eriçavam à luz do sol. Sua barriga estava crescida, com um calombo duro e arredondado apertado pelo cós da saia. Ela observou que as pessoas iam pensar que estava grávida — Na minha idade! —, e rimos ambos, sem nos olhar. As gaivotas que haviam feito ninho nas chaminés lá de casa já tinham voltado para o mar, a essa altura; tinham migrado, ou feito sabe-se lá o que elas fazem. Durante todo aquele verão sombrio, passaram o dia inteiro sobrevoando os telhados, zombando das nossas tentativas de fingir que estava tudo bem, que não havia nada de errado, que tudo continuava como antes. Mas lá estava ele, instalado no seu colo, aquela protuberância que era o bebê McOrt, crescendo ali dentro, esperando pela hora certa.

Afinal, entramos, já que não tínhamos alternativa. A intensa luminosidade do meio-dia penetrava pela janela da cozinha, e tudo adquirira um brilho vítreo e cortante, como se estivéssemos esquadrinhando o aposento através das lentes de uma câmera. Havia ali uma impressão geral de mudo desconforto, com todos aqueles objetos familiares — potes nas prateleiras, panelas no fogão, a tábua de pão com a faca serrilhada — evitando encarar a nossa presença subitamente estranha e aflita à sua frente. Arrasado, compreendi que era assim que as coisas iam ser de agora em diante: onde quer que ela fosse, o ritmo silencioso do seu ventre leproso a precederia. "Você está ótima!", diriam eles, "Ora, nunca esteve tão bem!". E ela, com aquele sorriso radiante, ostentando um rosto animado, pobre Mrs. Pele-e-Osso...

Anna parou no meio da cozinha, sem tirar o casaco, nem o cachecol, pôs as mãos na cintura e ficou olhando ao seu redor com um ar aborrecido. Ainda era bonita, com as maçãs do rosto salientes, a pele translúcida, quase um papel. Sempre admirei especialmente o seu perfil grego, aquele seu nariz de marfim talhado, descendo em linha reta a partir da testa.

— Sabe o que isso é? — exclamou, com amarga veemência. — Inadequado... É isso que é.

Desviei os olhos, com medo que eles pudessem me trair; os olhos de alguém são sempre de outra pessoa, daquele gnomo louco e desesperado que fica encolhido ali dentro. Sabia o que Anna queria dizer. Não era para ter acontecido com ela. Não era para ter acontecido conosco, pois não somos esse tipo de gente. O infortúnio, a doença, a morte prematura, tudo isso são coisas que acontecem com as pessoas legais, humildes, o sal da terra, e não com Anna, não comigo. No meio do progresso imperial que era a nossa vida, surgiu um sujeitinho debochado, saindo da multidão festiva, e, parodiando uma reverência, entregou à minha trágica rainha a ordem judicial de *impeachment*.

Anna pôs uma chaleira de água para ferver, enfiou a mão no bolso do casaco, apanhou os óculos e os pôs no rosto, passando a correntinha pelo pescoço. Começou a chorar, sem se dar conta, ao que parecia, sem fazer ruído algum. Meio sem jeito, me aproximei para abraçá-la, mas ela recuou bruscamente.

— Pelo amor de Deus, não seja bobo! — exclamou. — Afinal de contas, só estou morrendo...

A água ferveu e a chaleira desligou sozinha. A água, ali dentro, foi se aquietando, mal-humorada. Fiquei impressionado, e não foi a primeira vez, com a complacência cruel das coisas comuns. Não, não é crueldade, nem complacência; é apenas indiferença. E poderia ser de outra forma? Daqui para frente, teria que tratar as coisas como elas são, e não como posso imaginar que sejam, pois aquela era uma nova versão da realidade. Peguei o chá e o bule, que chocalhou — as minhas mãos estavam tremendo —, mas ela disse que não, que tinha mudado de idéia: o que queria era um conhaque, um conhaque e um cigarro, logo ela, que não fumava e raramente bebia. Olhou para mim com aquele ar meio idiota de criança desafiadora, parada ali, perto da mesa, ainda de casaco. Já não estava mais chorando. Tirou os óculos, deixou que ficassem pendurados no pescoço e esfregou os olhos com as mãos. Fui apanhar a garrafa de conhaque, e, trêmulo, despejei uma dose num copo, fazendo com que o gargalo da garrafa e a borda do copo se chocassem um contra o outro, como se fossem dentes. Não tínhamos cigarros em casa. Onde é que eu ia arranjar um cigarro? Ela disse que não tinha importância, que, na verdade, não queria fumar. A chaleira reluziu, soltando um lento suspiro de vapor, lembrando vagamente o gênio e a lâmpada. Ah, conceda-me um desejo, apenas um...

— Pelo menos, tire o casaco — disse eu.

Mas por que pelo menos? Que coisa estranha o discurso humano...

Eu lhe dei um copo de conhaque. Ela ficou com ele na mão, mas não bebeu. A luz, que vinha da janela às minhas costas, se refletiu nas lentes dos óculos pendurados em seu pescoço, criando o sinistro efeito de uma outra Anna, em miniatura, bem defronte do seu queixo, com os olhos baixos. De repente, ela se deixou cair pesadamente na cadeira, estendendo os braços em cima da mesa, num gesto que parecia desesperado, de súplica, dirigido a alguma outra pessoa invisível que estivesse à sua frente, julgando-a. O copo bateu na mesa derramando metade do seu conteúdo. Fiquei olhando para ela, impotente. Por um segundo vertiginoso, me passou pela cabeça que nunca mais seria capaz de encontrar outra palavra para lhe dirigir; que as coisas continuariam assim, desse jeito, numa desarticulação agoniada, até o fim. Me inclinei e beijei aquele pontinho mais claro no topo de sua cabeça, do tamanho de uma moeda pequena, onde o seu cabelo escuro fazia um redemoinho. Ela ergueu o rosto para mim por um instante, com um olhar sombrio.

— Você está com cheiro de hospital — disse Anna. — Eu é que deveria estar.

Peguei o copo de suas mãos e bebi de um gole só o que restava do conhaque, que desceu queimando pela minha garganta. Compreendi que sentimento estranho era aquele que vinha me assediando desde a manhã, na luminosidade ofuscante do consultório de Mr. Todd. Eu estava constrangido. E tinha certeza de que Anna também se sentia assim. É isso mesmo, constrangimento, aquela sensação assustadora de não saber o que dizer, para onde olhar, o que fazer. Mas tinha ainda outra coisa, que não era exatamente raiva, e sim uma espécie de aborrecimento irritado, uma espécie de ressentimento diante do dilema em que nos encontrávamos. Era como se tivéssemos descoberto um segredo tão sujo, tão sórdido, que mal podíamos suportar a companhia um do outro, embora fôssemos incapazes de nos libertar, ambos sabendo que o outro também sabia daquela coisa repugnante, e unidos exatamente por esse conhecimento. Daquele dia em diante, tudo seria dissimulado. Não haveria outra maneira de conviver com a morte.

E Anna continuava sentada à mesa, ereta, sem me encarar, com os braços estendidos para frente e as mãos pousadas sobre o móvel, as palmas voltadas para cima, como se algo estivesse para cair ali.

— Bom — indagou ela, sem se virar —, e agora?

LÁ VAI O CORONEL, DESLIZANDO de volta para o quarto. A sessão no banheiro foi demorada. Estranguria... Bonita palavra. O meu quarto é o único *en suite*, como diz Miss Vavasour fazendo biquinho. E também tenho vista pela janela, ou melhor, teria, se não fossem aqueles malditos bangalôs no fundo do quintal. A minha cama chega a intimidar. É uma coisa imponente, alta, meio italianada, concebida para um doge, com a cabeceira torneada e polida como um Stradivarius. Preciso perguntar a Miss V. de onde veio aquilo. Este devia ser o quarto do casal quando os Grace ficaram aqui. Naquela época, nunca fui além do térreo, a não ser nos meus sonhos.

Acabei de perceber que dia é hoje. Está fazendo exatamente um ano daquela visita que Anna e eu fomos obrigados a fazer a Mr. Todd em seu consultório. Que coincidência... Ou talvez não. Existem coincidências no reino de Plutão, por cujos ermos vaguei perdido, como um Orfeu sem lira? E já se passaram doze meses! Devia ter escrito um diário. O meu diário de um ano catastrófico.

FOI UM SONHO QUE ME TROUXE até aqui. Sonhei que estava andando por uma estrada de interior, e nada mais. Era inverno, à hora do crepúsculo, ou melhor, era uma espécie de noite vagamente luminosa, aquele tipo de noite que só existe nos sonhos, e estava nevando. Eu ia andando para algum lugar, voltando para casa, ao que parece, embora não soubesse que casa era essa, ou onde ficava. À minha direita, havia um campo aberto, plano e como qualquer outro, sem uma casa ou cabana que se pudesse distinguir, e, à minha esquerda, uma fileira de árvores escuras e assustadoras margeava a estrada. Os galhos dessas árvores não estavam desfolhados, apesar da estação, e as suas folhas grossas, quase negras, caíam aos montes sob o peso da neve acumulada que tinha se transformado em gelo macio e translúcido. Alguma coisa tinha se quebrado, um carro, não, uma bicicleta, a bicicleta de um menino, pois, mesmo tendo a idade que tenho agora, também era um garoto, é, um garoto desajeitado, e estava voltando para casa, tinha que ser para casa, ou para algum lugar que, antigamente, tivesse sido a minha casa, e que eu seria capaz de reconhecer assim que chegasse lá. Ainda me restavam horas e horas de caminhada pela frente, mas não estava nem um pouco preocupado com isso, já que aquela era uma viagem importantíssima, embora eu não soubesse dizer por quê, mas era uma daquelas viagens que temos de fazer e que precisamos completar. Estava tranqüilo, e confiante também, apesar de não saber exatamente para onde ia, a não ser que era para casa. Não havia mais ninguém na estrada. A neve, que caíra durante todo o dia, não mostrava vestígios de espécie alguma, nem marcas de pneus, nem de pés ou de cascos, pois ninguém tinha passado por ali, ou viria a passar. Tinha alguma coisa errada com o meu pé, o esquerdo, que eu devia ter machucado, mas há muito tempo, uma vez que não estava doendo; simplesmente, a cada passo que eu dava, tinha de fazer um movimento estranho, jogando a perna numa espécie de semicírculo, o que me atrapalhava, se bem que nem tanto. Sentia pena de mim mesmo, ou melhor, o eu que sonhava sentia pena daquele eu que estava sendo sonhado, aquele pobre desengonçado caminhando destemido pela neve que tinha caído o dia todo, tendo apenas a estrada pela frente, e nenhuma promessa de chegar.

O sonho foi só isso. A viagem não terminou, não cheguei a lugar nenhum, e nada aconteceu. Simplesmente, lá ia eu, caminhando pela estrada, carente e resoluto, me arrastando em meio à neve naquele anoitecer de inverno. Acordei na escuridão da madrugada, o que não era habitual naquela época, com a sensação de ter perdido mais uma camada de pele protetora durante a noite, mas, ao mesmo tempo, convicto de que alguma coisa tinha sido realizada, ou, pelo menos, iniciada. Então, de imediato, e pela primeira vez em não sei quantos anos, me lembrei de Mininagh e da casa na Station Road, e dos Grace, e de Chloe Grace. Não sei dizer por quê: foi como se, de repente, eu tivesse saído da escuridão para um sol pálido e deslavado. Só consegui agüentar essa claridade feliz por um minuto, por menos de um minuto, mas ela me disse o que fazer, me disse para onde ir.

A PRIMEIRA VEZ QUE VI CHLOE GRACE foi na praia. Era um dia claro, ventava muito; os Grace estavam entre as dunas, num recanto protegido, escavado por ventos e marés, e a sua presença um tanto vulgar dava àquele local um certo ar de proscênio. Estavam incrivelmente equipados, com um bom pedaço de lona listrada preso a duas estacas para se protegerem do vento, cadeiras dobráveis, uma mesinha de armar, um cesto de palha do tamanho de uma mala pequena, repleto de garrafas, garrafas térmicas e latas com sanduíches e biscoitos. Tinham até xícaras de chá de verdade, com pires e tudo. Aquela parte da praia era tacitamente reservada aos hóspedes do Golf Hotel, cujo gramado acabava bem rente às dunas, e todos lançavam olhares indignados àqueles intrusos da cidade, com toda a sua parafernália de praia e as suas garrafas de vinho, olhares que os Grace simplesmente ignoravam, se é que os perceberam. Mr. Grace, Carlo Grace, papai, estava novamente de short, desta vez com um paletó listrado que deixava ver um peito quase nu, a não ser por dois grandes tufos de pêlos espessos, que lembravam um par de asas em miniatura recobertas de penugem. Eu nunca tinha visto, e, aliás, acho que nunca voltei a ver desde então, alguém tão fascinantemente peludo. Usava ainda um chapéu de lona desabado, que parecia um baldinho de cabeça para baixo. Estava sentado numa daquelas cadeiras de armar, com um jornal aberto à sua frente, e conseguia fumar o seu cigarro apesar das rajadas de vento que vinham do mar. O garoto louro, aquele que vi se balançando no portão, e que se chamava Myles — afinal, tenho que lhe dar um nome —, estava agachado aos pés do pai, com um ar emburrado, remexendo a areia com um pedaço de pau certamente trazido pelo mar. Atrás deles, meio escondida pela duna, ajoelhada na areia e enrolada numa toalha vermelha, uma garota ou adolescente estava toda atrapalhada, tentando tirar algo que parecia ser o seu maiô. Era visivelmente pálida, com um ar melancólico, um rosto fino e comprido, e uma basta cabeleira negra. Reparei que ela lançava uns olhares um tanto ressentidos ao pai, que estava de costas. Notei também que o menino, Myles, ficava espiando a cena de rabo de olho, com a nítida esperança, que eu compartilhava, aliás, de que a toalha que protegia a garota pudesse cair. Portanto, ela não deveria ser sua irmã...

Mrs. Grace se aproximou. Vinha da água com um maiô preto, um maiô justo e lustroso como pele de foca, e, por cima dele, uma espécie de saia-envelope de um tecido transparente, presa na cintura por um único botão. Quando andava, a tal saia se abria mostrando as suas pernas nuas, bronzeadas e um tanto grossas, mas bem torneadas. Parou defronte do marido, pôs os óculos de aro branco na cabeça, e ficou horas esperando que ele a deixasse passar, até que, finalmente, ele baixou o jornal, olhou para ela, ergueu a mão que segurava o cigarro, protegendo os olhos daquela luz ofuscante. Ela lhe disse algo; ele inclinou a cabeça, deu de ombros e sorriu, deixando ver inúmeros dentes miúdos e bem certinhos. Atrás dele, a garota, ainda enrolada na toalha, conseguiu enfim tirar o maiô, e, virando-se de costas, sentou na areia com as pernas encolhidas, fez uma espécie de tenda com a toalha ao seu redor, e encostou a testa nos joelhos, enquanto Myles cravava a vareta na areia com toda a força, visivelmente desapontado.

Estes eram os Grace: Carlo; sua mulher, Constance; o filho, Myles; a menina ou adolescente que, sem dúvida alguma, não era aquela que eu tinha ouvido rir dentro da casa no primeiro dia; e toda a parafernália à sua volta, as cadeiras de armar, as xícaras de chá, os copos de vinho branco, a saia reveladora de Connie Grace, o chapéu esquisito do marido dela, além do jornal e do cigarro, a vareta de Myles, e o maiô da garota, caído exatamente onde ela o havia deixado, úmido, embolado, enfiado em parte na areia, como algo que o mar houvesse devolvido à praia.

Não sei dizer quanto tempo Chloe ficou parada lá na duna, antes de pular. Pode ter estado ali o tempo todo, me vendo observar os outros quatro. Primeiro, era apenas uma silhueta, com o sol, às suas costas, formando um elmo brilhante ao redor do seu cabelo cortado curtinho. Depois, ergueu os braços, e, com os joelhos bem juntos, se atirou do alto da duna. As pernas do seu short se inflaram por um momento. Estava descalça e aterrissou com os calcanhares, espalhando areia para todo lado. A menina debaixo da toalha, Rose — vamos lhe dar um nome também, pobre Rosie —, soltou um gritinho de susto. Chloe cambaleou, com os braços ainda erguidos, os pés enfiados na areia, e tive a impressão de que ia se estatelar, ou, pelo menos, cair sentada. Em vez disso, conseguiu se equilibrar, sorriu maldosamente para Rose, que tinha areia nos olhos e estava ali, fazendo caretas, sacudindo a cabeça e piscando sem parar.

— *Chlo-e!* — exclamou Mrs. Grace em tom de repreensão, mas Chloe não lhe deu a menor bola. Chegou perto do irmão, ajoelhou-se ao seu lado e tentou lhe tomar o pauzinho com que estava brincando. Deitado de bruços numa toalha, com o rosto apoiado nas mãos, eu fingia ler um livro. Chloe sabia que eu estava olhando para ela, e parecia não estar nem aí. Que idade tínhamos naquela época, dez, onze? Digamos onze. O peito dela era tão reto quanto o de Myles, e os seus quadris não eram mais largos do que os meus. Além do short, estava usando uma camiseta branca. O cabelo, queimado pelo sol, era quase branco. Myles, que lutava para ficar com a tal vareta, conseguiu enfim tirá-la das mãos da irmã, e bateu nos seus dedos. Ela fez — Ai! — e revidou, dando-lhe um murro no peito com o punho certeiro.

— Ouçam só isto aqui — disse o pai, sem se dirigir a ninguém em particular, e, rindo, leu em voz alta um anúncio publicado no jornal: "Admitimos verdadeiros furões para trabalhar como vendedores de persianas. Exige-se carteira de habilitação. Contato caixa postal 23." — Riu novamente, tossiu, e, tossindo, continuou a rir. — Furões de verdade? — exclamou. — Essa não!

Incrível como todos os sons parecem abafados à beira-mar; abafados, e, no entanto, enfáticos, como tiros ouvidos à distância. Deve ser o efeito de tanta areia que os amortece. Se bem que eu não saberia dizer quando tive ocasião de ouvir tiros de revólver.

Mrs. Grace se serviu de vinho, provou a bebida, fez uma careta, e se sentou numa das cadeiras de armar, cruzando as pernas e deixando pender do pé a sandália de praia. Debaixo da toalha, Rose estava toda desajeitada, tentando se vestir. Agora, foi Chloe quem dobrou os joelhos junto ao peito — isso é algo que toda menina faz, ou, pelo menos, fazia, sentando desse jeito, como se fosse um "z" tombado para frente — e segurou os pés entre as mãos. Myles começou a cutucá-la com a tal vareta. — Pai — exclamou ela, com um tom de irritação desanimado —, mande ele parar! — O pai continuou a ler. A sandália de Connie Grace balançava ao ritmo de alguma música cantarolada mentalmente. Por causa do sol forte, a areia à minha volta soltava aquele seu cheiro misterioso, parecendo cheiro de gato. Fora da baía, uma vela tremulou e girou com o vento, e, por um segundo, o mundo todo ficou enviesado. Lá longe, na praia, alguém chamava por alguém. Crianças. Banhistas. Um cachorro amarelo, pêlo-de-arame. A vela voltou a girar, e, através da água, pude ouvir nitidamente o barulho que fez esvoaçando. Depois, o vento diminuiu e tudo ficou quieto por um instante.

Chloe, Myles e Mrs. Grace estavam agora às voltas com um jogo: as crianças atiravam uma bola por cima da cabeça da mãe que corria e pulava, tentando agarrá-la, quase sempre em vão. Quando ela corria, a saia se levantava e eu não conseguia tirar os olhos daquela saliência que ficava no vértice do triângulo invertido no alto das suas coxas. Ela pulava, ofegando, soltando uns gritinhos, meio sem fôlego, e rindo. Os seus seios balançavam. Aquela visão chegava a ser alarmante. Uma criatura com tantos montinhos e escavações de carne não devia ficar pulando desse jeito: poderia estragar alguma coisa lá dentro, algum delicado arranjo de tecido adiposo e cartilagem nacarada. O sujeito tinha baixado o jornal e também estava olhando para a mulher, passando os dedos pela barba sob o queixo e sorrindo friamente, com os lábios um tanto encolhidos sobre aqueles dentes miúdos, e as narinas farejando, felinas, como se tentassem sentir o cheiro dela. O seu olhar era de tesão, mas também meio divertido e com uma ponta de desprezo. Ele parecia estar querendo que ela caísse na areia e se machucasse. Me imagino acertando um murro bem no meio daquele peito cabeludo, exatamente como Chloe tinha feito com o irmão. Já conheço aquela gente; já sou um deles. E estou apaixonado por Mrs. Grace.

Rose sai da sua tenda de toalha, vestindo uma blusa vermelha e uma calça preta, parecendo a assistente do mágico que surge por detrás daquela capa forrada de escarlate, e trata de não olhar para nada, principalmente para a mulher e as crianças brincando.

De repente, Chloe se desinteressa da brincadeira, se afasta e se joga na areia. Como vou ficar habituado a essas súbitas variações de humor, a esses emburramentos repentinos... A mãe a chama de volta, mas ela nem dá bola. Está deitada de lado, apoiada num cotovelo, uma perna passada sobre a outra, com os olhos apertados, fitando o mar que está além de mim. Myles pára à sua frente, faz uma dancinha simiesca, agitando os cotovelos com as mãos enfiadas debaixo dos braços e fazendo uns sons incompreensíveis. Ela finge olhar através dele. — Sua chata! — exclama Mrs. Grace, dirigindo-se àquela desmancha-prazeres quase com complacência, e volta a se sentar na cadeira de armar. Está ofegante e a curva suave e clara dos seus seios arqueja. Levanta o braço para ajeitar uma mecha de cabelo que lhe cai na testa suada e vejo aquela sombra secreta, de um negro-azulado, a cor das minhas úmidas fantasias noturnas dos próximos dias. Chloe continua de cara amarrada. Myles volta a escavar a areia com aquele pedaço de pau. O pai deles dobra o jornal e olha para o céu. Rose está observando um botão da sua blusa, que caiu. As pequenas ondas se erguem e arrebentam; o cachorro amarelo late. E a minha vida mudou para sempre.

Mas, por outro lado, em que momento a vida não muda inteiramente, até aquela última mudança, a mais momentânea de todas?

Passávamos as férias aqui todo verão, o meu pai, a minha mãe e eu. Mas não era assim que dizíamos. "Vínhamos para cá nas férias", era o que dizíamos. Como é difícil falar, agora, do jeito que eu falava antigamente... Passamos as férias de verão aqui por muitos e muitos anos, até que o meu pai se mandou para a Inglaterra, como alguns pais faziam naquela época, e, aliás, ainda fazem até hoje. O chalé que alugávamos era pouco menor que um modelo de casa de madeira em tamanho natural. Tinha três cômodos: na frente, uma sala que também era a cozinha, e, nos fundos, dois quartinhos bem pequenos. A casa não tinha forro, só mesmo o avesso inclinado do teto revestido de alcatrão. As paredes eram recobertas de ripinhas chanfradas, por acaso elegantes, que, nos dias ensolarados, cheiravam a tinta e a resina. A minha mãe cozinhava num fogareiro a querosene, cujo minúsculo reservatório me proporcionava um obscuro prazer furtivo sempre que me mandavam limpá-lo, usando, para isso, um delicado instrumento de metal flexível com um chumaço de arame formando um ângulo reto na ponta. Onde será que ele anda agora, aquele pequeno fogareiro Primus, tão fiel e resistente? Não havia eletricidade, e, à noite, vivíamos à luz de um lampião. O meu pai trabalhava em Meganagh, e voltava para casa de trem, numa fúria calada, carregando as frustrações do dia como se fosse uma bagagem pesada que pendesse dos seus punhos cerrados. O que será que a minha mãe fez da vida depois que ele se foi, e que eu não estava mais lá? Posso imaginá-la sentada à mesa coberta com oleado, naquela pequena casa de madeira, a cabeça apoiada na mão, nutrindo os seus ressentimentos enquanto o dia ia passando. Ainda era jovem quando tudo aconteceu, ambos eram, com certeza, mais jovens do que sou agora. Como é estranho pensar nisso... Todos parecem mais jovens do que eu, até mesmo os mortos. Posso vê-los ali, meus pobres pais, brincando de casinha, cheios de rancores, na infância do mundo. A infelicidade daqueles dois foi uma das constantes dos meus primeiros anos de vida, um zumbido alto e incessante, quase imperceptível. Não os odeio. É provável até que os ame. Só que eles estavam no meu caminho, encobrindo a minha visão do futuro. Com o tempo, eu ia acabar aprendendo a ver através deles, os meus pais transparentes.

A minha mãe ia tomar banho de mar num canto bem afastado da praia, longe dos olhos dos hóspedes do hotel e dos mochileiros que vinham acampar por aquelas bandas. Lá adiante, onde começa o campo de golfe, havia um banco de areia permanente, a uma certa distância da praia, que formava uma lagoa rasa onde o mar era bem mansinho. Ela ficava chafurdando naquela espécie de banheira, com um certo prazer desconfiado, não nadando, pois não sabia nadar, mas se estirando toda na água, se deslocando com as mãos apoiadas no fundo, fazendo o maior esforço para manter a boca acima das ondinhas miúdas que se formavam. O maiô dela era de lastex rosa-claro, com uma espécie de saiote justo que acabava logo abaixo da entreperna. O seu rosto parecia nu e indefeso, espremido naquela touca emborrachada. Já o meu pai era um nadador bastante bom, no seu estilo, uma espécie de estranha escalada na horizontal, com braçadas e pernadas mecânicas, uma careta ofegante e um olho esbugalhado quando virava a cabeça para o lado. Depois de percorrer uma certa distância, se levantava, sem fôlego e cuspindo, com o cabelo colado na cabeça, as orelhas salientes, o calção preto fazendo papos, e ficava parado ali, com as mãos na cintura, olhando os movimentos desajeitados da minha mãe com um ligeiro sorriso de deboche e um músculo do rosto se contraindo. Jogava água no rosto dela, e, depois, agarrando-a pelos pulsos, ia arrastando-a até o mar. Ela apertava bem os olhos e gritava, furiosa, mandando que ele parasse. Eu assistia a essas brincadeiras absolutamente enojado. Naquele dia, meu pai a soltou e se voltou para mim, me virando de cabeça para baixo; me agarrou então pelos tornozelos, e, rindo, foi me empurrando até a beirada do banco de areia, como se eu fosse um carrinho de mão. Que mãos fortes ele tinha... Pareciam até algemas de ferro frio e maleável. Ainda posso sentir aquele aperto violento. Ele era um homem violento, com gestos violentos, brincadeiras violentas; mas também era tímido. Não é de espantar que tenha nos deixado, que tivesse que nos deixar. Engoli água, lutei para escapar daquelas mãos, em pânico, consegui me pôr de pé e fiquei parado na arrebentação tentando vomitar.

Chloe Grace e o irmão estavam na areia molhada, à beira da água, só olhando.

Como sempre, estavam de short e descalços. Percebi que eram incrivelmente parecidos. Tinham andado catando conchinhas, e Chloe botou tudo aquilo num lenço amarrado pelas quatro pontas, formando uma trouxa. Estavam parados ali, olhando para nós de um jeito inexpressivo, como se aquilo fosse um show, uma cena cômica, representada para eles, na qual, porém, não estavam achando graça nenhuma. Era só alguma coisa esquisita. Tenho certeza que fiquei vermelho, por mais roxo e arrepiado que estivesse, e senti nitidamente o fiozinho de água do mar que escorria, num arco incessante, da frente do meu calção. Se estivesse ao meu alcance, eliminaria dali aqueles meus pais vergonhosos, estouraria a ambos como se fossem bolhas de água do mar, a minha mãe baixinha e gorducha, com aquela cara nua, e o meu pai com aquele corpo que bem poderia ser feito de banha de porco. De repente, uma rajada de vento varreu a praia, levantando uma fina camada de areia; depois, atingiu o mar, criando mil caquinhos metálicos na superfície da água. Estremeci. Não de frio, mas como se algo tivesse passado por mim; algo silencioso, rápido, irresistível. Os dois se viraram e saíram andando na direção dos destroços do naufrágio.

Será que foi nesse dia que reparei que os dedos dos pés de Myles eram palmados?

Miss Vavasour está lá embaixo, tocando piano. Praticamente roça os dedos pelas teclas, tentando não ser ouvida. Tem medo de me incomodar, eu, que estou mergulhado nesse trabalho imenso e inimaginalvemente importante. Ela toca Chopin muito bem. Só espero que não me venha com John Field, porque isso eu não ia agüentar. Antes, tentei fazer com que se interessasse por Fauré, principalmente pelos últimos noturnos que tanto admiro. Cheguei até a lhe dar umas partituras, que mandei vir de Londres, e que saíram bem caras. Que pretensão... Segundo diz, os seus dedos não conseguem acompanhar aquelas notas. "Acho que é a *sua cabeça* que não consegue", pensei eu. Ah, pensamentos traiçoeiros... Acho incrível que ela nunca tenha se casado. Era bonita, antigamente, com esse seu jeito tristonho. Hoje em dia, usa o cabelo grisalho, antes tão preto, preso num coque baixo transpassado por dois pauzinhos cruzados, do tamanho de agulhas de tricô, num estilo que me lembra, de um modo inteiramente inadequado, uma casa de gueixas. O toque japonês é reforçado ainda pelo penhoar de seda com ar de quimono que ela usa de manhã, estampado com pássaros e bambus em cores vivas. Em outros momentos, prefere os *tweeds* confortáveis, mas, na hora do jantar, pode nos surpreender, a mim e ao coronel, vindo se sentar à mesa com um vestido semilongo verde-limão e uma echarpe, ou com um bolero vermelho, tipo espanhol, calças pretas afuniladas e chinelinhos também pretos, de salto alto, impecavelmente lustrosos. É o tipo da senhora elegante, e registra, com um alvoroço calado, o meu olhar de aprovação.

Os Cedros não conservaram praticamente nada do passado, daquela parte do passado que conheci. Tinha esperanças de encontrar algo que efetivamente tivesse pertencido aos Grace, por mais minúsculo e insignificante que fosse, como uma foto desbotada, por exemplo, esquecida dentro de uma gaveta, uma mecha de cabelo, ou, até mesmo, um grampo, caído entre as tábuas do assoalho. Mas não havia nada, nada do gênero. Nada que pudesse ao menos criar um clima evocativo. Acho que as tantas pessoas que passaram por aqui — afinal, esta casa é uma pousada — acabaram apagando qualquer vestígio dos mortos.

Como o vento está forte hoje, esmurrando as vidraças das janelas com os seus grandes punhos macios e impotentes... Esse é exatamente o tipo de outono de que sempre gostei, com o tempo claro e tempestuoso. Acho o outono estimulante, assim como parece ser a primavera para outras pessoas. É a época ideal para trabalhar. Neste ponto, concordo inteiramente com Pushkin. É isso mesmo, Alexandr e eu somos outubristas convictos. Venho sofrendo, porém, de uma constipação generalizada, nada pushkiniana, e não estou conseguindo trabalhar. Mas fico sentado diante da mesa, empurrando os parágrafos para lá e para cá, como se fossem os peões de um jogo que não sei mais como jogar. A mesa é uma coisinha franzina, com uma aba nada confiável, que a própria Miss V. trouxe aqui para cima e me apresentou com uma certa intencionalidade encabulada. *Estale, coisinha de madeira, estale.* Há ainda a minha cadeira giratória de capitão de navio, igualzinha à que eu tinha em alguma casa alugada onde moramos anos atrás, Anna e eu; e que até geme, do mesmo jeito que a outra fazia, quando me inclino para trás. O trabalho que, teoricamente, deveria estar fazendo, é uma monografia sobre Bonnard; um modesto projeto em que estou atolado há tanto tempo que já perdi até a conta. Um grande pintor, a meu ver, sobre o qual, como percebi há anos, não tenho nada de original a dizer. Noivas-no-Banho, era como Anna o chamava, com um risinho de gozação. *Bonnard, Bonn'art, Bon'nargue.* Não, não estou conseguindo trabalhar; só consigo ficar rabiscando desse jeito.

Seja como for, trabalho não é exatamente a palavra para designar o que faço. Trabalho é uma expressão ampla demais, séria demais. Trabalhadores trabalham. Os sujeitos importantes trabalham. Já para nós, os homens medianos, não existe uma palavra modesta o bastante que, ainda assim, fosse adequada para descrever o que fazemos e como o fazemos. Lazer não dá. Isso é para os amadores, ao passo que nós, a classe ou a espécie a que estou me referindo, somos estritamente profissionais. Os fabricantes de papel de parede, como Vuillard e Maurice Denis, eram tão diligentes — eis aí outra palavra-chave — quanto o seu amigo Bonnard; mas diligência não basta, nunca basta. Não somos vagabundos, não somos preguiçosos. Na verdade, temos uma energia frenética, em espasmos, mas somos livres, inexoravelmente livres, daquilo que se poderia chamar de maldição da perpetuação. Concluímos as coisas que fazemos; já para o verdadeiro trabalhador, como disse o poeta Valéry, creio que foi ele, terminar um trabalho é algo que não existe: tudo o que fazem é abandoná-lo. Existe uma historinha interessante sobre Bonnard, no Museu do Luxemburgo, com um amigo. Foi Vuillard, sem dúvida, se não me falha a memória, que ele mandou distrair o guarda do museu enquanto passava a mão na caixa de tintas e refazia um pedaço de um quadro seu que estava exposto ali havia vários anos. Todos os verdadeiros trabalhadores morrem com uma ponta de frustração. Há tanta coisa para ser feita, e tanta coisa que ficou por fazer...

Ai! Lá vem aquela sensação de alfinetada de novo. Fico me perguntando se isso não pode ser o presságio de algo mais sério. Os primeiros sintomas de Anna foram discretíssimos. Acabei me tornando especialista em questões médicas nesse ano que passou, e não era para menos. Sei, por exemplo, que dormência nas extremidades é um dos indícios mais precoces da esclerose múltipla. Isso que sinto parece dormência, só que um pouco mais intenso. É uma pontada que arde, uma série de fisgadas no braço, na nuca, ou, até mesmo, como aconteceu naquela ocasião memorável, na parte superior da articulação do dedão do pé direito, o que me fez sair pulando pela sala, num pé só, soltando gemidos dolorosos. A dor, ou a pontada, é geralmente forte, apesar de rápida. É como se estivessem testando os meus sinais vitais; sinais de que sinto as coisas; sinais de vida.

Anna ria desse meu lado hipocondríaco. *Doutor Max*, era como me chamava. *Como vai o doutor Max hoje? Está sentindo alguma coisa?* E tinha toda a razão, é claro; sempre fui de fazer fita, de ficar choramingando por causa do mínimo desconforto ou dor.

Lá está aquele pintarroxo que, toda tarde, vem voando de algum lugar, e pousa no arbusto de azevinho, perto da cabaninha do jardim. Já reparei que ele tem uma preferência especial pelo número três, pulando de um raminho mais alto para um mais baixo, e, depois, para outro mais baixo ainda, onde pára e solta três daqueles seus piados agudos e assertivos. Todas as criaturas têm as suas manias. Agora mesmo, do outro lado do jardim, um gato malhado da vizinhança vem se aproximando sorrateiro, felino de andar macio. Cuidado, passarinho. Estão precisando cortar essa grama, uma vez que seja, esse ano. Deveria me oferecer para fazer isso. Mal a idéia me passou pela cabeça, lá estou eu, de mangas de camisa e calça de pregas, tropeçando, encharcado de suor, atrás do cortador, com pedacinhos de grama me entrando pela boca e moscas zumbindo acima da cabeça. Estranho como tenho me visto assim ultimamente, a uma certa distância, sendo outra pessoa, e fazendo coisas que só outra pessoa faria. Aparar a grama, ora essa! A tal cabana, embora caindo aos pedaços, chega a ser bonita quando olhada com bons olhos: aquela madeira envelhecida, que assumiu um tom sedoso, de um cinza-prateado, como o cabo de uma ferramenta bem usada, uma pá, por exemplo, ou um machado de estimação. O velho Noivas-no-Banho decerto conseguiria captar essa textura com precisão, com uma discreta luminosidade difusa. *Li ri ri ri ri...*

Claire, minha filha, escreveu perguntando como vou indo. Não muito bem, sinto dizer, brilhante Clarinda; nada bem mesmo. Não ligou porque avisei que não atenderia o telefone, mesmo que fosse ela. Não que alguém vá me telefonar, já que não disse a ninguém para onde estava indo... Que idade ela tem agora? Uns vinte e tantos, não sei ao certo. É muito inteligente, o protótipo da intelectual. Mas não é bonita, coisa que já admiti há tempos. Não posso negar que fiquei desapontado com isso, pois tinha esperanças de que ela viesse a ser uma segunda Anna. Claire é alta demais, e rígida demais; seu cabelo ruivo é áspero e rebelde, emoldurando o seu rosto sardento de um jeito inconveniente; e, quando sorri, mostra a gengiva superior, reluzente e de um rosa-esbranquiçado. Com aquelas pernas enormes, a bunda grande, aquele cabelo, e, principalmente, o pescoço comprido — isso, pelo menos, ela herdou da mãe —, sempre me faz pensar, o que me deixa um tanto encabulado, no desenho de Tenniel, depois que Alice deu a mordida no cogumelo mágico. Mas ela é corajosa, e se vira bastante bem consigo mesma e com o mundo. Tem aquele ar meio tristonho, mal-humorado e pesadão, tão comum nas garotas desajeitadas. Se chegasse aqui, agora, irromperia quarto adentro e se atiraria no sofá, enfiando as duas mãos entre os joelhos, tão fundo que os nós dos dedos ficariam quase encostados no chão; franziria os lábios e inflaria as bochechas, fazendo *Pfff!*, e desfiaria a ladainha dos cômicos contratempos que teve de enfrentar desde que nos vimos pela última vez. Claire, querida, minha doce menininha...

Veio comigo aqui para Mininagh da primeira vez, depois daquele sonho, do sonho em que eu me via voltando para casa no meio da neve. Acho que ficou com medo de que eu estivesse pensando em me afogar. Não deve saber como sou covarde.

A viagem me lembrou um pouco os velhos tempos, porque nós dois adorávamos passear. Quando Claire era pequena e não conseguia dormir à noite — desde cedo sofria de insônia, exatamente como o seu papai —, eu a embrulhava num cobertor e saía de carro, pela estrada costeira, rodando quilômetros e quilômetros às margens do mar escuro, cantarolando uma música qualquer, mesmo que só soubesse parte da letra, coisa que, longe de embalá-la, fazia com que batesse as mãozinhas, numa demonstração de prazer que não deixava de ser um tanto ridícula, e chorasse pedindo mais. Uma vez, um pouco mais tarde, chegamos até a sair de viagem nas férias, só nós dois, mas não foi uma boa idéia, pois Claire, que já era adolescente, logo se cansou de vinhedos, castelos e da minha companhia, e me atormentou tanto que acabei desistindo de tudo e levando-a de volta para casa mais cedo. E a viagem até aqui não foi muito melhor do que essa.

Era um suntuoso, isso mesmo, um suntuoso dia de outono, com todos aqueles cobres e ouros bizantinos sob um céu de Tiepolo, de um azul-esmaltado. O campo estava parado e com uma aparência vítrea, mais parecendo o seu próprio reflexo na superfície calma de um lago. Era o tipo do dia em que, ultimamente, o sol tem me parecido o olho empapuçado do mundo, observando tudo com o maior prazer, enquanto eu fico aqui me contorcendo na minha infelicidade. Claire estava usando um casacão de camurça de um cinza meio ruço que, no carro aquecido, soltava um leve, mas inconfundível, fedor de carne, o que me deixou um tanto desesperado, embora não tenha dito nada. Sempre sofri com o que acho que deve ser uma percepção excessivamente acurada dos odores mesclados que emanam do convívio humano. Ou, talvez, sofrer não seja a palavra exata. Gosto, por exemplo, daquele cheiro acastanhado do cabelo das mulheres quando está precisando ser lavado. A minha filha, uma solteirona aborrecida — infelizmente, estou persuadido de que nunca vai se casar —, em geral não tem cheiro nenhum, não que eu possa detectar. Essa é mais uma das inúmeras diferenças entre ela e a mãe, cujo cheiro animal, para mim a fragrância fervilhante da própria vida, e que nem o mais forte dos perfumes consegue suplantar, sempre foi a primeira coisa que me atraía nela durante todos esses anos. Agora, estranhamente, as minhas mãos têm vestígios desse mesmo cheiro, o cheiro dela, e não consigo eliminá-lo, por mais que as esfregue. Nos seus últimos dias de vida, ela cheirava, na melhor das hipóteses, a farmacopéia.

Quando chegamos, fiquei maravilhado ao ver como o vilarejo das minhas recordações ainda estava por aqui, mesmo que apenas para olhos que soubessem para onde olhar, ou seja, os meus. Era como encontrar uma velha namorada, cujos traços houvessem se tornado mais densos com o tempo, mas, por detrás dos quais os tênues contornos de um eu antigo e tão amado ainda pudessem ser nitidamente percebidos. Passamos pela estação da estrada de ferro abandonada, e, para minha grande surpresa, chegamos à pontezinha — ainda intacta, ainda de pé! —, com o meu estômago fazendo, na lombada, aquele velho movimento de sobe-e-desce, e, então, tudo aquilo estava ali, bem diante dos meus olhos: a estrada da colina, a praia mais ao fundo, e o mar. Não parei na porta da casa, apenas reduzi a velocidade quando passamos por ela. Há momentos em que o passado tem tanta força que parece que vamos ser aniquilados por ele.

— Era aqui! — exclamei, empolgado. — Os Cedros! — No caminho, tinha contado a Claire tudo, ou quase tudo, sobre os Grace. — Era aqui que eles ficavam.

Ela se virou para olhar.

— Por que você não parou? — indagou Claire.

O que é que eu poderia responder? Que, de repente, me via tomado por uma timidez paralisante, bem aqui, no meio do mundo perdido? Segui em frente para pegar a Strand Road. O café Strand já não existia, e, em seu lugar, tinham construído uma casa grande, atarracada, incrivelmente feia. Ali estavam os dois hotéis, menores e mais caídos do que nas minhas lembranças, é claro; o Golf ostentando no telhado, com a maior pose, uma bandeira, diria, quase grandiosa. Mesmo de dentro do carro era possível ouvir as palmeiras do jardim à sua frente agitando sonhadoramente as suas folhas secas, com um som que, naquelas noites arroxeadas de verão, anos atrás, parecia prometer toda a Arábia. Agora, sob o sol acobreado da tarde de outubro — as sombras já estavam se tornando mais intensas —, tudo adquiria um ar pitorescamente desbotado, como uma série de imagens de velhos cartões-postais. Aquele misto de *pub*, correio e mercearia do Myler tinha se transformado num supermercado bem espalhafatoso, com um estacionamento defronte do prédio. Lembrei aquela tarde ensolarada, quieta e vazia, meio século atrás, exatamente naquele lugar, na frente do Myler's. Um cachorrinho de ar inofensivo se aproximou de mim e, quando estendi a mão, ele arreganhou os dentes numa careta que, tolamente, interpretei como um trejeito de agradecimento, e me mordeu o pulso com um movimento surpreendentemente rápido das mandíbulas. Depois, foi embora, todo sorridente, ou, pelo menos, foi essa a impressão que tive. Lembrei também que, quando cheguei em casa, a minha mãe me deu a maior bronca por eu ter sido tão idiota, estendendo a mão para aquela peste, e mandou que eu fosse sozinho ao médico da cidade, que, elegante e cortês, fez lá um curativo qualquer naquele inchaço avermelhado e até bonitinho do meu pulso, e, depois, mandou que eu tirasse a roupa toda e sentasse no seu colo para que, com aquelas suas mãos maravilhosamente brancas, roliças e bem-tratadas pressionando calorosamente o meu baixo-ventre, ele pudesse me mostrar como se devia respirar corretamente. — Deixe a barriga ir se enchendo, em vez de puxá-la para dentro. Está vendo como é? — disse ele com brandura, quase ronronando, enquanto o calor daquele rosto afável roçava na minha orelha.

Claire deu uma risadinha meio chocha. — Qual das duas coisas deixou marca mais duradoura? — perguntou ela. — Os dentes do cachorro, ou as patas do médico?

Mostrei o pulso onde a pele acima da estilóide ulnar ainda deixava ver a discreta cicatriz dos dois furinhos feitos ali pelos caninos caninos.

— Isso aqui não era Capri — disse eu. — E o doutor ffrench não era nenhum Tibério...

Para dizer a verdade, só tenho boas lembranças daquele dia. Ainda me lembro do cheiro do cafezinho de depois do almoço no hálito do médico, e dos olhos de peixe morto da empregada, que se reviraram quando ela me viu na porta da frente.

Claire e eu chegamos ao Campo.

Na verdade, o lugar não é mais um campo, e sim um loteamento de veraneio bem sem graça, abarrotado com uma mixórdia de construções que não passavam de bangalôs de carregação, projetados, desconfio, pelo mesmo desenhista incompetente que criou aqueles horrores que ficam no fundo do jardim desta casa. No entanto, gostei de ver que o nome dado ao local, por mais que fosse uma imitação descarada, era Os Lupinos, e que o seu construtor, pois suponho que tenha sido ele, chegou mesmo a preservar algumas moitas de seu modesto bosquezinho — *Lupinus*, espécie da família das papilionáceas, como acabei de ver no dicionário — junto do falso portão gótico ridiculamente suntuoso que dá para a estrada. Era debaixo dos arbustos de lupino que, semana sim, semana não, o meu pai, na escuridão da noite, munido de enxada e de lanterna, xingando em voz baixa, cavava um buraco naquela terra arenosa e macia para enterrar um balde cheio dos resíduos da nossa privada química. Não posso sentir o perfume suave, mas estranhamente antrópico, dessa planta sem ter a impressão de perceber, por trás dele, o bafo adocicado e persistente de excrementos.

— Você não vai parar nunca? — indagou Claire. — Estou começando a ficar enjoada.

À medida que os anos vão passando, tenho a ilusão de que a minha filha está me pegando em termos de idade, e que, atualmente, somos quase contemporâneos. Provavelmente, isso é conseqüência de eu ter uma filha tão esperta — se tivesse persistido, daria sem dúvida uma intelectual muito melhor do que jamais pretendi ser. Mas é também porque ela me entende a um tal ponto que chega a ser perturbador, e não perdoa os meus pontos fracos, ou os meus exageros, como fazem outras pessoas que me conhecem menos e, no entanto, me temem mais. Só que estou de luto, estou sofrendo, e precisando ser mimado. Se houver uma maneira de me desconsiderar com toda a consideração, é exatamente disso que estou precisando. "Me deixe em paz", gritei mentalmente, "deixe que eu me arraste por essa velha Os Cedros tão estigmatizada, por esse café Strand já desaparecido, por esses Lupinos e pelo que um dia foi o Campo; deixe que eu me arraste por esse passado, porque, se eu parar, é quase certo que vou me desmanchar numa vergonhosa poça de lágrimas". Mas, submisso, parei o carro na beira da estrada. Claire desceu em silêncio, irritada, batendo a porta atrás de si como se estivesse me dando um murro no ouvido. O que foi que eu fiz para deixá-la assim aborrecida? Tem horas que ela é tão voluntariosa quanto a mãe...

Foi então que, de repente, da maneira mais inesperada possível, por detrás daquele amontoado de casas com jeito de *leprechaun*, surgiu a alameda dos Duignan, esburacada como sempre, perambulando entre um emaranhado de espinheiros e de amoreiras empoeiradas. Como é que ela pôde sobreviver às depredações dos caminhões e dos guindastes, e às escavações tanto mecânicas quanto humanas? Em criança, eu passava por aqui diariamente, pela manhã, descalço e carregando uma vasilha amassada, para ir comprar leite com Duignan, o leiteiro, ou com a sua mulher cadeiruda e estoicamente alegre. Mesmo depois que o sol já ia alto, o orvalho da noite ainda resistia nas pedras do chão onde as galinhas ficavam ciscando com aquele seu andar afetado, em meio ao verde-oliva esbranquiçado da própria titica. Havia sempre um cachorro deitado, amarrado debaixo de uma carroça inclinada; ele ficava me olhando, me avaliando enquanto eu passava, quase caindo, andando na ponta dos pés, tentando evitar pisar em cheio naquele cocô de galinha, e havia também um cavalo branco encardido que se aproximava, enfiando a cabeça por cima da portinhola da estrebaria, para me olhar de rabo de olho, com um jeito cético e divertido, por baixo de uma franja daquele mesmo tom de creme esfumaçado dos botões de madressilva. Eu não gostava de bater à porta da casa, com medo da mãe de Duignan, uma velha baixinha e atarracada, que mais parecia um bloco compacto com uma perna curtinha enfiada em cada lado, e que tinha a respiração ofegante, sempre deixando aquele pólipo úmido e esbranquiçado que era a sua língua pender sobre o lábio inferior. Preferia me esconder nas sombras arroxeadas do estábulo, esperando que Duignan ou sua mulher aparecessem e me salvassem de um encontro com a bruxa velha.

Duignan era um sujeito grandalhão, desajeitado, com um cabelo louro bem fininho e cílios praticamente invisíveis. Usava umas camisas de morim, sem colarinho, que, já naquela época, eram coisa do passado, e umas calças tronchas enfiadas dentro das galochas cheias de lama. Enquanto ia pegando o leite com uma concha, ficava me falando de garotas, com um fio de voz sugestivamente rouca — aliás, ele acabou morrendo de uma doença da garganta —, dizendo que com certeza eu tinha uma namorada e querendo saber se ela me deixava beijá-la. Ia falando, falando, mas não tirava o olho do leite que caía na minha vasilha, sorrindo consigo mesmo e batendo rapidamente aquelas pestanas desbotadas. Por mais assustador que fosse, Duignan exercia um certo fascínio sobre mim. Parecia estar sempre de sacanagem, prestes a fazer uma revelação, como se fosse me mostrar uma figura indecente, contar alguma coisa fantástica, corriqueira e nojenta, daquelas que só os adultos conhecem. A leiteria era um quartinho quadrado, de teto baixo, com as paredes caiadas que chegavam a ser azuis de tão brancas. Os latões metálicos pareciam sentinelas agachadas, de boina, todas elas ostentando no ombro uma insígnia idêntica, branca, chamejante, onde se refletia a luz que entrava pela porta. Grandes vasilhas rasas, cheias de leite e cobertas com um paninho fino, ficavam dispostas no chão para a desnatação, perdidas no seu próprio silêncio, e havia ainda um batedor de manteiga, daqueles de madeira, que sempre quis ver funcionando, mas nunca vi. O cheiro forte e secreto do leite fresco me fez pensar em Mrs. Grace, e senti uma vontade enorme de ceder às instâncias de Duignan e lhe falar a seu respeito, mas me contive, o que foi sem dúvida uma decisão bem sensata.

Agora, ali estava eu de novo na entrada da fazenda, a criança daquela época transformada num sujeito corpulento, meio grisalho, e quase velho. Uma tabuleta tosca, pendurada no mourão da porteira, avisava que quem passasse por ali seria passível de punição legal. Às minhas costas, Claire estava dizendo alguma coisa sobre fazendeiros e tiros, mas não lhe dei atenção. Fui adiante, pisando naquelas pedras arredondadas — elas ainda existiam! —, parecendo não andar, e sim pular, desajeitado como aqueles balões de barragens só parcialmente cheios, atingidos por pancadas de tirar o fôlego que vinham lá do passado. Ali estava o estábulo com aquela sua porta pela metade. Onde antes ficava a charrete de Duignan, havia agora um ancinho enferrujado — será que a charrete era uma distorção das minhas recordações? A leiteria também estava no mesmo lugar, só que abandonada, com um cadeado na porta desconjuntada — sabe-se lá contra quem... —, as vidraças das janelas se enchendo de pó ou quebradas, e o mato crescendo pelo telhado. Tinham construído um grande portão cheio de nove-horas na entrada da fazenda, uma espécie de caramanchão de vidro e alumínio, algo que lembrava o olho rudimentar de um inseto gigante. De repente, a porta se abriu e apareceu uma senhora ainda moça. Parou por trás da vidraça e ficou me olhando, desconfiada. Dei uns passos à frente, sorrindo e assentindo com a cabeça, como um missionário cheio de dedos que se aproximasse da minúscula rainha de alguma tribo de pigmeus felizmente ainda não convertida. A princípio, ela ficou do lado de dentro do portão, com toda a cautela, enquanto eu lhe dirigia a palavra através do vidro, dizendo o meu nome em voz alta e gesticulando efusivamente com as mãos. E ela só parada ali, me olhando. Dava a impressão de ser uma jovem atriz, com uma maquiagem elaborada, mas não de todo convincente, para parecer mais velha. O cabelo, pintado de um marrom graxa de sapato, e formando uma massa de ondinhas miúdas e luzidias, era volumoso demais para aquele rostinho chupado, emoldurando-o como se fosse um denso halo de espinhos, mais parecendo uma peruca do que cabelo de verdade. Ela estava usando um avental desbotado por cima de uma suéter que só podia ter sido tricotada por ela mesma, umas calças masculinas de veludo cotelê, cheias de joelheiras, e aquelas botas com zíper, que vão até a altura do tornozelo, feitas de veludo sintético azulão, que faziam furor entre as velhotas quando eu era garoto, e, mais tarde, parecem ter se tornado exclusividade das mendigas e das bêbadas que viviam pelas ruas. Através da vidraça, disse-lhe, aos berros, que passava as férias aqui em criança, num daqueles chalés lá do Campo, e que, de manhã, vinha a essa fazenda para comprar leite. Ela ficou me ouvindo, assentindo com a cabeça, com uma preguinha aparecendo e desaparecendo no canto da boca, como se estivesse tentando conter o riso. Afinal, abriu o portão e veio para a alameda pavimentada. Naquela euforia meio enlouquecida em que me encontrava — na verdade, eu estava ridiculamente empolgado —, senti uma necessidade premente de abraçá-la. Falei rapidamente sobre o casal Duignan, a mãe de Duignan, a leiteria, e mencionei até o cachorro assustador. Ela só fazia assentir com a cabeça, com uma das sobrancelhas erguidas, numa nítida expressão de desconfiança, olhando para Claire, que, às minhas costas, continuava esperando perto do portão, de braços cruzados, enfurnada naquele casaco caríssimo debruado de pele.

Avril. Era assim que se chamava, segundo afirmou. Avril. Não disse o sobrenome. De repente, como se algo que tivesse parecido morto por um bom tempo começasse a se levantar, me veio a vaga lembrança de uma garotinha de macacão sujo, hesitante, no meio do corredor ladrilhado da casa da fazenda, segurando nos braços gorduchos uma boneca rosada, careca e sem roupa, e me olhando com um jeitinho de gnomo que nada poderia abalar. Mas a pessoa que estava à minha frente não podia ser aquela menina que deveria ter agora, o quê, uns cinqüenta anos... Talvez a garota das minhas recordações fosse irmã dessa aqui, mas uma irmã bem mais velha, ou seja, que tivesse nascido muito antes dela. Seria possível? Não. Duignan morreu moço, na casa dos quarenta, portanto, não era possível que essa Avril fosse filha dele, já que era adulto quando eu era criança e... A minha cabeça empacou naqueles cálculos, como uma velha besta de carga confusa e exausta. Mas Avril, quem diria... Quem, por essas bandas, daria a uma filha um nome tão delicadamente primaveril?

Perguntei outra vez pelos Duignan, e Avril confirmou que Christy Duignan tinha efetivamente morrido — Christy? Será que cheguei a saber que Duignan se chamava Christy? —, mas que Mrs. D. ainda estava viva, numa residência para idosos ali mesmo no litoral. — Patsy mora perto de Old Bawn, e Mary está na Inglaterra, mas o pobre Willie morreu. — Assenti com um gesto. De repente, comecei a achar deprimente ficar ouvindo notícias daquela gente, daqueles membros da dinastia Duignan, tão concretos, mesmo que só de nome, tão mundanamente reais: Patsy, a fazendeira; Mary, a emigrante; e o pequeno Willie que tinha morrido; todos eles se aglomerando na minha cerimônia particular de recordações, como parentes pobres que não tinham sido convidados para um funeral imaginário. Não consegui pensar em nada que pudesse lhe dizer. Toda aquela euforia levitante de um momento atrás tinha desaparecido, e me senti dilatado e incomensurável, juntamente com aquele instante, parado ali, sorrindo, assentindo debilmente, e com o restinho de ar que havia sobrado começando a se dispersar. Avril ainda não tinha se identificado, a não ser pelo nome de batismo, e parecia achar que eu sabia quem ela era, que devia tê-la reconhecido — mas como poderia reconhecê-la, ou de onde, mesmo ela estando parada na porta daquela que foi antigamente a casa dos Duignan? Já que sabia tanto a respeito da família, será que não era um deles? Eu tinha quase certeza que não, ou, pelo menos, que não era um membro da família imediata; nenhum daqueles Willies, Marys e Patsys podia ser seu parente, caso contrário, a essa altura dos acontecimentos, ela decerto já teria dito alguma coisa. Quase de imediato, a tristeza que eu sentia se transformou numa onda de amargo ressentimento contra aquela mulher, como se, por alguma razão perversa, ela tivesse se postado ali de propósito, usando aquele disfarce pouco convincente — os cabelos tingidos com hena, aquelas botinas de velha —, só para usurpar um cantinho do meu passado mítico. A pele acinzentada do seu rosto, como pude reparar, estava cheia de sardas minúsculas. Não sardas cor de ferrugem, como as de Claire, nem aquelas, bem nítidas, que recobriam os braços estranhamente delicados de Christy Duignan; ou tampouco, aliás, como aquelas manchas preocupantes que começaram a surgir no dorso das minhas mãos e na pele branquíssima da curva dos meus ombros, de ambos os lados da curvatura da clavícula. As dela eram muito mais escuras, do mesmo tom ruço do casaco de Claire, pouco maiores do que a cabeça de um alfinete, e, sinto dizê-lo, sugeriam uma falta de asseio crônica e generalizada. Aquilo me lembrou alguma coisa, mas não consegui descobrir o que seria.

— O que acontece, sabe — disse eu —, é que a minha mulher morreu.

Não sei o que deu em mim para dizer isso assim, daquele jeito. Tive esperanças de que Claire, às minhas costas, não tivesse ouvido nada. Avril ficou me olhando com um ar inexpressivo, decerto contando que eu fosse acrescentar alguma outra coisa. Mas o que mais eu poderia dizer? Em certas declarações, não dá para fazer maiores elucubrações... Ela fez um gesto que devia denotar compaixão, erguendo um dos ombros e o canto da boca do mesmo lado.

— Que pena — acrescentou ainda, num tom anódino, insípido. — Lamento muito. — Mas, de certa forma, não parecia estar sendo sincera.

O sol de outono veio baixando sobre o quintal, dando às pedras do chão um brilho azulado, e, no portão, um vaso de gerânios ostentava as últimas flores da estação. Honestamente, este mundo...

NO SILÊNCIO LANOSO DO GOLF HOTEL, minha filha e eu parecíamos ser os únicos clientes. Quando pedi o chá da tarde, que Claire estava querendo tomar, fomos conduzidos até um jardim-de-inverno vazio, nos fundos do prédio, dando para a praia e para a maré baixa. Ali, apesar do ar gélido, pairava em surdina um leve vestígio de farras de outros tempos. O lugar cheirava a um misto de cerveja derramada e cigarro apagado, e, em cima de um estrado, a um canto, havia um piano, testemunha incongruente do Velho Oeste, com a tampa levantada, mostrando a careta falhada das suas teclas. Depois daquele encontro na fazenda, estava me sentindo abalado e deprimido, como uma diva que deixa o palco, cambaleando, ao fim de uma noite desastrosa em que os agudos falharam, as deixas não funcionaram e o cenário despencou. Claire e eu nos sentamos num sofá, um ao lado do outro, e, pouco depois, um garoto ruivo e desajeitado, usando um paletó preto de garçom e umas calças com listras nas laterais, entrou trazendo uma bandeja que botou, tilintando, numa mesinha baixa à nossa frente, e foi embora, tropeçando nos sapatos enormes. O saquinho de chá é uma coisa nojenta que, para os meus olhos talvez excessivamente suscetíveis, sugere algo que algum indivíduo relaxado tenha deixado na privada sem dar a descarga. Enchi a xícara com aquele chá cor de limo, incrementando-o com um pouquinho do conteúdo de minha garrafa de bolso — nunca ficar sem um estoque de anestésico; eis algo que aprendi nesse ano que passou. A luz da tarde estava turva e nevoenta, e uma densa muralha de nuvens, de um azul embaçado, se erguia no horizonte. As ondas arranhavam a areia macia à beira-mar, lutando em vão para se agarrar ao solo. Havia mais palmeiras por ali, esguias e descabeladas, com o tronco acinzentado parecendo espesso e rijo como pele de elefante. Elas devem ser muito resistentes para sobreviver nesse clima frio do norte... Será que as suas células se lembram do calor escaldante do deserto? A minha filha estava ali sentada, enfurnada naquele casaco, segurando a xícara de chá com as duas mãos para aquecê-las. Senti um aperto no coração ao perceber as suas unhas de bebê, pintadas de um lilás bem claro. Os filhos são sempre os filhos...

Falei do Campo, do chalé, dos Duignan.

— Você vive no passado — disse ela.

Estava a ponto de lhe dar uma resposta ríspida, mas me contive. Afinal de contas, ela tinha razão. Segundo consta, a vida, a vida autêntica, deve ser luta, incansável atuação e afirmação, com o desejo batendo com a cabeça obtusa na parede do mundo, ou coisa do gênero. Mas, quando olho para trás, vejo que a maior parte das minhas energias sempre esteve voltada para a simples busca de abrigo, de conforto, de — sim, admito — aconchego. Aí está uma percepção surpreendente, para não dizer chocante. Antigamente, eu me via um pouco como um pirata, enfrentando quem quer que me aparecesse pela frente, com uma faca enfiada entre os dentes; agora, porém, sou forçado a me dar conta de que isso era uma ilusão. Tudo o que sempre quis foi ficar escondido, protegido, resguardado; me enfiar numa toca com a quentura de um útero, e ficar encolhido ali, abrigado do olhar indiferente do céu e dos efeitos nocivos do ar tão rude. É por isso que o passado representa um refúgio para mim: corro ao seu encontro, na maior ansiedade, esfregando as mãos, tentando me livrar do frio presente e do futuro mais frio ainda. Mas, apesar de tudo, que existência tem, na verdade, esse passado? Afinal, ele é apenas o que o presente foi tempos atrás; o presente que passou, nada mais que isso. E olhe lá...

Claire encolheu a cabeça como uma tartaruga, enfiando-se na concha do casaco, tirou os sapatos e apoiou os pés na borda da mesinha. Há sempre um quê de tocante na visão dos pés de uma mulher usando meias; acho que deve ser o jeito como os dedos ficam todos juntinhos, dando até a impressão de que vão chegar a se fundir. Os dedos dos pés de Myles Grace eram naturalmente, antinaturalmente, assim. Quando ele os abria, coisa que fazia com tanta facilidade como se estivesse mexendo os dedos das mãos, as membranas que os uniam se esticavam tornando-se uma teia finíssima, rosada e translúcida, rajada, como uma folha, por uma infinidade de veiazinhas vermelhas como brasas encobertas, marcas de uma deidade, sem dúvida alguma.

De repente, vendo o azul do anoitecer que ia ficando cada vez mais carregado, me lembrei da família de ursinhos, companheiros de Claire durante toda a sua infância. Achava ligeiramente repulsivas aquelas coisas que pareciam animadas. Inclinado sobre ela, para lhe dar boa-noite, via, saindo pela borda das cobertas, à luz porosa do abajur da mesinha-de-cabeceira, uma meia dúzia de minúsculos olhinhos de vidro reluzente, de um marrom úmido, imóvel, sinistramente alertas, olhando para mim.

— Seus *lares familiares* — disse com meus botões. — Acho que ainda devem estar lá, enfiados na sua cama de solteira.

Um raio de sol desceu de viés sobre a praia, deixando a areia da orla branquíssima, e um pássaro branco, ofuscante contra o pano de fundo da muralha de nuvens, se ergueu no céu com as asas como foices, e, virando-se com um estalido inaudível, mergulhou no dorso do mar feito um "v" bem fechado. Claire ficou imóvel por um instante; depois, começou a chorar. Não havia ruído algum; só as lágrimas, contas reluzentes de mercúrio nos últimos clarões da luz marinha que vinha baixando naquela parede de vidro à nossa frente. Chorar daquele jeito calado, quase incidental, é outra coisa que ela faz igualzinho à mãe.

— Não é só você que está sofrendo — disse ela.

Sei muito pouco sobre a minha filha. Um dia, quando era garota, lá pelos doze ou treze anos, acho eu, e se equilibrava na soleira da puberdade, entrei no seu banheiro, pois ela tinha esquecido de trancar a porta. Claire estava nua, a não ser por uma toalha enrolada nos cabelos, como um turbante. Virou a cabeça para me olhar, naquela luminosidade calma que penetrava pela janela, gelada, imperturbável, fitando-me lá daquela plenitude de si mesma. Os seios mal começavam a despontar, mas já dava para perceber o traseiro avantajado. O que foi que senti, vendo-a parada ali? Um caos interior, recoberto por uma ternura e por uma espécie de medo. Dez anos depois, ela abandonou a faculdade de história da arte — Vaublin e o estilo *fête galante*; essa, sim, é a minha menina, ou era — e foi dar aulas para crianças retardadas, numa das turbulentas favelas cada vez mais numerosas na cidade. Que desperdício de talento... Não pude perdoá-la, e continuo não podendo. Tentei, mas não consegui. E tudo por causa de um rapaz, metido a intelectual, de poucas palavras, e com idéias extremamente igualitárias, por quem ela se apaixonou. O romance, se é que aquilo foi mesmo um romance — desconfio que Claire ainda seja virgem —, teve um péssimo desfecho para ela. Depois de convencê-la a abandonar o que deveria ter sido o trabalho de sua vida, para se dedicar a uma tarefa social inútil, o canalha fugiu, deixando a minha menina a ver navios. Tive vontade de ir atrás dele, e matá-lo. Pelo menos, disse eu, deixe-me contratar um advogado para processá-lo por quebra de promessa. Anna mandou que eu parasse com aquela história, pois só estava piorando as coisas. Ela já estava doente. O que é que eu podia fazer?

Lá fora, a noite vinha chegando. O mar, que antes estava calmo, começou a se agitar, talvez porque a maré estivesse mudando. As lágrimas de Claire tinham cessado, mas o seu rosto ainda estava molhado. Ela parecia nem tê-las notado. Estremeci; aqueles dias de cemitério, repletos de gente enlutada, ficaram se arrastando para lá e para cá, insensivelmente, sobre o meu túmulo.

Um sujeito grandalhão, vestido de fraque, chegou pela porta que ficava às nossas costas, e veio entrando sem fazer barulho, com passos de criado. Olhou para nós, de um jeito educadamente inquiridor; os nossos olhos se encontraram, e ele foi embora novamente. Claire fungou, e, metendo a mão num dos bolsos, tirou dali um lenço para assoar ruidosamente o nariz.

— Depende — disse eu, com brandura — do que você entende por sofrer.

Ela não disse nada, mas afastou o lenço do rosto, se levantou e olhou ao seu redor, com a testa franzida, como se procurasse alguma coisa, mas não soubesse muito bem o quê. Disse que ia ficar esperando por mim no carro e saiu, de cabeça baixa, com as mãos enfiadas nos bolsos do casaco de pele. Suspirei. Contra a abóbada cada vez mais escura do céu, as aves marinhas subiam e mergulhavam, como farrapos de pano rasgado. Percebi que estava com dor de cabeça; nem tinha me dado conta de que ela vinha martelando o meu crânio desde que me sentei nessa caixa envidraçada de ar viciado.

O menino garçom voltou, hesitante como um filhote de raposa, e fez menção de retirar a bandeja, com um cacho ruivo pendendo frouxo da sua testa. Com aquela cor de cabelo, ele bem poderia ser mais um dos membros do clã Duignan, da geração mais jovem. Perguntei como se chamava. Ele estancou, inclinou desajeitadamente o tronco para frente e me olhou, por baixo daquelas sobrancelhas desbotadas, com um ar especulativamente assustado. O seu paletó estava meio lustroso; os punhos puídos da camisa estavam manchados.

— Billy, senhor — respondeu.

Dei a ele uma moeda. O garoto me agradeceu, guardou-a, apanhou a bandeja e se virou para sair. Parou, então, hesitante.

— Está tudo bem, senhor? — indagou.

Tirei do bolso as chaves do carro e olhei para elas perplexo. Tudo parecia ser outra coisa. Disse que sim, que estava tudo bem, e ele se foi. O silêncio ao meu redor estava tão pesado quanto o mar. Lá de cima do tal estrado, o piano continuava sorrindo, com aquele seu sorriso medonho.

Quando estava saindo do saguão, vi o tal homem de fraque. Ele tinha um rosto largo, pálido, curiosamente desprovido de qualquer traço característico. Inclinou-se diante de mim, sorridente, com uma das mãos segurando o pulso da outra à frente do peito, num gesto excessivo, operístico. O que há com essa gente que me faz lembrar delas? O olhar do sujeito era untuoso, embora, de certa forma, ameaçador. Talvez achasse que eu deveria lhe dar uma gorjeta também. Como sempre digo: esse mundo...

Claire estava me esperando perto do carro, com os ombros encolhidos e usando as mangas do casaco como se fossem um regalo.

— Devia ter me pedido a chave — observei. — Achou que eu não ia querer lhe dar?

No caminho de volta para casa, ela insistiu em dirigir, apesar da minha vigorosa resistência. A essa altura, já era noite fechada, e, sob a luz arregalada dos faróis do carro, sucessivos grupos de árvores desfolhadas, de aparência assustadora, surgiam de repente diante de nós e desapareciam com a mesma rapidez, sumindo na escuridão, de um lado e de outro da estrada, como se houvessem sido derrubadas pela força da nossa passagem. Claire estava tão debruçada sobre o volante que o seu nariz quase roçava o pára-brisa. A luz vinda do painel, como um gás esverdeado, dava ao seu rosto uma tonalidade fantasmagórica. Disse-lhe que devia me deixar dirigir. Disse também que não estava bêbado. Ela retrucou que eu tinha dado cabo do conteúdo da garrafinha de bolso, que me viu esvaziá-la inteiramente. E respondi que ela não tinha nada que ficar me censurando daquele jeito. Claire recomeçou a chorar, esbravejando em meio às lágrimas. Acrescentei que, mesmo bêbado, eu ainda seria menos perigoso ao volante do que ela, no estado em que se encontrava. As coisas continuaram nesse pé, a ferro e fogo, ou com unhas e dentes, como preferirem. E revidei na mesma moeda, da melhor, ou da pior maneira possível, lembrando à minha filha, simplesmente para castigá-la, que, naquele ano em que a sua mãe estava morrendo, ela havia passado boa parte do tempo, boa, nada, má... — como a língua é imprecisa; como é inadequada para as ocasiões... — convenientemente à distância, continuando os seus estudos, enquanto eu fiquei lá, tentando me virar como podia. Com isso, acertei o alvo em cheio. Ela deu um grito rouco, por entre os dentes cerrados, e bateu com as mãos no volante. E, aí, começou a me fazer todo tipo de acusação. Disse que eu é que *tinha feito Jerome ir embora*. Fiquei atônito. Jerome? Que Jerome? Decerto estava se referindo àquele coração-de-ouro sem queixo — nossa, como ele fez bem a Claire! — que, por algum tempo, foi o objeto de seu afeto. Claro, Jerome, esse era o nome, bastante inverossímil, aliás, daquele canalha. Mas, pelo amor de Deus, indaguei, me controlando, como é que eu *fiz esse sujeito ir embora*? Ao que ela respondeu apenas bufando e abanando a cabeça. Tentei ponderar. É claro que eu o considerava um pretendente inadequado, e disse isso a ele mais de uma vez, sem meias-palavras; mas, pelo jeito que Claire falava, parecia até que eu tinha brandido um chicote para o sujeito, ou descarregado um revólver em cima dele. Além disso, se foi a minha oposição que *fez ele ir embora*, o que isso revela quanto ao seu caráter ou à tenacidade de suas intenções? Não, de jeito nenhum, ela estava muito melhor assim, livre de gente como ele, sem sombra de dúvida. Resolvi, porém, que era mais sensato ficar calado por enquanto, guardando as minhas idéias para mim mesmo, e, um ou dois quilômetros adiante, a raiva de Claire já tinha se abrandado. Isso é uma coisa que sempre reparei nas mulheres: basta saber esperar para conseguirmos o que queremos.

Quando chegamos em casa, entrei imediatamente, deixando que ela se encarregasse de estacionar o carro; procurei o telefone dos Cedros no caderninho, liguei para Miss Vavasour e disse-lhe que estava querendo um quarto. Depois, subi e me enfiei na cama, de cuecas. De repente, estava me sentindo exausto. Brigar com a própria filha é, no mínimo, debilitante. A essa altura, tinha saído do quarto em que dormia com Anna e me instalado no de hóspedes, acima da cozinha. Era o quarto de Claire em criança, e tinha uma cama baixa e estreita, pouco maior do que um berço. Dava para ouvi-la lá embaixo, na cozinha, batendo vasilhas e panelas. Ainda não tinha lhe contado que decidi vender a casa. Pelo telefone, Miss V. me perguntou quanto tempo eu pretendia ficar por lá. Pelo tom da sua voz, pude perceber que estava um tanto confusa, até mesmo descrente. Fiz questão de manter a imprecisão. Umas semanas, disse eu; talvez alguns meses. Ela ficou calada por um bom momento, pensando. Mencionou o coronel, um hóspede permanente, e bem aferrado aos seus hábitos, acrescentou. Preferi não fazer comentários. O que é que eu tinha a ver com coronéis? Por mim, as Forças Armadas inteiras poderiam estar hospedadas naquela casa... Não estou nem aí. Disse ainda que eu teria de mandar lavar a minha roupa fora. Perguntei se ela se lembrava de mim. — Lembro, sim — respondeu Miss V., sem qualquer inflexão particular —, claro que me lembro.

Ouvi os passos de Claire subindo a escada. A sua raiva tinha passado e o seu andar era um arrastar-se, penoso, desconsolado. Tenho certeza de que ela também acha que as discussões são cansativas. A porta do quarto estava entreaberta, mas ela não entrou, limitando-se a perguntar, pela fresta, num tom apático, se eu ia querer comer alguma coisa. Não tinha acendido nenhuma lâmpada e o desenho trapezóide traçado pela luz que ia diminuindo no linóleo do chão, vinda do vestíbulo onde ela estava, era uma trilha que levava diretamente à infância, tanto à dela quanto à minha própria. Quando Claire era pequena e dormia neste quarto, nesta cama, gostava de ouvir o som da minha máquina de escrever que vinha lá do escritório, no andar de baixo. Era um som reconfortante, dizia ela, como se estivesse me ouvindo pensar, embora eu não veja como o som dos meus pensamentos pudesse reconfortar quem quer que fosse. Acho que deveria ser justo o contrário... Ah, mas como aqueles dias, como aquelas noites estão longe agora... Seja como for, ela não devia ter gritado comigo daquele jeito, no carro. Não mereço que gritem comigo assim. — Pai — insistiu ela —, vai querer jantar ou não vai? — Não respondi, e ela foi embora. Viver no passado... Será?

Virei para a parede, dando as costas à luz. Mesmo com os joelhos dobrados, os meus pés ainda ficam para fora da cama. Enquanto tentava ajeitar os lençóis embolados — nunca consegui lidar bem com as roupas de cama —, senti o meu próprio cheiro, quente e ardido. Antes de Anna ficar doente, eu dedicava ao meu corpo físico apenas uma terna repugnância, como a maioria das pessoas — com relação a si mesmas, é claro; não com relação a mim —, tolerando, já que não havia outro jeito, os produtos da minha humanidade lamentavelmente inelutável: os diversos eflúvios, as eructações, pela frente e por trás, o catarro, a caspa, o suor e outros vazamentos comuns, inclusive aquilo que o Bardo de Hartford denominou, graciosamente, partículas dos fazeres terrenos. No entanto, depois que o corpo de Anna a traiu; depois que ela começou a ter medo dele e das suas estranhas possibilidades, desenvolvi, por um misterioso processo de transferência, uma progressiva aversão pela minha própria carne. Não passo o tempo todo sentindo essa sensação de nojo de mim mesmo, ou, pelo menos, nem sempre estou consciente dela, embora, muito provavelmente, ela esteja me rondando, esperando até eu ficar sozinho, sobretudo à noite, ou de manhã bem cedo, para então me cercar como o miasma dos ares de um pântano. Desenvolvi também uma fascinação nauseante com relação aos processos do meu corpo, especialmente os que são graduais, como, por exemplo, o fato de o meu cabelo e as minhas unhas continuarem a crescer, independentemente do estado em que eu me encontre, do quanto esteja sofrendo. A mim, me parece uma falta de consideração, um descaso pelas circunstâncias, essa incessante geração de matéria que já morreu, assim como os animais continuam com as suas atribuições animais, indiferentes, ou ignorando o fato de que o seu dono está estirado na cama fria, lá em cima, de boca aberta e com os olhos vidrados, e nunca mais vai descer para lhes dar ração ou apanhar um abridor para abrir uma última lata de sardinhas.

Por falar em máquina de escrever — falei, sim, mencionei a máquina um minuto atrás —, sonhei, na noite passada, acabo de me lembrar disso, que estava tentando datilografar o meu testamento numa máquina em que faltava a letra "e", ou melhor, a palavra "e", tivesse ou não acento...

AQUI, À BEIRA-MAR, O SILÊNCIO tem uma qualidade especial à noite. Não sei se é por minha causa, quero dizer, se essa qualidade é algo que trago para o silêncio do meu quarto, e até mesmo para a casa toda, ou se é um efeito local, provocado pelo sal existente no ar, talvez, ou pelo clima marinho em geral. Não me lembro de ter reparado nisso quando era garoto e me hospedava no Campo. Ele é denso, e, ao mesmo tempo, oco. Levei noites e noites para descobrir o que isso me lembrava. É como o silêncio que conheci quando ficava doente, em criança; quando tinha de ficar de cama, com febre, encasulado debaixo de uma pilha de cobertores quentes e úmidos, com o vazio ressoando nos meus ouvidos como o ar numa batisfera. Naquela época, estar doente era uma coisa especial, um lugar à parte, onde ninguém mais podia entrar, nem o médico, com o seu estetoscópio de arrepiar, nem mesmo a minha mãe, quando vinha pôr a mão fria na minha testa pelando. É num lugar como esse que me sinto agora, a quilômetros de nada e de ninguém. Penso nas outras pessoas dentro dessa casa, Miss Vavasour e o coronel, dormindo nos seus quartos, e, de repente, me ocorre que talvez eles não estejam dormindo, mas acordados como eu, fitando, com os olhos desolados, a escuridão de um azul quase chumbo. Talvez um deles esteja pensando no outro, pois o coronel tem uma queda pela nossa castelã, garanto. Já ela ri dele pelas costas, não sem uma certa ternura, chamando-o de coronel Bunker, ou de "nosso bravo soldado". Às vezes, pela manhã, os olhos dela estão vermelhos, como se tivesse passado a noite inteira chorando. Será que se sente culpada pelo que aconteceu, e ainda sofre por causa disso? Que barquinho de tristeza somos nós, navegando em meio a esse silêncio abafado pela escuridão do outono...

Foi particularmente nessa noite que me lembrei dos Grace. Deitado ali, na cama estreita de metal do chalé, com a janela aberta, ouvindo a quebra intermitente das ondas na praia, numa constante monotonia; ouvindo o grito solitário de uma ave marinha também insone, e, às vezes, a algazarra distante de um codornizão, os gemidos espalhafatosos, mas quase inaudíveis, da orquestra do Golf Hotel, tocando uma última valsa lenta e os meus pais brigando na sala da frente, como sempre faziam quando achavam que eu já estava dormindo, atacando-se mutuamente, num tom baixo e áspero, toda noite, toda noite, até aquela última em que o meu pai foi embora para nunca mais voltar. Mas isso foi durante o inverno, em outro lugar, e só aconteceu alguns anos mais tarde. Para me impedir de ficar tentando ouvir o que os dois diziam, tratava de me distrair inventando histórias nas quais eu salvava Mrs. Grace de alguma grande catástrofe, como um naufrágio, ou uma tempestade devastadora, e ia abrigá-la numa caverna providencialmente seca e aquecida, onde, à luz do luar — a essa altura, o navio já tinha afundado, a tempestade já tinha amainado —, eu a ajudava, com todo o carinho, a despir o maiô encharcado e envolvia, com uma toalha, a sua nudez fosforescente. Nós nos deitávamos; ela apoiava a cabeça no meu braço, tocava o meu rosto, num gesto de gratidão, e suspirava; dormíamos juntos, então, ela e eu, aninhados na imensidão da branda noite de verão.

Naquela época, eu era absolutamente fascinado pelos deuses. Não estou falando de Deuses com maiúscula, mas dos deuses em geral. Ou da idéia dos deuses, quero dizer, da possibilidade de sua existência. Era um leitor ávido e conhecia bastante bem as personagens da mitologia grega, embora não fosse lá muito fácil acompanhá-las, já que elas se transformam com uma freqüência incrível e as suas aventuras são variadíssimas. O que tinha deles era uma imagem necessariamente estilizada — grandes figuras de plasticina, seminuas, só músculos torneados e torsos que mais pareciam um funil invertido —, nascida das obras dos grandes mestres do renascimento italiano, especialmente Michelangelo, cujas reproduções devia ter visto em algum livro ou revista, uma vez que andava sempre à cata de ilustrações de nudez. É claro que o que mais me atraía eram os feitos eróticos desses seres celestiais. A simples idéia daquela nudez tão tensionada, que chegava a ser palpitante, exposta, a não ser pelas pregas marmóreas de um manto, ou por uma tirinha de gaze aleatoriamente colocada — aleatória, talvez, mas tão completa e frustrantemente eficaz para proteger o recato quanto a toalha de praia de Rose ou, decerto, o maiô de Connie Grace —, enchia a minha imaginação inexperiente, mas já aguçada, com devaneios de amor e transgressões amorosas, todos eles assumindo invariavelmente a forma da perseguição, da captura e da dominação violenta. Dos detalhes dessas escaramuças acontecidas no solo dourado da Grécia, tinha apenas uma vaga noção. Imaginava coxas morenas que se agitavam e estremeciam, pálidos quadris que se contraíam, mesmo quando se entregavam, e ouvia os gemidos que eram um misto de êxtase e de doce sofrimento. No entanto, a mecânica daquela arte me escapava.

Certo dia, durante os meus passeios pelas trilhas cheias de espinheiros das Furnas, que era como chamavam a faixa de mato situada entre a praia e os campos, quase tropecei num casal deitado numa reentrância do terreno, fazendo amor, coberto com uma capa de chuva. Com os movimentos que faziam, a capa foi saindo do lugar e acabou cobrindo as suas cabeças, mas deixando de fora a parte de baixo dos seus corpos — ou, quem sabe, não foram eles mesmos que a puseram desse jeito, preferindo esconder o rosto, tão mais fácil de identificar, afinal de contas, do que os seus traseiros —, e, quando os vi ali, o homem ritmicamente atarefado sobre os quadris erguidos da mulher de pernas bem abertas, senti algo crescer e apertar a minha garganta, uma onda de tumulto e um misto de repulsa e excitação. "Então é isso", pensei, ou a idéia se pensou sozinha em minha cabeça, "então é isso que eles fazem...".

O amor de gente grande. Era estranho tentar imaginá-los, juntos, naquele embate em seus leitos olímpicos, na escuridão da noite, tendo apenas as estrelas por testemunhas, agarrando-se e enlaçando-se, ofegando entre carícias, gritando de prazer como se sentissem dor. Como poderiam justificar aquelas ações noturnas para os seus eus diurnos? Eis aí uma coisa que me deixava intrigadíssimo. Será que não ficavam envergonhados? No domingo de manhã, digamos, chegam à igreja ainda entorpecidos por aqueles rompantes de sábado à noite. O padre vem recebê-los na porta. Ambos sorriem, inocentes, murmurando palavras inócuas. A mulher mergulha os dedos na pia de água benta, deixando ali um pouco dos persistentes fluidos do amor. Por baixo das roupas de domingo, as suas coxas ainda estão comichando com a lembrança do prazer. Os dois se ajoelham, sem fazer caso do olhar sofrido e reprovador que a estátua do seu Salvador lhes lança da cruz. Depois do almoço de domingo, talvez mandem que as crianças vão brincar lá fora para, então, se recolherem ao santuário do seu quarto, e, com as cortinas fechadas, começarem tudo outra vez, sem saber que os olhos injetados da minha mente estão pregados neles, sem sequer piscar. É, eu era um desses meninos. Ou, melhor dizendo, parte de mim ainda é o menino que eu era naquela época. Um monstrinho, em outras palavras, de mente suja. Como se existisse outro tipo de meninos... Nunca crescemos. Eu, pelo menos, nunca cresci.

Durante o dia, ficava perambulando pela Station Road, na esperança de avistar Mrs. Grace. Passava diante do portão de ferro verde, andando mais devagar, como um sonâmbulo, e torcendo para ela aparecer na porta da frente, como o marido tinha feito naquele dia em que o vi pela primeira vez; mas ela teimava em ficar dentro de casa. Desesperado, ia espiar pelos fundos, onde havia o varal, mas tudo o que via eram as roupas das crianças, os seus shorts e as suas meias, e uma ou outra peça nada interessante das roupas de baixo de Chloe, além, é claro, das cuecas flácidas e encardidas do pai deles, sendo que, uma vez, cheguei a ver aquele chapéu que parecia um balde pendurado numa posição meio indecorosa. A única coisa que jamais vi de Mrs. Grace foi o tal maiô preto, pendurado pelas alças, frouxo e escandalosamente vazio; assim, seco, parecia menos uma pele de foca do que a de uma pantera. Olhava também para as janelas, principalmente a do quarto, no andar de cima, e, um dia, fui recompensado — como meu coração disparou! — pela visão, por detrás de uma vidraça sombreada, de algo que me deu a impressão de ser uma coxa nua e que só podia ser dela. Depois, aquela carne adorada saiu dali e foi substituída pelos ombros peludos do marido, sentado na privada, pelo pouco que eu podia deduzir, estendendo a mão para pegar o papel higiênico.

Certo dia, a porta se abriu, mas quem saiu foi Rose, e o jeito como me olhou me fez baixar a cabeça e ir andando. Engraçado, mas, desde o começo, Rose entendeu tudinho a meu respeito. E, sem dúvida alguma, ainda entende.

Cismei que ia entrar naquela casa, andar por onde Mrs. Grace andava, sentar onde ela sentava, tocar nos objetos em que ela tocava. Para conseguir o meu intento, decidi me aproximar de Chloe e de seu irmão. Isso era fácil, como são essas coisas na infância, mesmo para uma criança retraída como eu. Nessa idade, não precisamos puxar conversa nem lançar mão de qualquer ritual para uma aproximação ou um encontro educados; basta ficar por perto e esperar para ver o que acontece. Um dia, vi os dois, no pátio defronte do café Strand. Ainda não tinham percebido a minha presença. Atravessei a rua na diagonal, em direção ao lugar onde estavam, e parei. Myles tomava um sorvete, na maior concentração, passando a língua cuidadosamente por todos os lados, como uma gata lambendo a cria, enquanto Chloe, que já tinha terminado o seu, suponho, esperava pelo irmão com um ar letargicamente entediado, recostada na porta do café, um dos pés calçados de sandálias apoiado no peito do outro, e o rosto bestamente voltado para o sol. Eu não disse nada; nem eles. Só ficamos parados ali, sob o sol da manhã, em meio aos cheiros de algas marinhas, de baunilha e daquilo que o Strand servia como sendo café, até que, finalmente, Chloe se dignou baixar a cabeça e, olhando para os meus joelhos, perguntou como eu me chamava. Quando lhe disse o meu nome, ela o repetiu, como se fosse uma moeda suspeita que precisasse testar, mordendo.

— Morden? — indagou ela. — Que diabos de nome é esse?

Fomos subindo a Station Road. Chloe e eu na frente, Myles atrás, saltitando. Por pouco não escrevi grudado nos nossos calcanhares. Eles eram da cidade, segundo me disse Chloe. Estava na cara. Perguntou, então, onde eu me hospedava. Fiz um gesto vago.

— Lá para aqueles lados — respondi. — Depois da igreja.

— Numa casa ou num hotel?

Como ela era rápida... Pensei em mentir — "Na verdade, no Golf Hotel" —, mas percebi aonde uma mentira ia me levar.

— Num chalé — disse eu, entre dentes.

Ela assentiu, pensativa.

— Sempre quis ficar num chalé — comentou.

Aquela declaração não me trouxe nenhum consolo. Pelo contrário, fez com que eu tivesse uma visão rápida, mas absolutamente nítida, de uma privada ao ar livre, aquela casinha de madeira toda troncha, entre os arbustos de lupino, que se via da janela do meu quarto, e tive até a impressão de sentir o fedor seco e amadeirado dos pedacinhos de jornal enfiados naquele gancho enferrujado e pendurados na porta.

Chegamos aos Cedros; paramos no portão. O carro estava estacionado no pátio. Tinha voltado há pouco, pois o motor que esfriava ainda estalava a língua, num lamento meio atarantado. Podia ouvir, vindos de dentro da casa, os sons melodiosos de uma dessas orquestras de chá-dançante tocando no rádio de pilha, e imaginei Mrs. Grace e o marido dançando juntos, deslizando por entre os móveis; ela, com a cabeça atirada para trás, a garganta à mostra; ele se remexendo sobre aquelas patas peludas de sátiro e sorrindo, ávido, com o rosto erguido para fitá-la — era alguns centímetros mais baixo do que a mulher —, mostrando os dentinhos afiados, e os olhos azul-claros brilhando com divertida volúpia. Chloe estava fazendo uns desenhos no cascalho, com a ponta da sandália. Havia uns pelinhos finos e brancos nas batatas de suas pernas, mas suas canelas eram lisas e lustrosas como uma pedra. De repente, Myles deu um salto, ou melhor, um pulinho, como se fosse de alegria — mas o movimento foi um pouco mecânico demais para ser isso, mais parecendo um boneco de corda que subitamente adquirisse vida —, e me deu um tapa na nuca, de brincadeira; depois, lá se foi ele, e, com um risinho abafado, escalou na maior agilidade as grades do portão e pulou para o cascalho do outro lado. Virou-se, então, para nos encarar, e se agachou, joelhos e cotovelos dobrados, como um acrobata à espera dos merecidos aplausos. Chloe fez uma careta, repuxando um canto da boca.

— Não ligue, não — disse, em tom aborrecido. — Ele não fala.

Os dois eram gêmeos. Nunca tinha visto gêmeos antes, em carne e osso, e achei aquilo tudo fascinante, mas, ao mesmo tempo, ligeiramente repulsivo. Parecia alguma coisa quase indecente nessas circunstâncias. Na verdade, como eram um menino e uma menina, não podiam ser idênticos — a simples idéia de gêmeos idênticos provocou um arrepio de excitação secreta e misteriosa na minha espinha —; mesmo assim, deve haver entre ambos uma intimidade incrivelmente profunda. Como seria isso? Seria como ter uma mente e dois corpos? Se fosse assim, pensar nisso chegava a ser repugnante. Imaginem só conhecer intimamente, por dentro, por assim dizer, como é um outro corpo, com todas as suas partes, todos os seus cheiros, todas as suas necessidades... Como era possível? Fiquei louco para saber. Numa tarde chuvosa de domingo, naquele arremedo de cinema — estou dando um salto no tempo —, estávamos vendo um filme em que dois prisioneiros, presos por correntes nos tornozelos, conseguiram escapar ainda ligados um ao outro, e, ao meu lado, Chloe se remexeu na cadeira e fez um ruído abafado, um misto de suspiro e de riso. — Olhe só — sussurrou ela. — É exatamente como Myles e eu. — Aquilo me deixou desconcertado; senti que tinha ficado vermelho e adorei que estivéssemos no escuro. Ela devia estar admitindo alguma coisa muito íntima e vergonhosa. Mas era justamente essa noção de que havia algo impróprio nessa proximidade que me deixava louco para saber mais; louco, mas também relutante. Uma vez — e, aqui, o salto foi ainda maior —, quando tomei coragem e pedi a Chloe que me contasse, porque estava doido para saber, como era aquilo, aquele estado de intimidade inconfessável com o irmão — o seu outro! —, ela refletiu por um instante, e, em seguida, ergueu as mãos diante do rosto, com as palmas voltadas uma para a outra, bem próximas, mas não exatamente encostadas. — É como dois ímãs — disse. — Só que virados do lado errado, puxando e empurrando. — Depois de dizer isso, mergulhou num silêncio sombrio, como se, desta vez, ela é que estivesse achando que tinha deixado escapar um segredo vergonhoso. E se afastou. Por um momento, senti algo parecido com aquela tonteira de pânico que tinha quando prendia o fôlego por tempo demais debaixo da água. Decididamente, ela era alarmante, aquela tal de Chloe. Nada mais, nada menos...

O laço que unia os dois irmãos era palpável. Eu o imaginava como um fio delicado, feito de algo reluzente e pegajoso, como uma teia de aranha, ou um filamento cintilante como aquele que as lesmas deixam atrás de si quando vão de uma folha para a outra, ou ainda alguma coisa rígida e luzidia, e bem retesada, como a corda de uma harpa, ou como um garrote. Aqueles dois eram ligados um ao outro; ligados, estreitamente atados. Sentiam as mesmas coisas, dores, emoções, medos. Compartilhavam pensamentos. Podiam acordar à noite e ficar deitados, ouvindo a respiração do outro, sabendo que haviam tido o mesmo sonho. Não contavam o tal sonho para o outro. Não era preciso. Ambos sabiam.

Myles nasceu mudo. Ou melhor, simplesmente nunca falou. Os médicos não encontraram nenhum motivo que justificasse esse silêncio renitente, e se declararam perplexos, ou céticos, ou ambas as coisas. De início, todos acharam que fosse apenas uma questão de tempo e que, um belo dia, ele começaria a falar como qualquer pessoa. Mas os anos foram passando e Myles continuava a não dizer uma só palavra. Se era capaz de falar e havia optado por não fazer isso, eis algo que ninguém saberia dizer. Era mudo ou calado; calado ou mudo? Será que possuía uma voz que jamais usou? Será que se exercitava quando não havia ninguém por perto? Eu o imaginava, à noite, na cama, debaixo das cobertas, sussurrando baixinho e sorrindo, com aquele seu sorriso ávido de elfo. Ou quem sabe não falava com Chloe? Como não deviam rir, bem abraçadinhos, compartilhando esse segredo...

— Ele vai falar quando tiver algo a dizer — resmungava o pai dos meninos, com a exaltação ameaçadora de costume.

Era evidente que Mr. Grace não dava a mínima para o filho. Sempre que podia, tratava de evitá-lo, e relutava principalmente em ficar a sós com ele. O que não era de surpreender, pois ficar sozinho com Myles era como estar em algum lugar de onde alguém houvesse acabado de sair impetuosamente. A sua mudez era uma emanação que impregnava e saturava tudo ao seu redor. Ele não dizia nada, mas nunca ficava em silêncio. Estava sempre remexendo em uma coisa qualquer, agarrando algo e logo jogando aquilo no chão ruidosamente. Ficava fazendo uns barulhinhos secos com a garganta. Era possível ouvi-lo respirar.

A mãe o tratava de um jeito vagamente displicente. Às vezes, quando passava para cá e para lá durante o dia — embora não bebesse para valer, ela sempre dava a impressão de estar ligeiramente bêbada —, Mrs. Grace se detinha e parecia reparar na presença do filho, meio como se não o reconhecesse, franzindo a testa e, ao mesmo tempo, sorrindo, com um ar tristonho e impotente.

Nem um nem outro sabia usar a linguagem dos sinais, e falavam com Myles por meio de uma pantomima improvisada que parecia menos uma tentativa de comunicação do que uma maneira impaciente de mandar que ele saísse da sua frente. Mesmo assim, o garoto entendia bastante bem o que os pais estavam tentando lhe dizer, e, muitas vezes, antes mesmo que eles tivessem acabado, o que os deixava ainda mais impacientes e irritados. No fundo, no fundo, tinham um certo medo dele. O que também não era de surpreender. Devia ser mais ou menos como viver com um *Poltergeist* visível demais, tangível demais.

Quanto a mim, embora tenha vergonha de admitir isso — ou, pelo menos, deveria ter —, o que Myles me lembrava era um cachorro que tive certa época, um *terrier* dotado de uma animação incontrolável, que eu adorava, mas que, às vezes, quando não havia ninguém por perto, espancava cruelmente, pobre Pongo, só pelo imenso prazer que me dava ouvir os seus gritos de dor e ver o bichinho se contorcer suplicante. Impressionante como os dedos de Myles pareciam gravetos! Como os seus punhos eram delicados, feito os de uma garota! Ele implicava comigo, me agarrando pelas mangas ou pisando nos meus calcanhares e enfiando aquela cabeça sorridente por debaixo do meu braço, até eu me encher e derrubá-lo com um tapa, o que não era nada difícil, pois, já naquela época, eu era mais forte do que ele, e bem um palmo mais alto. Quando Myles caía, porém, restava saber o que fazer com ele, uma vez que, a menos que eu o impedisse, voltaria a se levantar, rolando no chão como um joão-teimoso, e pondo-se novamente de pé com a maior facilidade. Quando eu sentava sobre o seu peito, podia sentir os batimentos de seu coração nas minhas coxas, as suas costelas pressionadas, a palpitação daquela região côncava e retesada por baixo dos ossos do tórax. E ele ficava rindo de mim, ofegante, e me mostrava aquela língua úmida e inútil. Mas será que eu também não tinha um certo medo dele, lá no fundo do meu coração, ou seja lá onde o medo more?

De acordo com os misteriosos protocolos da infância — éramos crianças? Acho que deveria haver uma outra palavra para designar o que éramos —, eles não me convidaram para entrar na casa naquele primeiro dia, depois que os abordei na frente do café Strand. Na verdade, não me lembro exatamente como foi que acabei dando um jeito de entrar nos Cedros. Lembro que, após esse primeiro encontro, saí, todo frustrado, pelo portão de ferro verde, com os dois gêmeos me olhando, e, mais tarde, em outra ocasião, ali estava eu, dentro do santuário, como se, numa versão realmente mágica do salto de Myles por cima da trave superior do portão, eu tivesse superado todos os obstáculos para aterrissar na sala de visitas, perto de um raio de sol acobreado, que parecia até sólido, e vendo Mrs. Grace, num vestido florido azul-claro, estampado com flores de um azul mais escuro, se virar, lá da mesa onde estava, e sorrir para mim, de um jeito deliberadamente vago, sem saber quem eu era, é claro, mas sabendo que deveria saber, o que mostra que essa não pode ter sido a primeira vez que nós dois nos vimos. Onde estaria Chloe? Onde estaria Myles? Será que tinham me deixado sozinho com a sua mãe? Ela me perguntou se eu queria alguma coisa, um copo de limonada, talvez. — Ou quem sabe — acrescentou, num tom levemente desesperançado — uma maçã...? — Fiz que não com a cabeça. A sua proximidade, o simples fato de ela estar ali, me deixava empolgadíssimo, mas também provocava uma misteriosa espécie de tristeza. Sabe-se lá o que atormenta o coração de um garotinho... Ela inclinou a cabeça para o lado, meio desconcertada, e também divertida, como pude notar, pela intensidade muda da minha presença à sua frente. Eu devia estar parecendo uma mariposa, tremulando diante da chama de uma vela, ou até mesmo essa chama, estremecendo em seu próprio calor devorador.

O que ela estava fazendo perto daquela mesa? Arrumando umas flores num vaso — ou será que isso já é fantasioso demais? Há alguma coisa multicolorida na minha recordação desse momento, um halo reluzente, e de cores variadas, no lugar onde estavam as suas mãos. Deixem-me ficar um pouco mais aqui, junto com ela, antes que Rose apareça; antes que Myles e Chloe voltem sabe-se lá de onde, e aquele sátiro do seu marido entre em cena com o maior estardalhaço. Logo, logo ela vai deixar de ser o centro palpitante das minhas atenções. Como o sol está brilhante... De onde será que está vindo? A sua luz tem um ar quase de igreja, como se, o que seria impossível, estivesse entrando por uma rosácea bem lá no alto. Além daquele sol ardente, há a luminosidade plácida de uma tarde de verão, por onde a minha memória tateia em busca de detalhes, de objetos concretos, de elementos do passado. Mrs. Grace, Constance, Connie, continua sorrindo para mim daquele modo meio desfocado, que, agora me dou conta, era o jeito como olhava para tudo, como se não estivesse absolutamente convencida da solidez do mundo, e, de certa forma, esperasse que, de uma hora para outra, tudo aquilo fosse se transformar, de maneira estranha e hilariante, em outra coisa inteiramente diferente.

Diria que ela era linda, se porventura houvesse alguém a quem me ocorresse tocar no assunto, mas acho que, na verdade, não era, não. Mrs. Grace era meio gorducha, com as mãos roliças e avermelhadas, tinha uma protuberância na ponta do nariz e as duas mechas do cabelo louro que as suas mãos ficavam o tempo todo pondo para trás das orelhas, e que insistiam em se soltar de novo, eram mais escuras do que o resto do cabelo, e tinham um tom ligeiramente oleoso de carvalho encerado. Andava de um jeito langoroso, com os músculos dos quadris se sacudindo por debaixo do tecido leve dos seus vestidos de verão. Cheirava a suor e a hidratante, com um levíssimo toque de gordura de cozinha. Em outras palavras, não passava de mais uma mulher, de mais uma mãe. No entanto, apesar de ser assim tão comum, ela era, para mim, distante e remotamente desejável, como qualquer uma dessas pinturas de uma dama pálida com um unicórnio ao lado e um livro aberto nas mãos.

Nada disso. Preciso ser justo comigo mesmo, embora eu fosse, então, uma criança, e por mais que houvesse em mim um quê de romantismo incipiente. Mrs. Grace não era pálida; não era uma pintura, nem mesmo para os meus olhos. Era absolutamente real, carnuda, quase comestível. E isso era o mais impressionante de tudo: ela ser, ao mesmo tempo, um fantasma da minha imaginação e uma mulher feita inevitavelmente de carne e osso, de fibras, de cheiros, de leite. Os meus até então quase recatados sonhos de salvamento e de brincadeiras amorosas tinham agora se transformado em fantasias vívidas, delirantes, mas às quais faltava o detalhe essencial: ser voluptuosamente subjugado por ela, afundar no chão sob o seu peso caloroso, me sentir envolvido, dominado entre as suas coxas, com os braços apertados contra o peito e o rosto em fogo, a um só tempo seu amante demônio e seu bebê.

Às vezes, a imagem de Mrs. Grace surgia dentro de mim, espontaneamente, como um súcubo interior, e uma onda de desejo inundava o âmago do meu ser. Num fim de tarde esverdeado, depois de uma chuva, com uma réstia de sol úmido batendo na janela, e um tordo, coisa impossível para aquela estação, cantando lá fora, nos lupinos gotejantes, eu estava deitado de bruços na cama, imerso em tamanha profusão de um desejo que nada conseguia saciar — um desejo que pairava como um nimbo sobre a imagem da minha amada, envolvendo-a por todos os lados, sem se concentrar em nenhum aspecto em particular —, que caí no choro, soluçando alto e tremendo, sem poder me controlar. A minha mãe ouviu e entrou no meu quarto, mas, ao contrário do que acontecia normalmente, não disse nada — talvez eu estivesse esperando um monte de perguntas seguidas de um tapa. Limitou-se a apanhar o travesseiro que o desassossego da minha dor havia jogado no chão, e, depois de uma ligeiríssima hesitação, foi embora, fechando a porta atrás de si com todo o cuidado. A que será que ela atribuiu o meu choro? Até hoje não consigo imaginar... Será que, sabe-se lá como, identificou exatamente o que era aquilo: eu estava sofrendo por amor? Difícil de acreditar. Como seria possível que ela, que era apenas minha mãe, entendesse aquela tempestade de paixão em que eu estava irremediavelmente enredado, com as frágeis asas das minhas emoções atingidas e chamuscadas pelas chamas implacáveis do amor? Ah, mãe, como eu a compreendia pouco, achando que você não compreendia nada...

Lá estou eu, portanto, no momento edênico daquilo que, de uma hora para outra, tinha passado a ser o centro do mundo; com aquele raio de sol e aquelas flores vestigiais — seriam ervilhas-de-cheiro? De repente, tenho a impressão de estar vendo ervilhas-de-cheiro —; com a loura Mrs. Grace me oferecendo uma maçã que não estava absolutamente à vista, e toda aquela cena prestes a ser interrompida por um ranger de engrenagens e uma reviravolta terrível, de embrulhar o estômago. Tudo começou a acontecer ao mesmo tempo. Por uma porta aberta, surgiu um cachorrinho preto e peludo, vindo lá de fora — sabe-se lá como, a cena se transferiu da sala para a cozinha —, com as unhas fazendo um barulhinho frenético no chão de tábuas de pinho. O bichinho trazia uma bola de tênis na boca. Atrás dele, lá vinha Myles, também correndo, e, atrás dele, Rose. O menino tropeçou, ou fingiu tropeçar num tapete embolado, se atirou para frente, e, com uma cambalhota perfeita, ficou de pé novamente, quase atingindo a mãe, que deu um grito, misto de espanto e de aborrecimento — "Pelo amor de Deus, Myles!" —, enquanto o cachorro, com as orelhas balançando, mudou de rumo e disparou para baixo da mesa, sempre com a bola na boca. Rose ameaçou se aproximar do animal, mas ele se esquivou. Nesse instante, por outra porta, como se fosse o próprio Senhor do Tempo, apareceu Carlo Grace, de short e sandálias, com uma toalha de praia nos ombros, exibindo aquele peito peludo. Ao ver Myles e o cachorro, soltou um grunhido, fingindo estar furioso, e bateu com os pés no chão de um jeito ameaçador, fazendo com que o cachorro soltasse a bola, e, junto com o menino, desaparecesse porta afora, tão precipitadamente quanto haviam entrado. Rose riu, soltando um relincho alto, deu uma olhada para Mrs. Grace e mordeu o lábio. A porta bateu. Como que lhe fazendo eco, outra porta bateu lá em cima, e uma privada, depois do ruído da descarga, foi se acalmando em meio a burburinhos e gorgolejos. A bola que o cachorro tinha soltado veio rolando bem devagarinho, reluzente de baba, e parou no meio da sala. Ao me ver ali, um estranho — ele deve ter esquecido daquele dia em que piscou para mim —, Mr. Grace me olhou, voltou a olhar, atirou a cabeça para trás, repuxando um dos lados do rosto, e ficou me encarando com um ar inquisidor, meio de esguelha. Ouvi Chloe descendo as escadas, e o ruído das suas sandálias batendo nos degraus. Quando ela entrou na sala, Mrs. Grace já tinha me apresentado ao marido — acho que foi a primeira vez na vida em que fui formalmente apresentado a alguém; é claro que tive que dizer o meu nome, pois Mrs. Grace não se lembrava de como eu me chamava —, e ele estava me cumprimentando, solenemente, num tom de gozação, tratando-me de *Meu caro senhor!*, falando com sotaque de capiau, e dizendo que qualquer amigo dos seus filhos era bem-vindo à sua *humirde casinha.* Chloe revirou os olhos, fez um trejeito e bufou, enojada. — Cale a boca, pai! — disse, entre dentes, e ele, num arremedo de sobressalto, soltou a minha mão, meteu a toalha na cabeça, como se fosse um xale, e foi saindo da sala na ponta dos pés, soltando uns gritinhos, como se tivesse ficado assustado e com medo. Mrs. Grace acendeu um cigarro. Sem sequer olhar para mim, Chloe atravessou a sala e se dirigiu até a porta por onde seu pai havia saído. — Quero carona! — gritou. — Quero... — Ouvimos a porta do carro batendo, o motor sendo ligado, os pneus esmagando o cascalho. — Droga! — exclamou Chloe.

Mrs. Grace estava recostada na mesa — a tal com as ervilhas-de-cheiro, já que, por alguma espécie de mágica, estávamos de volta à sala de visitas —, fumando o seu cigarro daquele jeito que as mulheres fumavam na época, com um dos braços dobrados sobre a barriga e a palma da mão apoiando o outro cotovelo. Ergueu uma sobrancelha para mim, com um sorriso meio irônico, e deu de ombros, tirando um pedacinho de tabaco do lábio inferior. Rose se inclinou, e, franzindo o nariz, apanhou a bola toda babada, com alguma relutância, segurando-a apenas com dois dedos. Do lado de fora do portão, o carro buzinou duas vezes e pudemos ouvi-lo se afastando. O cachorro latia loucamente, querendo entrar de novo para recuperar a bola.

Aliás, nunca mais voltei a ver aquele cachorro. De quem seria?

Que estranha sensação de leveza hoje, de... como poderia chamar isso, volatilidade... Recomeçou a ventar. Com certeza, está se armando uma tempestade em algum lugar por aí, o que deve ser a razão dessa espécie de vertigem que estou sentindo, pois sempre fui altamente suscetível ao tempo e aos seus efeitos. Em criança, adorava me encolher perto do radiotransmissor, numa noite de inverno, e ficar ouvindo as previsões para os navios, imaginando todos aqueles marinheiros corajosos, com os seus chapéus impermeáveis, enfrentando as ondas gigantescas lá pelas bandas de Fogger, de Disher, de Jodrell Bank, ou seja lá como se chamem essas regiões mais remotas, em pleno mar. Mesmo já adulto, experimentava essa sensação, com Anna, na nossa bela casa instalada entre as montanhas e o mar, quando as ventanias do outono rugiam pela chaminé e as ondas se formavam, subindo pelo quebra-mar em jorros de espuma branca e borbulhante. Antes de o chão se abrir debaixo dos nossos pés, naquele dia no consultório de Mr. Todd — que, nas minhas recordações, tinha um certo ar de barbearia sinistramente sofisticada —, era comum eu me surpreender ao constatar como tantas das boas coisas da vida me foram concedidas. Se houvessem perguntado àquela criança que ficava sonhando junto ao rádio de pilha o que ela queria ser quando crescesse, o que acabei me tornando teria sido mais ou menos o que ela responderia, ainda que com alguma hesitação, tenho certeza. O que é admirável, acho eu, mesmo levando-se em conta a minha tristeza atual. A maioria dos homens não se sente desapontada com o que a vida lhe deu, e não fica por aí definhando, acorrentada, num desespero calado?

Será que as outras pessoas, quando eram crianças, tinham essa noção, a um só tempo vaga e detalhada, do que gostariam de ser quando crescessem? Não estou me referindo a esperanças e aspirações, a ambições vagas, ou coisa do gênero. Desde o começo, as minhas expectativas eram bem precisas e definidas. Não queria ser maquinista de trem, ou um explorador célebre. Quando espiava, pensativo, por entre as brumas daquele então tremendamente real, tentando enxergar a felicidade do agora imaginado, era exatamente assim, como já disse, que antevia o meu futuro, eu, um homem de interesses sossegados e de ambições escassas, sentado num quarto igualzinho a este, na minha cadeira de capitão de navio, recostado na mesinha de madeira, nessa mesma estação, com o ano chegando ao fim sob um clima ameno, com as folhas caindo, a luminosidade dos dias se reduzindo imperceptivelmente, e as luzes das ruas se acendendo uma fração de segundo mais cedo. É, era assim que eu achava que seria a minha vida adulta, uma espécie de veranico prolongado, um estado de tranqüilidade, de calma indiferença, praticamente sem vestígios daquele rude imediatismo quase insuportável da infância, com tudo o que me deixava desconcertado afinal esclarecido, todos os mistérios solucionados, todas as perguntas respondidas, e os momentos transcorrendo, quase despercebidos, num gotejar dourado, rumo ao quase despercebido desfecho final.

É claro que há coisas que o menino que fui não se permitiria antever, mesmo que tivesse condições de fazê-lo. Perdas, dor, os dias sombrios e as noites insones: surpresas como essas não tendem a ser registradas no clichê fotográfico das imaginações proféticas.

Além do mais, quando penso nisso com alguma atenção, vejo que a versão do futuro que imaginei quando criança tem um arzinho estranhamente antiquado. Apesar de toda a minha perspicácia, do jeito como eu o imaginava, o mundo em que vivo hoje seria diferente do que realmente é, mas seria apenas uma diferença sutil: um mundo repleto de chapéus de abas largas, de sobretudos da marca Crombie, daqueles grandes automóveis de linhas quadradas com figurinhas aladas se projetando para a frente na extremidade do capô. De onde é que eu conhecia essas coisas, para poder ter delas uma imagem tão nítida? Acho que é porque, não sendo capaz de conceber exatamente como seria o futuro, mas tendo a certeza de que eu seria alguém de certo destaque, devo ter construído a aparência dessa época usando os sinais de sucesso tais como os via em meio à gente rica da nossa cidade, os médicos e os advogados, os industriais provincianos para quem o meu pai humildemente trabalhava, aqueles poucos remanescentes da elite protestante que insistiam em se apegar às mansões situadas nas margens arborizadas das estradas do interior.

Mas não, também não deve ser isso. Essas imagens não combinam com aquele clima de elegância antiquada que imperava nos meus sonhos do que estaria por vir. Agora me dou conta de que as imagens tão nítidas que tinha de mim mesmo como adulto — digamos, com terno e colete risca-de-giz, e um chapéu Fedora posto meio de banda, sentado no banco de trás do meu Humber Hawk com motorista, e os joelhos cobertos por uma manta — eram impregnadas dessa elegância pálida e *blasée*, dessa compostura quase doentia que eu associava, ou, pelo menos, associo hoje em dia, a uma época anterior à minha infância, àquele passado recente que era, é claro, o período entre as duas guerras. Portanto, o que antevia em termos de futuro era, na verdade, se é que a verdade tem alguma coisa a ver com isso, uma representação daquilo que só podia ser um passado imaginado. Pode-se dizer que eu não estava exatamente antecipando um futuro, mas, antes, assumindo uma atitude nostálgica com relação a ele, uma vez que, nos meus sonhos, o que estava por vir era aquilo que já tinha passado. E, de repente, isso vem se mostrar, agora, como alguma coisa de certa forma significativa. Será que era mesmo pelo futuro que eu estava ansiando, ou seria algo que estivesse além dele?

A verdade é que tudo começou a se misturar, o passado, o futuro possível, o presente impossível. Naquelas semanas cinzentas de temores diurnos e terrores noturnos, antes que Anna fosse enfim obrigada a admitir a inevitabilidade de Mr.

Todd, com suas agulhas e poções, eu parecia estar vivendo num mundo crepuscular, onde era praticamente impossível distinguir entre sonho e vigília, já que tanto um quanto a outra tinham a mesma textura permeável e sombriamente aveludada. E ficava como que flutuando desse jeito, num estado de letargia febril, como se fosse eu, e não Anna, que estivesse destinado a me tornar, em breve, mais uma entre as tantas sombras já existentes. Era uma versão horripilante daquela gravidez psicológica que vivi quando Anna descobriu que estava esperando Claire; agora, ao que tudo indicava, eu estava sofrendo junto com ela de uma enfermidade fantasma. Por todo lado, havia prenúncios de mortalidade. As coincidências me perseguiam: coisas há muito esquecidas voltavam de súbito à minha mente; objetos perdidos há anos ressurgiam sem mais nem menos. A minha vida parecia estar desfilando diante dos meus olhos, não sob a forma de *flashes*, como se diz que acontece com alguém que está se afogando, mas numa espécie de convulsão sem pressa, esvaziando-se dos seus segredos e dos seus mistérios cotidianos, preparando-se para o momento em que eu deveria entrar naquele barco negro, naquele rio sombrio, levando o dinheiro da passagem na mão que já começava a esfriar. No entanto, por estranho que pareça, essa sala de espera imaginária não me era inteiramente desconhecida. Ocasionalmente, no passado, em momentos de arrebatamento inexplicáveis, no meu escritório, talvez, sentado diante da minha escrivaninha, imerso em palavras, por mais banais que elas fossem, pois mesmo um intelectual de segunda classe é às vezes inspirado, senti que rompia a membrana da simples consciência e penetrava num outro estado, num estado sem nome, onde as leis comuns não funcionavam, onde o tempo se movia de um modo diferente, se é que se movia, onde eu não estava nem vivo nem qualquer outra coisa, e, contudo, me sentia mais presente do que jamais pude me sentir nisso que chamamos, já que é preciso lhe dar uma denominação, mundo real. E, mesmo muito antes disso, quando eu estava, por exemplo, com Mrs. Grace, naquela sala de visitas ensolarada, ou sentado com Chloe no cinema escuro, estava e não estava ali, eu e o fantasma, aprisionado no instante, e, mesmo assim, pairando de algum modo sobre o ponto de partida. Talvez a vida toda não passe de uma longa preparação para o momento em que devemos deixá-la...

Para Anna, durante todo o período em que esteve doente, as noites eram piores do que tudo o mais. O que era de se esperar. Tantas coisas eram de se esperar, agora que a última coisa que esperávamos já tinha acontecido... No escuro, toda a sua incredulidade sem fôlego do dia — *isso não pode estar acontecendo comigo!* — dava lugar a uma perplexidade estática e embotada. Deitada ali ao meu lado, sem conseguir pegar no sono, o seu medo era palpável; eu mesmo podia senti-lo, girando incessantemente dentro dela, como um dínamo. Às vezes, no escuro, ela ria alto; era uma espécie de riso, pura surpresa sempre renovada diante dessa adversidade em que havia sido lançada de forma tão impiedosa, tão escandalosa... Na maior parte do tempo, porém, ficava quietinha, deitada de lado, encolhida como um explorador perdido dentro da sua tenda, meio cochilando, meio aturdida, igualmente indiferente, ao que parecia, tanto à perspectiva da sobrevivência quanto à da extinção. Até então, todas as suas experiências haviam sido temporárias. As suas dores tinham sido amenizadas, mesmo que só com o tempo; as suas alegrias tinham se cristalizado em hábito; o seu corpo tinha se curado das próprias doenças de menor importância. Mas, agora, isso era algo absoluto, uma singularidade, um fim em si, e, mesmo assim, ela não conseguia alcançá-lo, não conseguia absorvê-lo. Se sentisse dor, dizia Anna, ela ao menos funcionaria como um certificado de autenticação, algo que poderia lhe dizer que o que tinha acontecido com ela era mais real do que qualquer outra realidade que jamais houvesse conhecido antes. Mas não havia dor alguma, ainda não; só aquilo que ela descrevia como uma sensação generalizada de desassossego, uma espécie de efervescência interior, como se o seu corpo desconcertado estivesse vasculhando dentro de si mesmo, tentando desesperadamente armar defesas contra um invasor que já havia conseguido penetrar ali por alguma passagem secreta, estalando as suas negras tenazes.

Naquelas noites intermináveis de outubro, deitados ali, um ao lado do outro, no escuro, estátuas derrubadas de nós mesmos, buscávamos escapar de um presente insuportável indo para o único tempo possível, o passado, ou seja, o passado distante. Voltávamos aos nossos primeiros dias juntos, lembrando, emendando, ajudando-nos mutuamente, como dois velhinhos trôpegos, de braço dado, contornando as muralhas de uma cidade onde haviam morado muito tempo atrás.

Lembrávamos principalmente aquele verão enevoado de Londres, quando nos conhecemos e nos casamos. Eu a vi pela primeira vez na casa de alguém, numa tarde incrivelmente quente, com todas as janelas escancaradas, o ar azulado com as emanações que vinham da rua lá fora, as buzinas dos ônibus que passavam parecendo incongruentes sirenes de nevoeiro soando em meio ao clamor e à escuridão e chegando àqueles aposentos apinhados de gente. A primeira coisa que chamou minha atenção foi o seu tamanho. Não que fosse tão alta assim, mas a sua constituição tinha dimensões diferentes das de qualquer outra mulher que eu conhecia. Ombros largos, braços longos, pés grandes, e a cabeça também grande com o volume daquele cabelo espesso e escuro. Ela estava parada entre mim e a janela, usando um vestido de musselina e sandálias, conversando com uma outra mulher, daquele seu jeito a um só tempo atento e distante, enrolando no dedo uma mecha de cabelo, com um ar sonhador. Por um instante, os meus olhos tiveram alguma dificuldade em focalizar o que estavam vendo, já que, como Anna era muito maior do que a outra, parecia estar bem mais perto de mim do que a mulher com quem conversava.

Ah, aquelas festas... Havia tantas nessa época... Quando penso nisso, sempre nos vejo chegando, parando por um instante diante da porta, eu, com a mão na cintura dela, sentindo ali, através da seda frágil, o frescor de uma reentrância acentuada, o seu cheiro selvagem penetrando pelas minhas narinas e o calor do seu cabelo no meu rosto. Como devíamos parecer imponentes, os dois juntos, chegando naquele lugar, mais altos que todos os demais, olhando por cima daquelas cabeças como se fitássemos algum belo panorama que só nós, privilegiados, fôssemos capazes de avistar.

Naquela época, Anna estava tentando a carreira de fotógrafa, fazendo, bem cedo pela manhã, uns estudos melancólicos, só fuligem e prata bruta, de alguns dos recantos mais desolados da cidade. O East End, a Brick Lane, Spitalfields, eram lugares assim que a atraíam. Nunca levei nada disso muito a sério. Talvez devesse ter levado. Anna morava com o pai num apartamento alugado que ficava num prédio cor de fígado, num daqueles recantos sombrios dos arredores da Sloane Square. Era um apartamento enorme, com inúmeros cômodos bem grandes, um pé-direito altíssimo, e imensas janelas de guilhotina que pareciam desviar o olhar vítreo do mero espetáculo humano que desfilava por elas. O seu pai, o velho Charlie Weiss — "Não se preocupe, não é um nome judeu" —, gostou de mim desde o primeiro momento. Eu era alto, jovem e desajeitado, e a minha presença naquele apartamento suntuoso o divertia. Era um homenzinho alegre, com mãos miúdas e delicadas, e uns pés minúsculos. O seu guarda-roupa me impressionou profundamente: vários ternos da Savile Row, camisas Charvet de seda creme, verde-garrafa e azul-piscina, dezenas de pares de sapatos em miniatura, todos feitos à mão. A cabeça do velho, que mandava raspar no Trumper, dia sim, dia não — cabelo é pelagem, dizia ele; nenhum ser humano deveria tolerar isso —, era um ovo perfeitamente polido, e ele usava uns daqueles óculos grandes e pesados de que os magnatas da época tanto gostavam, com hastes revestidas e lentes do tamanho de um pires através das quais os seus olhinhos vivos dardejavam como peixes exóticos e inquiridores. Era um homem que não conseguia parar quieto: estava o tempo todo se levantando, se sentando, voltando a se levantar, e, debaixo daquele teto tão alto, parecia até uma pequenina noz tostada sacolejando numa casca grande demais para o seu tamanho. Na primeira vez que estive lá, ele me mostrou o apartamento inteiro, todo orgulhoso, exibindo os seus quadros, todos de grandes mestres do passado, achava ele, o imenso aparelho de TV com o seu gabinete de nogueira, a garrafa de Don Perignon e o cesto de frutas artificiais, incrivelmente perfeitas, que um colega havia lhe mandado naquele dia mesmo — Charlie não tinha amigos, sócios ou clientes; tinha apenas colegas. A luminosidade do verão, espessa como mel, passava por aqueles janelões e vinha iluminar os tapetes estampados. Anna ficou sentada num sofá, com o queixo apoiado na mão e uma das pernas dobradas sob o corpo, observando, impassível, enquanto eu tentava descobrir o jeito certo de lidar com o seu paizinho um tanto lunático. À diferença da grande maioria dos baixinhos, ele não se intimidava diante de nós, os indivíduos altos, e, na verdade, parecia achar o seu tamanho tranqüilizador, pois andava juntinho de mim, de uma forma quase amorosa. Por vezes, enquanto o velho Charlie exibia os frutos do seu sucesso, tive a impressão de que ele poderia pular de repente e vir se aninhar todo aconchegado no meu colo. Quando mencionou pela terceira vez os seus interesses comerciais, perguntei com o que trabalhava e ele me dirigiu um olhar de uma candura irrepreensível, com aqueles seus dois aquários reluzindo.

— Maquinaria pesada — respondeu, tentando conter o riso.

Ele observava o espetáculo da própria vida com prazer e uma pontinha de espanto diante do fato de ter se safado de tanta coisa com tamanha facilidade. Era um vigarista, decerto perigoso, além de completa e entusiasticamente imoral. Anna tinha, para com ele, um misto de ternura e compaixão. Como um homem tão minúsculo pôde ter tido uma filha tão monumental era um profundo mistério. Apesar de ser bem jovem, ela parecia uma daquelas mães tolerantes, e ele, o filho voluntarioso que acaba sempre conseguindo o que quer. A mãe de Anna morreu quando ela tinha doze anos, e, desde então, pai e filha passaram a enfrentar o mundo como uma dupla de aventureiros do século XIX; o velho Charlie, um daqueles trapaceiros profissionais, digamos, tendo a filha consigo para lhe servir de álibi. Duas ou três vezes por semana, havia festas no apartamento deles, ocasiões ruidosas onde o champanhe rolava solto, como um rio borbulhante e ligeiramente rançoso. Certa noite, lá pelo fim desse mesmo verão, estávamos voltando do parque — eu adorava passear com ela ao anoitecer por aquele local salpicado de sombras, sob as árvores que já começavam a fazer aquele barulhinho inquieto, quase como papel, que pressagia o outono —, e, antes mesmo de dobrarmos a esquina da rua onde eles moravam, pudemos ouvir os sons de farra e bebedeira vindos do apartamento. Anna pôs a mão no meu braço e ambos paramos. Algo no ar da noite prenunciava uma promessa sombria. Ela se virou para mim, segurou um dos botões do meu paletó com o indicador e o polegar, e começou a girá-lo, para um lado e para o outro, como se fosse o segredo de um cofre. Depois, com aquele seu jeito habitual, suave e levemente preocupado, me perguntou se eu não queria casar com ela.

Passei todo aquele verão abafado e cheio de expectativas parecendo respirar só com a parte superior dos pulmões, como se fosse um mergulhador parado no trampolim mais alto, vendo, lá embaixo, tão longe, aquele minúsculo retângulo azul. E, de repente, Anna vinha me convocar, com o maior estardalhaço: *pule, pule!* Hoje em dia, quando só as classes mais pobres e os remanescentes da aristocracia se dão o trabalho de pensar em casamento, ao passo que todo o resto do mundo arranja um parceiro, como se a vida fosse uma dança, ou uma sociedade comercial, talvez seja difícil avaliar o salto vertiginoso que representava, naquela época, assumir o compromisso de um casamento. Eu tinha mergulhado no mundo escuso de Anna e de seu pai como se se tratasse de uma outra realidade, uma realidade fantástica, onde as regras que conhecia até então não se aplicavam em absoluto, onde tudo reluzia e nada era real, ou, mesmo que fosse, parecia falso, como aquela bandeja com as frutas perfeitas no apartamento de Charlie. Agora, estava sendo convidado a me tornar um membro dessas estranhas profundezas tão excitantes. O que Anna estava me propondo, naquele anoitecer de verão, na esquina da Sloane Street, não era tanto que me casasse com ela, mas sim a oportunidade de realizar uma fantasia que era minha, e que dizia respeito a mim mesmo.

A festa do casamento aconteceu sob um toldo listrado, no jardim surpreendentemente grande dos fundos do prédio em que eles moravam. Foi num dos últimos daqueles dias particularmente quentes de verão, e o ar, como vidro estilhaçado, se abria em mil rachaduras com os lampejos da luz do sol. Durante toda a tarde, imensos automóveis reluzentes não pararam de chegar, despejando mais e mais convidados: mulheres que pareciam até garças, com seus chapéus enormes, e meninas de batom branco e botas também brancas que subiam até os joelhos, cavalheiros vulgares, de terno listrado, jovens delicados, fazendo caras e bocas, e fumando maconha, e, em número mais reduzido, uns tipos indeterminados, os colegas de trabalho de Charlie, impecáveis, cautelosos e sérios, envergando ternos lustrosos, camisas com colarinho de cor diferente e botinas de bico fino com elástico nas laterais. Charlie saltitava em meio àquela gente, com a careca azulada reluzindo e o orgulho porejando feito suor. Mais tarde, chegou um punhado de homens de olhar afável e gestos lentos, ligeiramente rechonchudos, usando barretes e *djellabas* impecavelmente brancos, mais parecendo um bando de pombas. Mais tarde ainda, uma viúva rica, atarracada e de chapéu, ficou visivelmente bêbada e acabou se estatelando no chão, tendo de ser carregada no colo pelo seu motorista de mandíbulas proeminentes. Quando a luz foi se tornando mais rala por entre as árvores, e a sombra do prédio em frente começou a baixar sobre o jardim como o alçapão de uma armadilha; quando os últimos casais embriagados, com as suas roupas cintilantes de palhaços, já rodopiavam pelo salão num arremedo de dança, a cabeça pendendo sobre o ombro dos seus pares, os olhos fechados e as pálpebras trêmulas, e

Anna e eu nos mantínhamos à margem esfarrapada de tudo aquilo, um bando escuro de estorninhos, vindo sabe-se lá de onde, passou voando baixinho por cima do toldo, o ruído das suas asas parecendo uma súbita salva de palmas, exuberante e sarcástica.

O cabelo de Anna. De repente, me lembrei do cabelo dela, aquelas longas mechas escuras e lustrosas que lhe caíam pela testa num movimento lateral. Mesmo na meia-idade, não tinha praticamente nenhum fio grisalho. Um dia, quando estávamos voltando do hospital, ela pegou uma madeixa que lhe batia na altura dos ombros, e, aproximando-a bem dos olhos, examinou aqueles cabelos minuciosamente, franzindo a testa.

— Aqui na Europa existe um lugar chamado Monte Calvo, não existe? — indagou ela.

— Pode ser — respondi, cauteloso. — Que eu saiba, existe uma cidade chamada Monte Carlo. Por quê?

— Pelo visto, daqui a um ou dois meses, vou estar careca como esse tal monte...

— Quem disse?

— Uma mulher, lá no hospital. Ela está fazendo o mesmo tratamento que eu. Já ficou inteiramente careca. Então, acho que deve saber o que está dizendo — respondeu ela. Por uns instantes, limitou-se a olhar as casas e as lojas que iam passando pela janela do carro com aquele ar furtivamente indiferente que elas têm, e, depois, virou-se para mim novamente. — E o que é Monte Calvo?

— Eu só conheço o poema sinfônico de Mussorgsky — respondi.

— Ah... — murmurou ela, com uma risadinha. — Vou ficar a cara do Charlie quando ele já tiver caído completamente.

E ficou mesmo.

O velho Charlie tinha morrido, por causa de um coágulo no cérebro, poucos meses depois que nos casamos. Anna herdou todo o seu dinheiro. Não era tanto quanto eu supunha, mas, ainda assim, era uma boa grana.

O ESTRANHO, ENTRE TANTAS OUTRAS COISAS estranhas, na minha paixão por Mrs. Grace, é que ela esfriou quase no mesmo instante em que atingiu aquilo que se poderia chamar de apoteose. Tudo aconteceu naquela tarde do piquenique. A essa altura, andávamos juntos para todo lado, Chloe, Myles e eu. Ficava todo prosa por ser visto com eles, com aquelas divindades, pois achava, é claro, que eles eram uns deuses, inteiramente diferentes de quem quer que eu tivesse conhecido até então. Os meus amigos de antes, lá no Campo, onde eu não ia mais brincar, se ressentiam da minha deserção. — Agora, ele passa o tempo todo com aqueles novos amigos importantes — ouvi a minha mãe dizer, certa feita, às mães deles. — O menino — acrescentou ela a meia-voz — é mudo, sabiam? — A mim, dizia se espantar por eu não ter pedido aos Grace que me adotassem. — Não me importaria com isso — declarou. — Assim, você sai da minha aba... — E me lançou um olhar imperturbável, duro e firme, daquele mesmo jeito que ela me olhava tantas vezes depois que o meu pai foi embora, como se dissesse, *com certeza o próximo a me trair vai ser você...* E acho que fui mesmo.

Os meus pais nunca chegaram a conhecer o casal Grace; isso nem lhes passaria pela cabeça... As pessoas que ficavam numa casa de verdade jamais se misturavam com aquela gente dos chalés, e nós nunca esperaríamos nos misturar com elas. Não tomávamos gim, não recebíamos hóspedes nos fins de semana, nem deixávamos mapas turísticos da França bem visíveis, como se houvessem sido esquecidos junto ao vidro traseiro do nosso carro — na verdade, pouca gente ali no Campo tinha carro. A estrutura social do nosso mundo de verão era rígida, e tão difícil de escalar quanto um zigurate. As poucas famílias que tinham casa de veraneio ficavam no topo; depois, vinham as que podiam se dar ao luxo de ficar num hotel — o Beach era mais cobiçado do que o Golf; em terceiro lugar, estavam aqueles que alugavam uma casa, e, finalmente, nós. As pessoas que viviam por ali o ano todo não faziam parte dessa hierarquia: os aldeões em geral, como Duignan, o leiteiro, ou Colfer, o surdo que apanhava bolas de golfe; as duas solteironas protestantes da Casinha de Hera, ou ainda a francesa encarregada das quadras de tênis, que, segundo se dizia, transava regularmente com o seu cachorro, um pastor-alsaciano, toda essa gente constituía uma classe à parte, e a sua presença não passava de um indistinto pano de fundo para as nossas atividades ensolaradas. O fato de eu ter conseguido galgar os íngremes degraus sociais que levavam da base da pirâmide até o nível onde ficavam os Grace parecia, bem como a minha paixão secreta por Connie Grace, um indício de que havia em mim algo de especial, sugerindo que eu era um eleito em meio a tantos outros que não haviam sido escolhidos. Os deuses me distinguiram com a sua graça.

O piquenique. Nessa tal tarde, fomos, naquele carro arrojado de Mr. Grace, até a extremidade das Furnas, lá onde terminava a estrada pavimentada. Já desde o início, a simples sensação do estofamento de couro pespontado roçando na parte de trás das minhas coxas, sob o tecido do short, introduziu uma nota de volúpia àquele passeio. Mrs. Grace sentou na frente, ao lado do marido, meio virada para ele, com um cotovelo apoiado no encosto do banco, e, desse jeito, eu podia ver a sua axila com uns pontinhos de pêlos, o que era muito excitante. E podia até sentir, de vez em quando, nos momentos em que o vento que entrava pela janela soprava na minha direção, um pouco daquele cheiro almiscarado da sua carne suada. Ela estava usando um vestido que, naqueles velhos tempos, era chamado, acho eu, com franqueza gráfica, tomara-que-caia, e que não passava de um tubo branco, sem alças, muito justo e bastante revelador das curvas bem volumosas da sua bunda. Estava também com aqueles óculos escuros de aro branco, de artista de cinema, e fumava um cigarro. Eu ficava excitado só de vê-la tragar a fumaça, deixando a boca meio retorcida aberta por um instante, com uma espiral de fumaça pairando imóvel entre aqueles lábios vermelhos lustrosos e reluzentes. As suas unhas também eram pintadas de um vermelho-sangue brilhante. Estava sentado bem atrás dela, com Chloe no meio, entre mim e Myles. A coxa quente e ossuda de Chloe estava negligentemente encostada na minha. Os dois irmãos estavam empenhados numa daquelas suas brigas particulares, sem palavras, engalfinhando-se e debatendo-se, atacando-se com beliscões, tentando chutar a canela um do outro naquele espaço reduzido entre os dois bancos. Nunca consegui decifrar as regras daquelas brincadeiras, se é que havia regras; tudo o que sei é que alguém saía ganhando no final, e quase sempre era Chloe. Lembro, e até hoje sinto uma pontinha de pena do pobre Myles, da primeira vez que os vi brincando desse jeito, ou melhor, brigando. Era uma tarde chuvosa e estávamos presos dentro dos Cedros. Como um dia de chuva pode nos tornar, a nós, crianças, selvagens! Os gêmeos estavam no chão da sala de visitas, sentados sobre os calcanhares, um de frente para o outro, com os joelhos se encostando; encaravam-se mutuamente, com os dedos das mãos entrelaçados, balançando o corpo e fazendo a maior força, concentradíssimos, como uma dupla de guerreiros samurais, até que, finalmente, aconteceu alguma coisa que nem cheguei a perceber, mas que foi sem dúvida decisiva, já que, de repente, Myles foi obrigado a se render. Livrando os dedos das garras de aço da irmã, ele passou os braços em torno do próprio corpo — decididamente, Myles era um exímio manipulador do próprio corpo ou do próprio orgulho feridos — e começou a chorar, de raiva, de frustração, soltando uns gemidos altos e sufocados, com o lábio inferior pressionando o superior e os olhos bem apertados, de onde brotavam imensas lágrimas informes; em suma, um quadro dramático demais para ser inteiramente convincente. E que olhar vitorioso Chloe me lançou, virando a cabeça para trás, com o rosto retorcido de um jeito repulsivo, deixando ver um dos seus caninos! Era um olhar felino, exultante com a desgraça alheia. Agora, no carro, foi ela que ganhou outra vez, fazendo alguma coisa no pulso de Myles, que soltou o maior berro. — Ei, parem com isso, vocês dois! — exclamou Mrs. Grace num tom cansado, mal se dignando a olhar para eles. Chloe, novamente com aquele sorrisinho de triunfo, se encostou mais na minha perna enquanto Myles fazia uma careta, a boca como um "o" bem franzido, desta vez tentando conter as lágrimas, mas nem tanto assim, e esfregando o pulso que tinha ficado todo vermelho.

No final da estrada, Mr. Grace estacionou o carro. A cesta com sanduíches, xícaras de chá e garrafas de vinho foi retirada da mala, e saímos andando pela ampla trilha delimitada por uma imemorial cerca enferrujada, de arame farpado, meio enterrada na areia. Nunca gostei daquele charco, cheio de poças de lama, onde tudo parecia afastado da terra, desesperadamente virado para o horizonte, como se à procura de algum sinal de salvamento. Na verdade, tinha até um certo medo daquele lugar. A lama ali era azulada, como um machucado recente, e havia uns tufos de junco e umas bóias de sinalização esquecidas, amarradas a uns pedaços de pau recobertos de lodo e já apodrecendo. Nas horas de maré alta, a profundidade, nesse local, nunca ultrapassava uns poucos centímetros, com a água se precipitando para as poças, rápida e reluzente como mercúrio, não se detendo diante de coisa alguma. Mr. Grace foi andando na frente, meio cambaio, com uma cadeira de armar debaixo do braço e aquele seu chapéu cômico, com cara de balde, enfiado de banda na cabeça. Contornamos o pontal e, do outro lado do estreito, avistamos a cidade encarapitada na sua colina, uma mistura azulada de planos e ângulos que mais pareciam de brinquedo, tudo arrematado por uma torre de igreja. Com um jeito de quem sabia exatamente aonde estava indo, Mr. Grace saiu da trilha e se embrenhou por uma campina repleta de samambaias bem altas. Mrs. Grace, Chloe, Myles e eu fomos atrás dele. As samambaias eram do meu tamanho. Mr. Grace estava esperando por nós numa espécie de rampa gramada, na orla da campina, à sombra de um pinheiro guarda-sol. Só então notei que a ponta de uma samambaia tinha aberto um lanho no meu tornozelo nu, pouco acima da tira da sandália.

Num trechinho coberto de grama, entre o talude e a muralha de samambaias, foi estendida uma toalha branca. Mrs. Grace, de joelhos, com um cigarro pendendo do canto da boca e um dos olhos fechados para se proteger da fumaça, começou a arrumar as coisas para o piquenique enquanto o seu marido, com o chapéu ainda mais caído para o lado, lutava com a rolha de uma garrafa de vinho. Myles já tinha se metido lá no meio das samambaias. Chloe se acocorou como um sapo, comendo um sanduíche de ovo. E Rose, onde estava Rose? Estava ali mesmo, de blusa vermelha, sapatilhas rasas, uma calça preta bem justa, de bailarina, com umas tiras que passavam por debaixo da sola dos seus pés, e o cabelo, negro como as asas de um corvo, preso numa espécie de penacho na parte posterior da cabeça delgada. Mas como foi que ela chegou até lá, se não estava conosco no carro? De bicicleta. Isso mesmo. Estou vendo uma bicicleta caída entre as samambaias, com o guidão virado de lado e a roda da frente deitada no chão, formando um ângulo estranhíssimo, leve presságio, agora percebo, do que estava para acontecer. Mr. Grace prendeu a garrafa de vinho entre os joelhos e puxou, puxou, com tanta força que as suas orelhas ficaram vermelhas. Às minhas costas, Rose se sentou numa das pontas da toalha, apoiando-se num braço dobrado, com o rosto quase tocando o ombro, as pernas encolhidas, numa pose que poderia parecer estranha, mas não era, não. Dava para ouvir Myles correndo por entre as samambaias. De repente, a rolha saiu, fazendo um "pop" cômico, e todos nós tomamos o maior susto.

Comemos o nosso piquenique. Myles estava fingindo que era um animal selvagem: vinha correndo lá das samambaias, pegava punhados de comida e voltava para o mato, uivando e relinchando. O casal Grace tomou o seu vinho e, nesse momento, Mr. Grace abria outra garrafa, desta vez sem tanta dificuldade. Rose disse que não estava com fome, mas Mrs. Grace retrucou que isso era besteira e mandou que ela comesse alguma coisa. Com um risinho, Mr. Grace lhe ofereceu uma banana. Estava ventando naquela tarde, embora o céu continuasse sem nenhuma nuvem. O pinheiro recurvado murmurava acima de nossas cabeças e sentíamos o cheiro da sua folhagem, da grama e das samambaias esmigalhadas, tudo misturado ao ar salgado que vinha do mar. Rose ficou amuada porque Mrs. Grace brigou com ela e Mr. Grace lhe ofereceu aquela banana, suponho eu. Chloe estava entretida esgravatando uma marquinha bem vermelha, logo abaixo da sobrancelha, onde tinha se arranhado com um espinho na véspera. Examinei o machucado que a samambaia tinha deixado no meu tornozelo: um feio sulco rosado entre bordas irregulares e translúcidas de pele esbranquiçada. Não tinha sangrado, mas, lá no fundo, brilhava uma agüinha bem clara. Mr. Grace se reclinou numa daquelas cadeiras de armar e cruzou as pernas, fumando um cigarro, com o chapéu puxado mais para frente para proteger os olhos.

Senti alguma coisa macia roçar no meu rosto. Chloe tinha parado de esgravatar o machucado e atirou uma casca de pão em cima de mim. Quando me virei, ela me encarou de um jeito meio inexpressivo e jogou mais uma casca. Só que, desta vez, errou o alvo. Apanhei o pedaço de pão na grama, para atirá-lo de volta, mas errei também. Mrs. Grace estava nos olhando com um ar distraído, meio deitada de lado, bem na minha frente, na suave inclinação daquele talude, com a cabeça apoiada numa das mãos. Tinha posto a taça de vinho na grama, com a parte de cima encostada no seu peito que pendia para o lado — fiquei me perguntando, como sempre, aliás, se não seria desconfortável carregar aqueles grandes bulbos idênticos, feitos de carne leitosa —, e, depois de lamber o dedo, passou-o pela borda da taça, tentando fazê-la cantar, mas não saiu som nenhum. Chloe enfiou um pedacinho de pão na boca, deixando-o ali até que ficasse bem encharcado de cuspe; tirou então aquele pão da boca, ficou amassando a bolinha bem devagar, propositadamente, mirou com todo o cuidado e atirou aquilo em mim, mas a maçaroca não me acertou. — Chloe! — exclamou Mrs. Grace, numa repreensão desanimada. Chloe simplesmente ignorou a mãe e sorriu para mim, com aquele seu sorrisinho malicioso de gato. Decididamente, a minha Chloe era uma menina cruel! Um dia, para ela se divertir, apanhei um punhado de gafanhotos e arranquei as suas patas traseiras, uma por uma, para impedir que fugissem; depois, botei todos aqueles corpinhos que se sacudiam na tampa de uma lata de graxa de sapatos, joguei parafina por cima e ateei fogo. Com que atenção ela ficou ali, agachada, com as mãos apoiadas nos joelhos, vendo aquelas criaturas infelizes ferverem, queimando na sua própria gordura...

E lá estava ela, fazendo mais uma bolinha com cuspe.

— Que nojo, Chloe! — observou Mrs. Grace suspirando, e Chloe, que subitamente perdeu o interesse pelo que estava fazendo, cuspiu o pedaço de pão, limpou as migalhas que tinham caído no seu colo e foi se encaminhando, mal-humorada, para a sombra do pinheiro.

Será que Connie Grace estava tentando chamar a minha atenção? Seria aquilo um sorriso de cumplicidade? Com um suspiro profundo, ela se virou, deitando-se de barriga para cima, com a cabeça na grama, e dobrou uma das pernas. Agora, dava para ver, por baixo da saia, toda a parte interna da sua coxa, até a cavidade do quadril, e aquele montinho roliço que ficava ali, recoberto de algodão branco bem retesado. De repente, tudo começou a ficar mais lento. O copo vazio tombou, desfalecido; uma última gota de vinho veio escorregando até a borda, ficou pendurada ali, reluzindo por um momento, e, depois, caiu. Nesse meio tempo, eu só olhava, com a testa ficando cada vez mais quente e as palmas das mãos, úmidas. Por baixo daquele chapéu, Mr. Grace parecia estar sorrindo, debochado, mas nem liguei. Por mim, ele podia debochar à vontade... A sua mulher enorme, que ia se tornando maior a cada instante, virando uma criatura gigantesca, de contornos distorcidos e desprovida de cabeça, a cujos pés imensos eu me encolhia, experimentando uma sensação que era quase medo, fez uma espécie de contorção e ergueu ainda mais o joelho, revelando aquela meia-lua traçada na parte traseira da sua coxa carnuda, bem ali onde começava a bunda. As minhas têmporas martelavam tanto que a luz do dia até diminuiu. Podia sentir as pontadas latejantes no meu tornozelo machucado. Foi quando, lá do meio das samambaias, veio um som fino e agudo, como uma flauta arcaica, perfurando aquele ar laqueado; lá da sua árvore, como se atendesse a uma convocação, Chloe franziu as sobrancelhas, enrolou um pedacinho de capim, e, apertando-o entre os polegares, respondeu com outro assobio por entre as palmas das mãos fechadas em concha.

Ao cabo de um ou dois minutos intermináveis, a minha maia escarrapachada encolheu a perna, voltou a se deitar de lado e pegou no sono com uma rapidez espantosa — o ruído suave do seu ressonar parecia o barulho de um motorzinho tentando em vão dar a partida —, e eu me sentei, com todo o cuidado, como se alguma coisa dentro de mim pudesse se estilhaçar ao menor movimento um pouco mais brusco. De repente, era só uma amarga sensação de ter murchado. A excitação de ainda agora tinha desaparecido; tudo o que restava era um estranho aperto no meu peito, o suor nas minhas pálpebras e sobre o lábio superior, e a pele úmida, logo abaixo da cintura do meu short, que estava quente e comichava. Sentia-me atônito, mas também estranhamente ressentido, como se fosse eu, e não ela, que houvesse sido invadido, que houvesse sido vítima de algum abuso. O que testemunhei foi uma manifestação da deusa, sem dúvida alguma, mas o instante de divindade foi de uma brevidade desconcertante. Bem diante dos meus olhos ávidos, Mrs. Grace tinha se transformado, passando de mulher a demônio, e, em muito pouco tempo, voltando a ser mulher novamente. Num minuto, era Connie Grace, a mulher do seu marido, a mãe dos seus filhos; no minuto seguinte, era um objeto de veneração desvalida, um ídolo sem rosto, antigo e primitivo, conjurado pela força do meu desejo. De repente, porém, algo nela se extinguiu, fazendo-me sentir uma onda de nojo e de vergonha, não por mim e pelo que eu tinha lhe roubado, mas, de uma forma obscura, vergonha pela própria mulher. Também não foi por alguma coisa que essa mulher tivesse feito, e sim pelo que ela era, quando, ao se virar de lado, soltando uma espécie de gemido rouco e adormecendo, deixou de ser um demônio tentador, e voltou a ser apenas ela mesma, uma mulher mortal.

Acontece que, para minha grande surpresa, é essa criatura mortal, e não aquela outra, divina, que continua a brilhar para mim, mesmo com uma luz um tanto embaçada, em meio às sombras do que já passou. Nas minhas recordações, ela é o seu próprio avatar. O que é mais real, a mulher reclinada na rampa gramada das minhas lembranças, ou o punhado de pó e de polpa ressecada que é tudo o que a terra guarda dela agora? É claro que, para outros, em outros lugares, ela persiste, como uma imagem movente entre as imagens de cera moldadas pela memória, mas a versão dessa gente é decerto diferente da minha, e cada uma delas será diferente das demais. Portanto, na mente de muitos, o um se ramifica e se dispersa. Não permanece, não pode permanecer, não é imortalidade. Só levamos os mortos conosco até morrermos; então, nós é que passamos a ser carregados por algum tempo, até que aqueles que nos carregam caiam, por seu turno, e assim por diante, através de inimagináveis gerações. Eu me lembro de Anna; a nossa filha, Claire, vai se lembrar de Anna e de mim; depois, Claire vai embora e haverá aqueles que vão se lembrar dela, mas não de nós, e esta será a nossa dissolução final. Alguma coisa de nós vai permanecer, sem dúvida: uma fotografia desbotada, uma mecha de cabelo, algumas impressões digitais, uma garoa de átomos no ar do quarto onde demos o último suspiro. Mesmo assim, nada disso será nós, nada disso será aquilo que somos e que fomos, mas apenas a poeira dos mortos.

Em criança, eu era bastante religioso. Não devoto; simplesmente compulsivo. O Deus que venerava era Iavé, o destruidor de mundos, não o brando Jesus, dócil e terno. Para mim, a divindade era ameaça, e eu respondia a isso com medo e com o seu correlato inevitável, a culpa. Era um verdadeiro virtuose da culpa naquela época, e, diga-se de passagem, ainda sou até hoje. Quando estava para fazer a primeira comunhão, ou melhor, a primeira confissão, que a precedia, o padre vinha diariamente ao colégio para iniciar a nossa turma de penitentes novatos nos intrincados meandros da doutrina cristã. Era um sujeito fanático, magro e pálido, sempre com alguma coisa branca nos cantos da boca. Lembro particularmente bem da apaixonada dissertação que fez para nós, numa linda manhã de maio, a respeito do pecado de olhar. Isso mesmo, olhar. Tínhamos aprendido as várias categorias de pecados, cometidos por atos e por omissão, mortais e veniais, os sete capitais e aqueles outros tão terríveis, que, ao que se dizia, só um bispo era capaz de absolver. Agora, porém, parecia ter surgido uma nova categoria: o pecado passivo. Será que achávamos, perguntou frei Baboso com ar sarcástico, caminhando impetuosamente da porta até a janela, e vice-versa, com a batina farfalhando e uma estrela de luz reluzindo em sua testa estreita, apesar da calvície incipiente, como um reflexo da própria emanação divina, será que achávamos que o pecado devia sempre envolver a realização de um ato? Olhar com luxúria, com inveja ou com ódio é cometer esses pecados: o desejo que não se acompanha da ação deixa idêntica mácula na alma. Não foi o próprio Senhor, bradou ele, entusiasmado com o tema que abordava, não foi o próprio Senhor quem insistiu que, se um homem fita uma mulher com um olhar adúltero, é praticamente como se estivesse cometendo tal ato? A essa altura, já nem se lembrava mais de nós, sentados ali como um pequeno bando de camundongos, olhando para ele na mais reverente das incompreensões. Embora tudo aquilo fosse tão novo para mim quanto para todos os outros meninos da turma — o que era adultério, um pecado que só os adultos podiam cometer? —, entendi tudo bastante bem, ao meu modo, é claro, e acolhi aquela idéia, pois, apesar de ter apenas sete anos, já estava careca de pôr a mão na massa — ou será que eu deveria dizer o olho? — em termos de ficar espiando coisas que, supostamente, não deveria ver, e conhecia muito bem o prazer de me apossar das coisas pelo olhar, assim como a vergonha ainda mais obscura que isso acarretava. Então, depois de espiar à vontade, pois tinha ficado olhando até me fartar, toda a extensão prateada da coxa de Mrs. Grace, os fundos da sua calcinha e aquela prega bem no alto da sua perna, logo abaixo da bunda, era natural que tratasse imediatamente de verificar se, durante todo aquele tempo, alguém à nossa volta teria estado me observando, a mim, o observador. Myles, que tinha saído do meio das samambaias, estava ocupado espreitando cada movimento de Rose, e Chloe continuava perdida em seus devaneios, debaixo do pinheiro, mas, e Mr. Grace, será que ele não teria estado me observando o tempo todo, protegido pela aba daquele seu chapéu esquisito? Estava todo recurvado na cadeira, com o queixo encostado no peito, a barriga peluda saltando pela abertura da camisa desabotoada e um tornozelo nu ainda apoiado num joelho nu. Portanto, eu também podia ver a parte interna da sua coxa, até aquela grande protuberância arredondada por dentro do short cáqui que, de tão apertado, parecia que ia estourar entre aquelas coxas grossas. Durante toda aquela longa tarde, enquanto o pinheiro ia estendendo a sua sombra cada vez mais arroxeada pelo mato ao seu redor, Mr. Grace praticamente não saiu da cadeira de armar, a não ser para voltar a encher a taça de vinho da mulher ou apanhar alguma coisa para comer — posso vê-lo, esmagando meio sanduíche de presunto com os dedos e enfiando aquela papa, de uma vez só, no buraco vermelho aberto em sua barba.

Para nós, naquela época, naquela idade, todos os adultos eram imprevisíveis, e até mesmo ligeiramente malucos; Carlo Grace, porém, exigia um monitoramento particularmente cauteloso. Era dado às farsas súbitas, ao ataque inesperado. Podia estar sentado numa poltrona, parecendo entretido com o jornal, e, de repente, estender uma mão rápida feito uma cobra quando Chloe passava por perto, agarrando a sua orelha ou uma mecha do seu cabelo, e torcê-las com força, para doer mesmo, sem dizer uma só palavra e sem tirar os olhos do jornal, como se aquele braço e aquela mão tivessem agido por vontade própria. Era perfeitamente capaz de estancar no meio de alguma coisa que estivesse dizendo e ficar imóvel como uma estátua, com uma das mãos parada no ar, olhando fixo para nada por cima do ombro que estremecia de nervoso, como se à espreita de algum perigo temível ou de alguma confusão distante que só ele pudesse ouvir, e, subitamente, fingir que agarrava alguém pela garganta e começar a rir entre dentes. Parava o carteiro, que era um sujeito quase retardado, e lhe fazia mil perguntas sérias sobre a previsão do tempo ou o provável resultado do próximo jogo de futebol, assentindo com a cabeça, franzindo as sobrancelhas, passando os dedos pela barba, como se o que estava ouvindo fossem verdadeiras pérolas de sabedoria, e, depois que o pobre coitado ia embora, todo prosa, assobiando, Mr. Grace se virava para nós e sorria, com as sobrancelhas erguidas e os lábios contraídos, sacudindo a cabeça numa espécie de gargalhada sem som. Embora a minha atenção pareça ter se concentrado nos outros, acho, agora, que foi principalmente por causa de Carlo Grace que deduzi que estava em presença dos deuses. Com toda aquela sua distância e aquela indiferença divertida, era ele que parecia estar no comando com relação a todos nós, uma deidade risonha, o Poseîdon do nosso verão, a cujo mínimo aceno o nosso pequeno mundo se arrumava obedientemente, assumindo os atos e as porções que lhe cabiam.

Mas aquele dia de permissividade e convite ilícito ainda não tinha terminado. Enquanto Mrs. Grace, estirada ali na grama, continuava roncando baixinho, um torpor foi se abatendo sobre o resto de nós, naquele pequeno vale, como as malhas invisíveis da prostração que caem sobre um grupo quando um dos seus membros se afasta e pega no sono. Myles estava deitado de barriga para baixo na grama, ao meu lado, mas virado para o lado oposto, ainda de olho em Rose, que continuava sentada às minhas costas, numa das pontas da toalha de piquenique, sem se dar conta, como sempre, aliás, do olhar interessado do menino. Chloe ainda estava de pé, à sombra do pinheiro, segurando alguma coisa na mão, com a cabeça erguida, talvez prestando atenção num pássaro, ou, simplesmente, na treliça formada pelos galhos da árvore contra o céu e aqueles chumaços brancos de nuvens que tinham começado a percorrer o seu caminho, vindo lá do mar. Como estava pensativa, apesar de tão nitidamente definida, com aquela pinha — seria mesmo uma pinha? — nas mãos e o olhar extasiado pregado naqueles galhos ensolarados... De repente, ela tinha se tornado o centro da cena, o ponto de fuga para o qual tudo convergia; de repente, era para ela que todos aqueles desenhos e todas aquelas sombras tinham sido traçados com meticulosa naturalidade: a toalha branca sobre a grama lustrosa, a árvore esguia, de um verde-azulado, as samambaias rebuscadas, e até mesmo aquelas nuvenzinhas tentando parecer imóveis lá em cima, naquele céu marinho sem limites. Voltei os olhos para Mrs. Grace, ainda adormecida, quase com desprezo. De súbito, ela não passava de um grande torso arcaico sem vida, a efígie caída de alguma deusa que a tribo, tendo deixado de cultuá-la, havia jogado fora, fazendo dela um alvo para os meninos da aldeia com os seus estilingues, os seus arcos, as suas flechas.

Bruscamente, como se despertada pelo frio toque do meu desprezo, ela se sentou e olhou ao seu redor piscando os olhos ofuscados. Percebeu a taça de vinho e pareceu surpresa ao ver que estava vazia. A gota que havia caído no peito do seu vestido branco tinha deixado ali uma mancha rosada; ela a esfregou com o dedo, fazendo, com a língua, um ruído de desaprovação. Depois, voltou a olhar para nós, pigarreou e declarou que deveríamos brincar de pique. Todos a fitamos espantados, inclusive Mr. Grace. — *Eu* não vou sair correndo atrás de ninguém — disse Chloe lá de onde estava, à sombra da árvore, e riu, um riso que mais parecia uma espécie de grunhido, como quem não podia acreditar no que estava ouvindo. E, quando a mãe lhe disse que ia brincar, sim, chamando-a de desmancha-prazeres, ela se aproximou da cadeira do pai, apoiou um dos cotovelos no ombro dele e encarou a mãe, estreitando os olhos. Então, Mr. Grace, o velho deus-bode sorridente, passou o braço pela cintura da filha e a puxou para si, com aquele seu braço peludo. Mrs. Grace se virou para mim. — Você vai brincar, não vai? — perguntou. — E Rose também.

Lembro da tal brincadeira como uma série de quadros bem nítidos, simples vislumbres de movimento rápido e colorido: Rose, da cintura para cima, correndo por entre as samambaias, com sua blusa vermelha, a cabeça bem erguida e o cabelo preto ondulando às suas costas; Myles, com uma risca de seiva de samambaia na testa, parecendo até uma daquelas pinturas de guerra, tentando escapar de mim e eu agarrando firme a sua carne, e sentindo a curva do osso do seu ombro rangendo na articulação; outra imagem fugidia de Rose correndo, desta vez pela areia além da clareira, perseguida por Mrs. Grace que ria de um jeito selvagem, duas mênades descalças, emolduradas, por um instante, pelo tronco e pelos ramos do pinheiro, e, mais adiante, o faiscar de prata esmaecida da baía e o céu, de um azul opaco e uniforme, que se estendia até o horizonte. Ali está Mrs. Grace, numa clareira aberta em meio às samambaias, agachada, com um joelho encostado no chão, parecendo um velocista à espera da largada. Quando eu a surpreendi, em vez de sair correndo, como determinam as regras do jogo, ela acenou para mim, como se fosse algo urgente, mandou que me agachasse ao seu lado, passou o braço pelos meus ombros e me encostou tanto no seu corpo que cheguei a sentir o suave e generoso relevo dos seus seios, ouvir o seu coração batendo e sentir aquele seu cheiro de leite e de vinagre. “Psiu!”, exclamou ela, pondo um dedo nos meus lábios — nos meus, não nos dela. Está tremendo; ondas de riso percorrem o seu corpo. Nunca tinha estado assim tão perto de uma mulher adulta, desde que era bem pequeno, no colo da minha mãe, mas o que eu sentia agora não era desejo, era apenas uma espécie de temor exasperado. Rose nos descobre ali, agachados, e franze as sobrancelhas, com ar de reprovação. Mrs. Grace pega a mão da moça, como se fosse se levantar; em vez disso, porém, puxa-a para que ela se agache também, e, naquela mistura de braços, pernas, com o cabelo de Rose esvoaçando, de repente, apoiados nos cotovelos, e ofegantes, nós três estamos deitados no chão, pés encostados em pés, formando uma espécie de estrela entre as samambaias esmigalhadas. Quando me levantei, temendo subitamente ver Mrs. Grace — que de uma hora para a outra tinha passado a ser minha ex-amada — decidir se exibir para mim novamente, ela protegeu os olhos com a mão e me fitou com um sorriso duro, frio, impenetrável. Rose também se levantou, ajeitando a blusa, e, murmurando alguma coisa que não ouvi, embrenhou-se furiosa pelas samambaias. Mrs. Grace deu de ombros. — Ciumenta! — disse ela, e, então, me pediu que fosse buscar os seus cigarros porque, de repente, declarou, estava morrendo de vontade de fumar.

Quando voltamos para aquele talude gramado onde ficava o pinheiro, Chloe e o pai não estavam lá. Os restos do piquenique, espalhados na toalha branca, tinham um ar de intencionalidade, como se houvessem sido arrumados daquele jeito, uma espécie de mensagem em código que precisássemos decifrar. — Que ótimo! — exclamou Mrs. Grace. — Deixaram todo o trabalho de limpeza para nós. — Myles surgiu do meio das samambaias, se ajoelhou, pegou um pedacinho de mato, e, dobrando-o entre os dedos, emitiu mais um daqueles sons de instrumento de sopro. Ficou esperando, parado, embevecido, como um fauno de gesso, com a luz do sol brilhando em seu cabelo louro. Um momento mais tarde, lá de longe, veio a resposta de Chloe, um assobio altíssimo que perfurou, como uma agulha, aquele fim de tarde de verão.

Com relação a essa história de observar e ser observado, devo mencionar o olhar detido e severo que dirigi a mim mesmo no espelho do banheiro hoje pela manhã. Atualmente, não costumo dedicar à minha imagem nem um minuto além do estritamente necessário. Em outras épocas, bem que gostava do que via no espelho, mas isso não acontece mais. Agora, fico espantado, mais do que espantado, diante do rosto que surge ali, de forma tão abrupta, e que nunca é o que estava esperando encontrar. Fui substituído por uma paródia de mim mesmo, uma figura lamentavelmente desgrenhada, usando uma máscara de *halloween* feita de borracha flácida e de um cinza meio rosado, que tem apenas uma ligeira semelhança com a lembrança do que eu era antes e que, só de teimoso, insisto em conservar na memória. Mas existe também o problema que tenho com os espelhos. Na verdade, tenho diversos problemas com os espelhos; quase todos eles, porém, são de ordem metafísica, ao passo que este, a que estou me referindo, é absolutamente prático. Por causa do meu tamanho fora do comum e absurdo, espelhos de banheiro e outras coisas do gênero ficam sempre baixos demais para mim; tenho, então, que me curvar para conseguir ver o meu rosto por inteiro. Recentemente, quando me vejo espiando para o espelho, curvado desse jeito, com aquela expressão um tanto surpreendida e vagamente assustada que não me deixa nunca de uns tempos para cá, com a boca entreaberta e as sobrancelhas erguidas, como num perpétuo desnorteamento exausto, acho que tenho, definitivamente, alguma coisa da aparência de um enforcado.

Logo que cheguei aqui, pensei em deixar crescer a barba, mais por inércia do que por qualquer outro motivo, mas, depois de três ou quatro dias, reparei que os pêlos que estavam crescendo tinham uma coloração estranha, de ferrugem escurecida — agora sei por que Claire saiu ruiva —, completamente diferente do tom do meu cabelo, e repleta de pontinhos grisalhos.

Essa coisa avermelhada, áspera como uma lixa, combinada com aquele olhar furtivo e injetado, me deixava com cara de um desses condenados das histórias em quadrinhos, um sujeito da pior espécie, que talvez ainda não tenha sido enforcado, mas que, sem sombra de dúvida, espera por isso no corredor da morte. As minhas têmporas, onde o cabelo grisalho está rareando, estão cobertas de pintas escuras, de sardas que até parecem aquelas de Avril, de manchas senis, acho eu, e bem sei que cada uma delas pode, a qualquer momento, se transformar pelo simples capricho de uma célula daninha. Percebo também que a minha rosácea está ficando mais opaca. A pele da minha testa está inteiramente marcada com manchinhas avermelhadas; há dois pontos bem inflamados nas laterais do meu nariz, e até as minhas bochechas estão começando a assumir um tom vermelho quase imperceptível. O meu venerável e tão surrado exemplar do *Black's Medical Dictionary*, compilado pelo admirável e imperturbável dr. William A.R. Thomson — Adam & Charles Black, Londres, trigésima edição, contendo quatrocentas e quarenta e uma ilustrações em preto-e-branco, ou em cinza e cinza mais escuro, e quatro coloridas que jamais deixam de me enregelar por dentro —, informa que essa rosácea, um belo nome para algo bem desagradável, é *uma doença vascular inflamatória crônica, geralmente localizada no rosto e na testa, podendo levar à formação de pápulas vermelhas.* O eritrema que dela decorre, nome que nós, os homens da medicina, damos às vermelhidões da pele, tende a aumentar de tamanho e acabar caindo, mas, eventualmente, se instala de forma permanente, *e pode*, como alerta o cândido doutor, *se acompanhar de um aumento considerável das glândulas sebáceas (ver* PELE*), acarretando o aumento considerável do nariz conhecido como rinofima (qv) ou nariz de beberrão.* A repetição — *aumento considerável...*

aumento considerável... — foi uma infelicidade ocasional na prosa em geral eufônica, embora um tanto antiquada, do dr. Thomson. Será que ele atende em domicílio? Precisaria ter uma atitude tranqüilizadora para com os pacientes, e um cabedal de informações sobre todo tipo de assunto, nem todos relacionados a questões de saúde. Médicos são mais versáteis do que costumamos julgar que sejam. Roget, do *Roget's Thesaurus*, que era médico, fez pesquisas importantes sobre tuberculose e gás hilariante, e, de quebra, curou o paciente peculiar, sem dúvida alguma. Mas, agora, nariz de beberrão, era tudo o que eu queria na vida...

Quando observo o meu rosto assim, penso naturalmente naqueles últimos estudos que Bonnard fez de si mesmo diante do espelho do banheiro, em Le Bosquet, por volta do fim da guerra, depois da morte da mulher. Dizem os críticos que esses retratos são impiedosos, se bem que não vejo o que a piedade teria a ver com isso. Mas, na verdade, o que o meu reflexo me lembra mesmo, como acabo de perceber, é o auto-retrato de Van Gogh, não aquele célebre, com a bandagem, o cachimbo e o gorro na cabeça, e sim aquele outro, de uma fase anterior, feito em Paris, em 1887, em que ele aparece sem chapéu, de colarinho alto e uma gravata azul provençal, com as orelhas intactas e parecendo que acaba de sair de algum tipo de reclusão punitiva; tem a testa inclinada, as têmporas côncavas, as faces encovadas, como se estivesse com fome; está olhando de lado, para além da moldura do quadro, cauteloso, com um ar de apreensão enraivecida, esperando pelo pior... e não era para menos.

Hoje de manhã, o que mais me impressionou foi o estado dos meus olhos: o branco recoberto por um verdadeiro craquelê de veiazinhas de um vermelho vivo, a conjuntiva inflamada e pendendo, como que meio descolada do globo ocular. Só agora notei que quase não me restam mais pestanas; logo eu que, quando jovem, tinha uns cílios sedosos que fariam inveja a uma garota. Na extremidade interna das pálpebras superiores, há um pequeno calombo, bem pertinho da comissura; um calombo que chegaria quase a ser bonito, se não fosse pelo fato de estar constantemente amarelado na ponta, como se infectado. E essa bolota bem no canto do olho, para que serve? Nada no rosto humano resiste a um exame minucioso e prolongado. A palidez meio rosada das minhas faces que, acho, estão encovadas, exatamente como as do pobre Vincent, parecia ainda mais desolada e doentia por causa da luminosidade refletida nas paredes brancas e na pia esmaltada. Essa luminosidade não era o brilho de um outono setentrional; mais parecia a luz ofuscante, seca e inflexível do extremo sul. Faiscava no vidro à minha frente e mergulhava no deslavado das paredes, dando-lhes uma textura seca e quebradiça, lembrando até osso de sépia. Um feixe daquela luz batia na curva do lavatório e se espalhava em todas as direções, como uma nebulosa extremamente longínqua. Parado ali, naquela caixa branca de luz, fui transportado por um momento até uma praia distante, real ou imaginária, não sei que praia seria essa, embora os seus detalhes tivessem uma nitidez impressionante, como nos sonhos; estava sentado ao sol, numa elevação rígida, de areia xistosa, tendo nas mãos uma pedra azul achatada e macia. A pedra estava seca e quente; tenho a impressão de que a apertei contra a boca; ela parecia ter um gosto de sal das profundezas e das distâncias marinhas, de ilhas afastadas, de lugares perdidos sob frondes pendentes, de frágeis esqueletos de peixes, de despojos e de podridão. As pequenas ondas à minha frente, na beira da praia, falavam em tom animado, sussurrando entusiasmadas a respeito de alguma antiga catástrofe, a pilhagem de Tróia, quem sabe, ou o desaparecimento da Atlântida. Tudo eram contornos, gosto de sal, luminância... Gotas de água caíam, formando um fio de prata na ponta de um remo. Vejo o navio negro ao longe, assomando imperceptivelmente, aproximando-se cada vez mais. Lá estou eu. Posso ouvir o som da sua sirene. Lá estou eu, quase chegando.

II

Chloe, Myles e eu parecíamos passar a maior parte do tempo no mar. Íamos nadar, com sol ou com chuva; nadávamos de manhã, quando o mar estava calmo como uma banheira, e nadávamos à noite, quando a água passava por cima dos nossos braços como ondulações de cetim negro; certa tarde, ficamos na água durante um temporal, e a ponta de um raio atingiu a superfície do mar tão perto de onde estávamos que chegamos a ouvir o seu crepitar e a sentir o cheiro de queimado no ar. Eu não era lá um grande nadador. Os gêmeos, que tinham aula de natação desde que eram bebês, abriam caminho por entre as ondas como dois pares de lâminas reluzentes. O que me faltava em termos de habilidade e graça era compensado pela minha resistência. Era capaz de percorrer longas distâncias sem parar, e fazia isso com freqüência, contanto que houvesse algum público, me debatendo firmemente num nado de lado, até esgotar não apenas a mim mesmo, mas também a paciência das pessoas que me olhavam lá da praia.

Foi no final de uma dessas lamentáveis exibições que notei, pela primeira vez, uma mudança na maneira como Chloe me olhava, ou, melhor dizendo, notei que ela me olhava e que estava havendo uma mudança naquele olhar. Já estava quase anoitecendo e eu tinha nadado a distância — o quê, uns cem, duzentos metros? — entre dois dos molhes de concreto esverdeados de limo que, tempos atrás, haviam sido lançados ao mar na vã tentativa de deter a progressiva erosão da praia. Saí da água, cambaleando, e descobri que Chloe tinha ficado ali esperando por mim, parada na areia, durante todo o tempo em que estive nadando. Estava embrulhada numa toalha, tinha uns calafrios intermitentes, e os seus lábios estavam arroxeados. — Não precisa ficar se exibindo, sabia? — exclamou ela em tom ríspido. Antes que eu pudesse responder — e, aliás, o que poderia dizer, já que ela tinha toda a razão, eu estava mesmo me exibindo —, Myles veio pulando lá das dunas, atirou-se em cima de nós, com as pernas girando no ar; ficamos cheios de areia e, de imediato, tive a visão, perfeitamente clara e estranhamente tocante, de Chloe tal como a vi pela primeira vez, naquele dia em que pulou da borda daquela outra duna, mergulhando bem no meio da minha vida. Agora, ali estava ela me estendendo a minha toalha. Éramos as únicas pessoas na praia. O ar enevoado do anoitecer parecia até cinza molhada. Posso nos ver dando meia-volta e indo embora em direção à abertura entre as dunas por onde se chegava à Station Road. Uma das pontas da toalha de Chloe estava arrastando na areia. E lá ia eu, com a minha toalha pendurada no ombro e o cabelo molhado colado na cabeça, um senador romano em miniatura. Myles foi correndo na frente. Mas quem será que está lá na praia, à meia-luz, junto ao mar que vai ficando cada vez mais escuro, e que parece arquear as costas como um animal, enquanto a noite avança rápida vinda do horizonte nebuloso? Que versão fantasmagórica de mim mesmo é essa que fica nos olhando — olhando para eles, para aquelas três crianças —, e vendo os seus vultos que vão desaparecendo naquele ar cinéreo até passarem pela abertura que vai levá-los à Station Road?

Ainda não descrevi Chloe. Em termos de aparência, não havia muita diferença entre nós dois, ela e eu, naquela idade, quero dizer, em termos dos aspectos que poderiam ser comparados. Até mesmo o seu cabelo, de um louro quase branco, mas que escurecia quando estava molhado, ficando de uma cor de trigo lustroso, era pouco mais comprido que o meu. Era cortado no estilo pajem, com uma franja caída sobre a sua linda testa abaulada, peculiarmente convexa — parecida, isso me ocorreu de repente, incrivelmente parecida com a testa da figura fantasmagórica vista de perfil pairando na borda da tela de Bonnard, *Table servie et jardin*, aquela que tem a fruteira, o livro e a janela, ela própria lembrando uma tela instalada sobre um cavalete e vista por trás. Tudo para mim agora é uma coisa diferente; isso é algo que venho percebendo de forma cada vez mais nítida. Um dos meninos mais velhos, lá do Campo, me garantiu um dia, com um risinho de deboche, como quem está insinuando alguma coisa nojenta, que uma franja como aquela de Chloe era típica das garotas que *brincavam sozinhas.* Não entendi o que ele estava querendo dizer, mas de uma coisa tinha certeza: Chloe não brincava, nem sozinha, nem com nada ou com ninguém. As brincadeiras com bola ou correria com os outros meninos do Campo, de que eu tanto gostava antigamente, não eram para ela. E a cara de desdém que fez, dilatando as narinas, quando lhe disse que, entre as famílias que ficavam nos chalés, havia meninas da sua idade que ainda brincavam de boneca! Chloe tinha o maior desprezo pela maioria das garotas de sua idade. Não, na verdade, ela não brincava, a não ser com Myles, e o que os dois faziam juntos não era exatamente brincar.

O garoto que fez o tal comentário sobre a sua franja — de repente, posso vê-lo, como se estivesse bem na minha frente, Joe sei-lá-o-quê, um sujeito grandalhão com orelhas de abano e um cabelo todo eriçado — também disse que Chloe tinha os dentes verdes. Fiquei ofendidíssimo, mas ele tinha razão; como pude perceber, na primeira ocasião que tive de olhá-los bem de perto, o esmalte de seus incisivos tinha uma tonalidade efetivamente verde, mas era um leve toque cinza-esverdeado, como a luz úmida sob as árvores depois da chuva, ou a sombra cor de maçã verde da parte de baixo das folhas refletidas na água parada. Maçãs, sim, o hálito de Chloe tinha cheiro de maçã. Que animaizinhos éramos nós, sempre farejando uns aos outros... Gostava especialmente, quando, mais tarde, tive a oportunidade de prová-lo, do cheiro de queijo que ela tinha nas dobras dos cotovelos e dos joelhos. Chloe não era exatamente, sou forçado a admitir, a mais higiênica das meninas, e, em geral, exalava um odor meio indefinido, de bichinho novo, que ia ficando mais forte à medida que o dia ia passando, e que parecia aquele que sai, ou saía, das latas de biscoitos vazias nas lojas — será que as lojas ainda deixam os biscoitos naquelas grandes latas quadradas? As mãos dela. Os seus olhos. As unhas roídas. Tudo isso de que me lembro, e me lembro intensamente, é meio disparatado; não consigo juntar os pedaços num todo. Por mais que eu tente, por mais que finja, sou incapaz de conjurá-la como posso fazer, digamos, com a sua mãe, com Myles ou até mesmo com o Joe de orelhas de abano lá do

Campo. Em suma, não consigo vê-la. Ela fica oscilando diante dos olhos de minha memória, a uma determinada distância, sempre fora de foco, afastando-se cada vez mais à medida que vou chegando mais perto. Mas, já que aquilo de que estou me aproximando começou a se reduzir cada vez mais rápido, por que será que não consigo alcançá-la? Mesmo assim, ainda a vejo às vezes pela rua. Ou melhor, vejo alguém que bem poderia ser ela, com a mesma testa abaulada e o cabelo claro, o mesmo jeitão decidido, embora curiosamente hesitante, aquele andar pisando com os pés para dentro; mas é sempre alguém jovem demais, com muitos, muitos anos a menos. Eis o mistério que me deixava desconcertado naquela época, e continua deixando. Como é que ela podia estar comigo num momento e no outro, não? Como podia estar em qualquer outro lugar, de forma tão absoluta? Era isso que eu não conseguia entender; era isso que eu não conseguia aceitar, e continuo não conseguindo. Uma vez afastada da minha presença, ela deveria ter se tornado imediatamente pura ficção, uma recordação minha, um sonho meu; mas todas as evidências me diziam que, mesmo longe, ela permanecia ela mesma, de um jeito sólido, obstinado, incompreensível. E, no entanto, as pessoas vão embora, desaparecem. Esse era o maior mistério, o maior de todos. Eu também poderia ir embora, poderia, sim, de uma hora para outra, poderia ir embora, e seria como se eu jamais houvesse existido, a não ser pelo fato de que o velho hábito de viver nos indispõe contra a morte, como disse o doutor Browne.

— *Paciente...* — disse Anna certo dia, quando já estava no fim. — Que palavra estranha! Tenho de admitir que não me sinto absolutamente paciente.

Não saberia dizer exatamente quando foi que transferi a minha afeição — sou um incorrigível apaixonado por essas expressões antiquadas — da mãe para a filha. Houve aquele momento de clareza e intensidade durante o piquenique, com Chloe à sombra do pinheiro, mas isso foi mais uma cristalização estética do que amorosa, ou erótica. Não, não me lembro de nenhum grande momento de reconhecimento e de conscientização; nenhum instante em que a mão de Chloe viesse timidamente deslizando até a minha; nenhum súbito abraço tempestuoso; nenhuma promessa de amor eterno balbuciada. Decerto houve — deve ter havido alguma dessas coisas, ou até mesmo todas elas — uma primeira vez em que ficamos de mãos dadas, nos abraçamos, fizemos declarações; mas essas primeiras vezes se perderam nas dobras de um passado cada vez mais evanescente. Mesmo aquele anoitecer em que saí da água, batendo os dentes, e a vi parada ali na areia, esperando por mim, com os lábios arroxeados, não senti o disparo silencioso que o amor supostamente produz, mesmo no peito de um garoto supostamente indiferente. Percebi como ela estava com frio e me dei conta de quanto tempo tinha ficado ali, à minha espera; também notei o jeito bruscamente terno com que ela passou a ponta da toalha pelo meu torso magricela e arrepiado e a ajeitou nos meus ombros; mas vi, percebi e registrei essas coisas com pouco mais que um suave lampejo de gratidão, como se um bafo quente soprasse perto de uma chama acesa dentro de mim, em algum lugar nos arredores do meu coração e, por um breve instante, a fizesse arder mais forte. E, no entanto, durante todo esse tempo, uma transmutação, para não dizer uma transubstanciação, estava acontecendo ali, em segredo.

Lembro-me de um beijo, um entre tantos outros de que já me esqueci. Se foi ou não o nosso primeiro beijo, não sei dizer. Naquela época, beijos significavam muito; acionavam tudo a que se tem direito, chamas e estampidos, chafarizes, gêiseres jorrando, um verdadeiro arsenal... Este a que me refiro aconteceu — não, foi trocado — não, foi consumado, este é o termo exato, no cinema de teto de zinco, que, desde o início, tem se insinuado aqui de forma sub-reptícia precisamente com este fim, a partir das inúmeras referências discretas que venho espalhando por estas páginas. Era uma construção que parecia um celeiro, instalada num terreno baldio cheio de mato, entre o Caminho do Penhasco e a praia. O teto era bem inclinado e não havia janelas, apenas uma porta de um dos lados, com uma cortina, de couro, acho eu, ou coisa parecida, para proteger a tela da luz que entrava na sala quando chegavam retardatários durante as matinês ou as sessões da tarde, quando o sol lançava seus raios afiados, lá de trás das quadras de tênis. Para se sentar, havia bancos de madeira — que chamávamos de bancadas —, e a tela era um grande quadrado de linho que, com o mais leve deslocamento de ar, oscilava langorosamente, acrescentando uma ondulação a mais aos quadris vestidos de seda de uma heroína qualquer ou um tremor descabido à mão armada de um pistoleiro destemido. O proprietário daquele cinema era Mr. Reckett, ou Rickett, um homenzinho de suéter escocesa, auxiliado por seus dois filhos adolescentes, grandes e bonitos, que tinham uma certa vergonha, pelo menos era o que eu achava, daquela empresa familiar, com seu arzinho de fundo de quintal e de burlesco. Havia apenas um projetor, um troço barulhento com uma certa tendência a esquentar demais — tenho certeza de que vi, certa vez, fumaça saindo das suas entranhas —, fazendo com que um filme de longa metragem exigisse pelo menos duas trocas de rolos. Durante esses intervalos, Mr. R., que também era o projecionista, não acendia as luzes, permitindo, portanto — deliberadamente, garanto, pois o seu cinema tinha uma reputação convidativamente pouco respeitável —, que os inúmeros casais ali presentes, mesmo os menores de idade, pudessem dispor de um ou dois minutos para as suas manobras eróticas no escurinho da sala.

Naquela tarde, aquela tarde chuvosa de domingo em que aconteceu o célebre beijo que estou prestes a descrever, Chloe e eu estávamos sentados no meio de um banco, bem lá na frente, tão perto da tela que ela parecia estar caindo sobre nós e até mesmo o mais benigno dos fantasmas em preto-e-branco se avultava com uma intensidade ensandecida. Estava segurando a mão de Chloe há tanto tempo que já tinha deixado de senti-la na minha — nem o próprio encontro primevo poderia ter fundido dois corpos de forma tão absoluta quanto esse gesto precoce de ficar de mãos dadas —, e no momento em que, com um solavanco e alguma vacilação, a tela ficou branca, e os seus dedos se remexeram como peixes, eu me remexi também. À nossa frente, a tela conservava um brilho sombrio, acinzentado e pulsante, que durou algum tempo até ir desaparecendo aos poucos, mas cujos vestígios pareceram continuar ali mesmo depois que ele tinha sumido, como o fantasma de um fantasma. Com a escuridão, lá vinham os gritos, os assobios, os pés batendo furiosamente no chão. Como se obedecêssemos a um sinal, sob aquele dossel de barulho, Chloe e eu viramos a cabeça ao mesmo tempo e, contritos como num ritual, fomos chegando mais perto um do outro até que as nossas bocas se encontraram. Não estávamos enxergando nada, o que intensificava ainda mais as nossas sensações. Senti como se estivéssemos voando, sem qualquer esforço, com a lentidão de um sonho, em meio àquela escuridão densa e porosa. O ruído à nossa volta estava agora imensamente distante, o mero rumor de um alvoroço longínquo. Os lábios de Chloe eram frescos e secos. Provei o seu fôlego ávido. Quando afinal ela afastou o rosto do meu, com um estranho suspiro que fez um ligeiro assobio, senti um arrepio na espinha, como se alguma coisa quente lá dentro de mim tivesse de repente se liquefeito e começado a percorrer a sua cavidade de alto a baixo. Então, Mr. Reckett pôs o projetor para funcionar outra vez e o público voltou a ficar mais ou menos quieto. A tela se iluminou, branca novamente, o filme voltou a passar estalando pela portinhola aberta, e, um segundo antes que o som recomeçasse a se fazer ouvir, percebi que a chuva pesada que tamborilava no telhado de zinco acima de nossas cabeças tinha parado de repente.

Na infância, a felicidade era diferente. Era muito mais uma simples questão de acumulação, de conseguir coisas — novas experiências, novas emoções — e ir aplicando todas elas, como se fossem uns tantos ladrilhos lustrosos reservados para aquela que vai ser, um dia, a tão bem-acabada construção do nosso eu. E a incredulidade também desempenhava um papel importante nessa história de ser feliz, quero dizer, aquela incapacidade eufórica de acreditar plenamente na nossa simples sorte. Lá estava eu, de repente, com uma garota nos braços, pelo menos em termos figurativos, fazendo coisas que os adultos fazem, segurando a mão dela, beijando-a no escuro; e, quando o filme acabou, me afastando, pigarreando com uma polidez circunspecta, para deixar que ela passasse à minha frente pelas pesadas cortinas e saísse do cinema para aquela luz do sol daquele entardecer de verão lavado pela chuva. Era eu mesmo e, ao mesmo tempo, outra pessoa; uma pessoa inteiramente diferente, inteiramente nova. Andando ao seu lado, em meio àquela gente que se arrastava pela rua, em direção ao café Strand, levei um dedo à boca e toquei meus lábios, aqueles lábios que haviam beijado os dela, um pouco como se esperasse achá-los mudados de alguma forma infinitamente sutil, e, no entanto, memorável. Esperava que tudo estivesse mudado, como o próprio dia, escuro, úmido, carregado de grossas nuvens quando estávamos indo para o cinema mais cedo, durante a tarde, e que, agora, ao anoitecer, exibia um sol alaranjado e sombras movediças, com a grama cortada reluzindo como se repleta de jóias, e um barco a vela vermelho lá na baía, virando a proa e rumando para o horizonte ao longe, que já ia ficando de um azul enevoado.

O café. No café. No café, nós.

Era um entardecer de domingo exatamente como aquele do dia em que vim para cá, depois que Anna se foi. Embora fosse outono, e não verão, o sol de um dourado-escuro e as sombras acentuadas, compridas e esguias como ciprestes derrubados, eram os mesmos, e havia aquela mesma sensação de que tudo estava encharcado e reluzente, e também as mesmas cintilações de um azul-ultramarino pairando sobre o mar. Eu me senti inexplicavelmente aliviado; foi como se o anoitecer, na umidade e no gotejar da sua compaixão falaciosa, houvesse retirado dos meus ombros, por algum tempo, o fardo da dor. A nossa casa, ou, agora, a minha casa, ainda não tinha sido vendida; eu ainda não tinha me animado a pô-la à venda, mas não conseguiria ficar ali nem mais um momento que fosse. Depois da morte de Anna, ela ficou oca, transformou-se numa vasta câmara de eco. Havia também algo de hostil no ar, o rosnado rabujento de um cachorro velho, incapaz de entender para onde foi a sua dona tão querida, e zangado com o dono que ficou ali. Anna não quis que ninguém soubesse que estava doente. As pessoas desconfiaram de que estava acontecendo alguma coisa, mas, até o fim, o que contava, para ela, era o jogo em si. Até Claire teve de descobrir por conta própria que a mãe estava morrendo. E, agora, que tudo isso tinha terminado, começou, para mim, uma outra história: a delicada questão de ser aquele que sobreviveu.

Miss Vavasour estava timidamente empolgada com a minha chegada, com duas rodelas que mais pareciam recortes de papel crepom cor-de-rosa reluzindo nas bochechas levemente enrugadas, as mãos juntas à frente do corpo e os lábios apertados para conter o sorriso. Quando abriu a porta, o coronel Blunden estava ali, se remexendo às suas costas no corredor, ora surgindo por trás desse ombro, ora daquele. Logo percebi que ele não tinha ido muito com a minha cara. E compreendo; afinal, ele era o galo daquele terreiro até eu chegar para expulsá-lo do seu poleiro. Fitando o meu queixo, com um olhar furioso, pois, apesar da postura toda empertigada, ele era baixinho, o coronel apertou a minha mão, pigarreou, pura pose de homem viril, rosnando uns comentários sobre o tempo, numa encenação meio exagerada de seu papel de velho soldado, acho eu. Há algo nele que parece meio esquisito, alguma coisa reluzente demais, alguma coisa estudadamente plausível. Aquelas botinas lustrosas, o paletó de *tweed* com apliques de couro nos cotovelos e nos punhos, e aquele colete amarelo-canário que ele exibe nos finais de semana, tudo isso me parece um tanto bom demais para ser verdade. O coronel tem aquela perfeição cristalizada de um ator que passou muito tempo interpretando o mesmo papel. Chego a me perguntar se ele é mesmo um velho militar. Consegue esconder bastante bem o sotaque de Belfast, mas, uma vez ou outra, alguma coisa acaba escapando, como acontece com os gases. Ora, por que esconder isso, afinal? O que será que ele teme que o seu sotaque possa revelar? Miss Vavasour me confidenciou que já o viu, mais de uma vez, se esgueirando até a igreja para a missa de domingo de manhã. Um coronel católico de Belfast? Estranho, muito estranho...

Junto à janela do saguão, que antes era a sala de visitas, havia uma mesa extensível posta para o chá. A sala era bem do jeito que eu me lembrava, ou parecia ser, já que as recordações estão sempre prontas para se enquadrar perfeitamente às coisas e aos lugares do passado revisitado. A mesa — será que era aquela mesma onde Mrs. Grace estava fazendo o arranjo de flores naquele dia, no dia do cachorro com a bola? — estava arrumada com todo o cuidado: um bule de prata fazendo conjunto com o coador, louça de porcelana, cremeira antiga, pinças para pegar os torrões de açúcar, guardanapos bordados. Miss Vavasour estava à japonesa, com o cabelo preso num coque por dois grandes palitos cruzados, o que me lembrou, de forma um tanto absurda, aquelas gravuras eróticas japonesas do século XVIII, onde se vêem matronas de rosto empoado parecendo porcelana, suportando, impassíveis, as carícias brutais de indivíduos que fazem mil caretas, com membros avantajados e, detalhe que sempre me deixa impressionado, dedos dos pés incrivelmente flexíveis.

A conversa simplesmente não fluía. Miss Vavasour continuava nervosa e o estômago do coronel roncava. O sol do fim da tarde, passando pelo meio de um arbusto no jardim agitado pelo vento, batia bem nos nossos olhos, fazendo com que as coisas que estavam em cima da mesa parecessem estremecer e se deslocar. Eu me sentia descomunal, desajeitado, constrangido, como uma criança rebelde, mas já crescida, cujos pais desesperados houvessem mandado para o campo para que parentes mais velhos tomassem conta dela. Será que isso tudo era um terrível engano? Será que eu deveria murmurar um pedido de desculpas e ir correndo para um hotel, passar a noite, ou até mesmo voltar para casa e agüentar aqueles ecos e aquele vazio? Pensei, então, que tinha vindo até aqui exatamente para isso, contando que fosse um erro, que fosse terrível, que tudo aquilo fosse ser, que eu mesmo fosse me sentir inadequado, como diria Anna. — Você está maluco! — exclamou Claire —, vai morrer de tédio lá naquele lugar! — Para ela, estava tudo bem, foi o que respondi, pois tinha comprado um lindo apartamento — *sem perder tempo*, não acrescentei. — Então, venha morar comigo — disse ela. — Tem espaço bastante para duas pessoas. — Morar com ela! Espaço para duas pessoas! Tudo o que fiz, porém, foi agradecer, e recusar, dizendo que gostaria de ficar sozinho. Não agüento o jeito como ela tem me olhado ultimamente, cheia de ternura e de preocupações filiais, com a cabeça meio inclinada para um lado, como Anna fazia, uma das sobrancelhas erguidas e a testa solicitamente franzida. Não quero saber de gente solícita. Quero raiva, vituperação, violência. Sou como um homem que está com uma dor de dentes pavorosa e que, apesar da dor, sente um prazer vingativo em ficar enfiando a ponta da língua naquela cavidade latejante. Imagino um punho surgindo do nada e me acertando em cheio no rosto; chego quase a sentir o impacto e ouvir o osso do nariz se quebrando, e, só de pensar nisso, sinto um tantinho de triste satisfação. Depois do enterro, quando todos já tinham ido embora — foi horrível, quase insuportável —, agarrei um copo de vinho com tanta força que ele se quebrou na minha mão. Satisfeito, fiquei olhando o meu próprio sangue escorrer como se fosse o sangue de um inimigo que eu tivesse retalhado ferozmente.

— Então, quer dizer que trabalha com arte — comentou o coronel com ar cauteloso. — É um negócio muito bom, não é mesmo?

Ele estava se referindo a dinheiro. Miss Vavasour apertou os lábios, franziu as sobrancelhas e meneou a cabeça em sinal de censura. — Ele simplesmente escreve sobre arte — disse ela sussurrando, engolindo as palavras enquanto as pronunciava, como se, com isso, pudesse evitar que eu as ouvisse.

Os olhos do coronel pularam de mim para ela, voltaram para mim, e ele assentiu calado. Espera entender tudo errado; está acostumado com isso. Toma o seu chá com o dedo mindinho encolhido. O mindinho da outra mão fica sempre encolhido, bem colado à palma: é uma síndrome, não muito rara, cujo nome esqueci. Dá a impressão de ser algo doloroso, mas ele diz que não é, não. Torna o detalhe curiosamente elegante, gesticulando com essa mão, como um maestro convocando os instrumentos de sopro ou incitando um *fortissimo* por parte do coro. O coronel também treme ligeiramente; mais de uma vez, a xícara de chá esbarrou nos seus dentes da frente, que, tão brancos e tão certinhos assim, só podem ser postiços. A pele do seu rosto castigado pelo tempo e o dorso de suas mãos são enrugados, morenos e lustrosos, como um papel marrom encerado que houvesse sido usado para embrulhar algo impossível de ser embrulhado.

— Ah, sei — disse ele, sem saber de nada.

Certo dia, em 1893, Pierre Bonnard ficou de olho numa moça que desembarcava de um bonde parisiense e, atraído pela sua fragilidade e pela sua beleza pálida, resolveu segui-la até o lugar em que trabalhava, uma empresa de *pompes funèbres*, onde ela passava o dia todo cozendo pérolas em coroas para funerais. Com isso, desde o início, a morte introduziu a sua fita preta na trama de suas vidas. Bonnard tratou logo de se apresentar — suponho que, na *belle époque*, essas coisas fossem feitas com naturalidade e *aplomb* —; em pouco tempo, a moça tinha deixado o emprego e tudo o mais na vida para ir morar com ele. Disse-lhe que se chamava Marthe de Méligny, e que tinha dezesseis anos. Na verdade, ele só foi descobrir isso mais de trinta anos depois, quando afinal decidiu se casar com ela: o seu nome era Maria Boursin, e, quando se conheceram, ela não tinha dezesseis anos, mas sim uns vinte e poucos, como o próprio Bonnard. Ficaram juntos nos bons e nos maus momentos, ou, melhor dizendo, nos maus momentos e nos piores ainda, até a morte de Marthe, cerca de cinqüenta anos mais tarde. Numa biografia de Bonnard, Thadée Natanson, um dos primeiros mecenas do pintor, evoca, com rápidos toques impressionistas, a figura um tanto etérea de Marthe, referindo-se ao *seu ar selvagem de pássaro, movendo-se na ponta dos pés.* Ela era enigmática, ciumenta, incrivelmente possessiva; tinha mania de perseguição e era uma grande e dedicada hipocondríaca. Em 1927, Bonnard comprou uma casa, Le Bosquet, na modesta cidadezinha de Le Cannet, na Côte d'Azur, onde foi morar com Marthe, num isolamento atormentado, só interrompido esporadicamente, até que ela morreu, quinze anos mais tarde. Em Le Bosquet, ela adquiriu o hábito de passar horas e horas no banho, e foi no banho que Bonnard a pintou inúmeras vezes, continuando com a série mesmo depois da sua morte. As *Baignoires* são o apogeu triunfante do trabalho de toda a sua vida. Na tela *Nu dans le bain au petit chien*, iniciada em 1941, um ano antes da morte de Marthe, e só concluída em 1946, ela está ali, em tons de rosa, lilás e ouro, uma deusa do mundo flutuante, esmaecida, atemporal, imprecisamente morta ou viva, e, ao seu lado, no chão de ladrilhos, o cachorrinho marrom, seu companheiro, um bassê, acho eu, atento e aninhado em seu colchão ou talvez num retângulo de sol entrando por alguma janela que não vemos. O pequeno cômodo, que é o seu refúgio, vibra ao seu redor, pulsando em suas cores. O seu pé esquerdo, esticado na extremidade de uma perna incrivelmente longa, parece empurrar a banheira, entortando-a do lado esquerdo e, mais abaixo, desse mesmo lado, no mesmo campo de força, o chão também está fora de alinhamento, parecendo prestes a escorrer pelo canto, não como um chão, mas como uma poça movente de água mosqueada. Nessa cena, tudo se move; tudo se move na imobilidade, num silêncio aquoso. Pode-se ouvir uma gota caindo, uma ondulação da água, um suspiro tremulante. Uma mancha avermelhada na água, junto ao ombro direito da mulher que se banha, bem pode ser ferrugem, ou até mesmo sangue já seco. A sua mão direita repousa sobre a coxa, como se, ao virá-la, houvesse estancado em meio ao gesto, e lembro das mãos de Anna em cima da mesa, naquele primeiro dia em que fomos ao consultório de Mr. Todd; as suas mãos desamparadas, com as palmas voltadas para cima, como se pedindo alguma coisa a alguém à sua frente, mas um alguém que não estava lá.

A minha Anna também começou a tomar longos banhos à tarde, depois que ficou doente. Era um alívio para ela, ao que dizia. Durante todo o outono e o inverno daqueles doze meses em que ela esteve morrendo lentamente, nós dois nos isolamos em nossa casa à beira-mar, exatamente como Bonnard e Marthe haviam feito em Le Bosquet. O tempo andava ameno, praticamente inexistente; um verão, que parecia inexorável, ia cedendo lugar, de forma quase imperceptível, a um fim de ano de uma quietude esfumada que bem poderia ser qualquer estação. Anna temia a chegada da primavera, com todo aquele alvoroço e todo aquele clamor, dizia ela, toda aquela vida. Um silêncio profundo, onírico, foi se acumulando ao nosso redor, brando e denso, como lodo. Ela ficava tão quieta, no banheiro do anexo lá no andar térreo, que, às vezes, eu chegava até a me preocupar. Podia imaginá-la afundando sem ruído algum naquela banheira enorme, com pés em forma de garras, até o seu rosto ficar submerso, e, então, uma última inspiração, longa e encharcada. Nessa hora, descia as escadas pé ante pé e ficava ali no anexo, em silêncio, parecendo inerte, como se fosse eu que estivesse debaixo da água, com o ouvido colado na porta, à espreita, tentando ouvir sons de vida. É claro que, em algum ponto tolo e traiçoeiro do meu coração, desejava que ela tivesse feito aquilo, que tudo estivesse terminado, tanto por mim quanto por ela própria. Ouvia, então, um leve som da água se movendo, quando ela se mexia, o barulhinho que ela fazia ao erguer a mão para apanhar o sabonete ou a toalha, e me arrastava de volta para o quarto, fechava a porta às minhas costas, sentava diante da minha escrivaninha e ficava olhando o cinza luminoso do entardecer, tentando não pensar em nada.

— Olhe só para você, meu pobre Max — disse ela certo dia. — Fica aí, tendo que escolher as palavras e ser gentil o tempo todo. — Nessa época, Anna estava numa clínica, num quarto que ficava na ponta do corredor da ala antiga, com uma janela de quina que dava para uma nesga de gramado lindamente malcuidado, e um grupo de árvores altas, de um cinza-chumbo, sempre agitadas, e, a meu ver, perturbadoras. A primavera, que Anna tanto temia, já tinha chegado e partido, e ela estava tão mal que nem sequer se importou com o seu alvoroço. Agora, estávamos no verão, um verão quente e úmido, pegajoso, o último que ela veria. — O que você quer dizer com tendo que ser gentil? — indaguei. Ela andava dizendo umas coisas tão estranhas ultimamente, como se já estivesse em algum outro lugar, além de mim, um lugar onde até as palavras quisessem dizer outra coisa. Anna virou a cabeça no travesseiro e sorriu para mim. O seu rosto, quase pele e osso, tinha adquirido uma beleza assustadora. — Você nem tem mais o direito de me odiar um pouco — disse ela — como antigamente. — Fitou aquelas árvores por um instante e, depois, voltou a olhar para mim; sorriu de novo e me deu um tapinha na mão. — Não precisa fazer essa cara preocupada — acrescentou. — Eu também odiava você um pouco. Afinal, éramos seres humanos. — Nessa época, o passado era o único tempo verbal que ela se animava a usar.

— Gostaria de ver o seu quarto agora? — indagou Miss Vavasour. Uns últimos lampejos de sol passando pela janela envidraçada à nossa frente caíam como estilhaços de vidro num prédio em chamas. O coronel estava tentando limpar a frente do colete amarelo onde tinha respingado um pouco de chá. Parecia aborrecido. Vai ver que tinha me dito alguma coisa e eu nem ouvi. Miss Vavasour saiu andando na frente pelo corredor. Tinha medo daquele momento, do momento em que teria de assumir a casa, vesti-la, por assim dizer, como algo que eu tivesse usado numa outra vida, numa vida ancestral, algo como um chapéu que já foi elegantíssimo, digamos, ou um par de sapatos fora de moda, ou um terno de casamento, cheirando a naftalina e que já não fechava direito na cintura, ou que estava apertado debaixo dos braços, mas com os bolsos repletos de recordações. Não reconheci absolutamente aquele corredor. Era pequeno, estreito e mal-iluminado, e tinha as paredes divididas horizontalmente por um friso torneado, e forradas, na parte inferior, com um daqueles papéis antigos, e parecendo ter uns cem anos ou mais. Não me lembrava da existência desse corredor. Achava que a porta da frente dava diretamente para — bom, não sei exatamente para onde. A cozinha? Enquanto ia seguindo Miss Vavasour, carregando minha mala, como o assassino bem-educado de um daqueles velhos filmes policiais em preto-e-branco, descobri que, por mais que tentasse adequar a imagem que eu tinha na cabeça à casa original, continuava encontrando uma resistência obstinada em conciliar ambas as coisas. Tudo era ligeiramente desproporcional; cada ângulo, ligeiramente desajustado. A escada era mais íngreme, o patamar mais acanhado, a janela do banheiro não dava para a rua, como eu pensava, mas sim para os fundos, para o lado do Campo. Tive uma sensação quase de pânico quando o real, esse real indelicadamente complacente, se apoderou das coisas de que eu pensava me lembrar e deu a elas o formato que bem quis. Algo precioso estava se desmanchando e escorria por entre os meus dedos. E, no entanto, com que facilidade deixei que aquilo tudo se fosse... O passado, quero dizer, o passado de verdade, tem muito menos importância do que acreditamos... Quando Miss Vavasour me deixou naquele que, de agora em diante, seria o *meu quarto*, joguei o casaco numa cadeira, sentei na beira da cama e respirei fundo aquele ar viciado de um lugar inabitado; senti que vinha viajando há muito tempo, há anos, e, finalmente, tinha chegado ao destino que, desde sempre, mesmo sem eu saber, me estava reservado, e onde eu devia ficar, já que ele era, devo admitir, por ora, o único lugar possível, o único refúgio possível para mim.

O MEU AMIGO PINTARROXO apareceu ainda agora mesmo no jardim e, de repente, entendi o que as sardas de Avril tinham me lembrado, naquele dia em que nos encontramos no quintal de Duignan. Como de costume, o passarinho pára no terceiro ramo do arbusto de azevinho e fica estudando as condições do ambiente, com um ar truculento naqueles seus olhinhos de contas brilhantes. Os pintarroxos são famosos por serem pássaros destemidos, e este parece não estar nem aí quando o gato da vizinhança surge na porta e vai se aproximando furtivamente, em meio à grama alta. Na verdade, chega até a soltar um gorjeio que mais parece um piado sardônico, agitando as penas e inflando o papo de um vermelho-alaranjado, como se quisesse demonstrar, caçoando, que petisco tenro e delicioso ele daria se os gatos pudessem voar. Ao ver o passarinho pousado ali, me lembrei imediatamente, com uma pontada de dor exatamente do mesmo tamanho e tão singular quanto o próprio animal, do ninho que estava nos ramos do tojo e que foi roubado. Em menino, eu era entusiasmado por pássaros. Não um daqueles observadores, aliás, nunca fui do tipo observador. Localizar, rastrear e classificar não me interessava; essas atividades estavam além das minhas possibilidades e, ainda por cima, sei que teria achado tudo isso muito chato. Não, mal podia distinguir uma espécie de outra; sabia muito pouco, e não estava nem aí para a sua história ou os seus hábitos. Mas era capaz de encontrar os seus ninhos: esta era minha especialidade. Era tudo uma questão de paciência, atenção, olho vivo, e algo mais: a capacidade de me identificar com aquelas criaturinhas que eu tentava seguir até encontrar o ninho. Um cientista cujo nome me foge agora propôs, refutando alguma coisa de que também não me lembro, que é impossível, para um ser humano, imaginar plenamente como seria ser um morcego. Concordo com ele, em termos gerais, mas acredito que poderia lhe dar uma boa demonstração de tal capacidade quando eu era mais jovem e ainda tinha uma parte animal.

Eu não era mau; jamais mataria um passarinho ou roubaria os seus ovos, com certeza. O que me movia era a curiosidade, o simples desejo de conhecer um pouco dos segredos de outras vidas que não a minha própria.

Uma coisa que sempre me deixava impressionado era o contraste entre o ninho e os ovos, quero dizer, a contingência do primeiro, por mais bem-feito que fosse, e a completude do segundo, a sua plenitude primordial. Antes de ser um começo, um ovo é um fim absoluto. É a definição mesma de auto-inteireza. Detestava ver um ovo quebrado, aquela minúscula tragédia. Na ocasião de que estou me lembrando, devo ter levado alguém até o ninho inadvertidamente. Ele estava numa moita de tojo, na rampa de um promontório, no meio do campo aberto, e, portanto, qualquer um poderia me ver indo até lá, coisa que fiz várias vezes durante algumas semanas, de tal forma que a fêmea no choco acabou se acostumando comigo. Que pássaro era aquele, um tordo, um melro? Seja lá como for, era uma dessas espécies maiores... Até que, um dia, quando cheguei lá, os ovos tinham desaparecido. Dois deles tinham sido levados e o terceiro estava quebrado no chão, junto do arbusto. Tudo o que restava dele era aquela mistura de clara e gema, além de uns pedaços da casca, todos eles salpicados de pintinhas marrom-escuras. Não deveria valorizar demais esse momento, pois tenho certeza de que era tão desalmado, em termos sentimentais, quanto qualquer outro garoto, mas ainda vejo aquele arbusto; ainda sinto o perfume untuoso das suas flores; ainda me lembro perfeitamente do tom exato daquelas pintinhas marrons, parecidíssimas com as que recobriam as bochechas pálidas de Avril e as laterais do seu nariz. Carreguei comigo a lembrança daquele momento por meio século, como se fosse o emblema de alguma coisa derradeira, preciosa, e irremediavelmente perdida.

Anna debruçada para fora da cama de hospital, vomitando no chão, com a testa ardendo em febre apoiada na minha mão, plena e frágil como um ovo de avestruz.

Estou no café Strand, com Chloe, depois do filme e daquele beijo memorável. Sentamos numa mesa de plástico para tomar a nossa bebida favorita: um copo grande de refrigerante de laranja com uma bola de sorvete de baunilha. É incrível a nitidez com que posso nos ver ali, se me concentro. Na verdade, uma pessoa quase poderia reviver a sua vida toda, bastando, para isso, que fosse capaz de um esforço de rememoração. A nossa mesa ficava perto da porta por onde passava uma larga faixa de sol que vinha bater direto nos nossos pés. De vez em quando, um ventinho vindo lá de fora circulava por ali distraído, espalhando um sussurro de areia fina pelo chão, ou trazendo consigo um papel de bala vazio, que corria, parava, voltava a correr, fazendo um barulhinho rascante. O café estava quase vazio, a não ser por alguns garotos, ou melhor, rapazes, jogando cartas num canto dos fundos, e, por trás do balcão, a mulher do dono, uma mulher avantajada, de cabelo louro, que não era feia, e fitava a rua, através da porta aberta, com um olhar sonhador. Ela estava com um jaleco ou um avental azul-claro debruado em festonê branco. Como é mesmo que se chamava? Bom, sabe-se lá... Nem adianta tentar me lembrar — já é pedir demais à prodigiosa memória da Memória. Mrs. Strand. É assim que vou chamá-la, Mrs. Strand, já que preciso lhe dar um nome qualquer. Lembro muito bem que ela tinha um jeito todo especial de ficar ali parada, grandalhona e robusta, com um dos braços sardentos estendidos e uma das mãos apoiada, com o punho fechado, em cima da caixa registradora. A mistura de sorvete com laranja nos nossos copos era coberta de uma espuma amarelada. Tomávamos aquilo com canudinhos, evitando nos olhar nos olhos, num novo acesso de timidez. Eu tinha a sensação de que algo havia se instalado sobre nós, alguma coisa ampla e macia, parecendo um lençol todo aberto que vai caindo em cima de uma cama, ou uma tenda desabando sobre o acolchoado de seu próprio ar. O fato é que aquele beijo no escuro do cinema — estou começando a achar que, afinal, deve ter sido o nosso primeiro beijo — se acomodou entre nós como um assombro grande demais para ser ignorado. Chloe tinha um ligeiríssimo bigode louro, uma penugem cuja textura pude sentir nos lábios. Agora, o meu copo estava quase vazio e fiquei com medo que, quando chupasse o restinho pelo canudo, ele pudesse fazer aquele barulho constrangedor que parece a barriga roncando. Protegido pelas pálpebras semicerradas, olhei as mãos de Chloe, uma delas pousada na mesa e, a outra, segurando o copo. Os seus dedos eram gordinhos até a primeira articulação e, depois, iam afinando em direção à ponta: eram as mãos da mãe, percebi. O rádio de pilha de Mrs. Strand estava tocando uma música qualquer, e Chloe acompanhava a melodia tristonha cantarolando baixinho. A música era uma coisa tão importante naquela época, falando de desejos e tristezas, a própria vibração do que achávamos que fosse o amor. À noite, deitado na minha cama no chalé, a música chegava aos meus ouvidos, o som metálico, mas quase indistinto, trazido pelo vento do mar lá dos salões de baile do Beach Hotel, ou do Golf, e eu ficava imaginando os casais, as garotas com cabelo de permanente, com vestidos azul-brilhantes ou verde-ácidos, e os rapazes de topete, usando paletós apertadinhos e sapatos com solas grossas e flexíveis, girando naquela penumbra quente e poeirenta. Ó meu amor... em teus braços... ao luar... tão sozinho! E para além de tudo isso, lá fora, invisível, a praia na escuridão, a areia fresca na superfície, mas conservando ainda, por baixo, o calor do dia, e a longa linha branca das ondas quebrando enviesadas, como que iluminadas por dentro, e, acima de tudo, a noite, silenciosa, secreta, propositada.

— Que filme mais besta — exclamou Chloe, aproximando o rosto da borda do copo, com a franja balançando. O cabelo dela era claro como a luz do sol que batia no chão a seus pés... Mas, espere aí, isso está errado. O dia do beijo não pode ter sido esse. Quando saímos do cinema já era quase de noitinha, depois de um dia de chuva, e, agora, estamos bem no meio da tarde, por isso esse sol brando, esse vento que rodopiava por ali. E onde está Myles? Ele estava conosco no cinema; portanto, onde teria ido, ele que jamais saía de perto da irmã, a não ser que ela o expulsasse? Com efeito, dona Memória, retiro todos os elogios que lhe fiz... Se é que é a própria Memória quem está em ação aqui, e não alguma outra musa, mais imaginativa. Chloe bufou. — Até parece que eles não iam descobrir que aquele salteador era uma mulher.

Olhei de novo para as suas mãos. A que antes estava segurando o copo bem perto da borda tinha descido agora até perto da mesa, contornando o fundo do copo onde um raiozinho de luz muito branca brilhava inalterado. Já a outra, que segurava o canudo delicadamente, com dois dedos, lançava sobre a mesa uma sombra pálida que parecia a cabeça de um pássaro com bico e penacho. Lembrei novamente a mãe dela e, desta vez, senti por um breve instante alguma coisa quente me espetando o peito, e queimando, como se uma agulha em brasa tivesse tocado o meu coração. Seria uma pontada de culpa? Pois, o que será que Mrs. Grace sentiria, o que diria se me visse aqui, nesta mesa, sem tirar os olhos da sombra levemente arroxeada da covinha que se formou no rosto de sua filha enquanto ela chupava o restinho da bebida no seu copo? Mas não estava preocupado com isso, não de verdade, com a culpa de um passado remoto e outras emoções do gênero. Isso que chamamos de amor tem uma caprichosa tendência a se transferir, com uma guinada impiedosa e arrevesada, de um objeto brilhante para outro mais brilhante ainda, e nas circunstâncias mais inadequadas. Quantas festas de casamento não terminaram com o noivo bêbado e dispéptico absolutamente infeliz, olhando aquela que agora é sua mulher sacolejando sob o seu corpo, na cama tamanho *king-size* da suíte nupcial, e vendo, em seu lugar, o rosto da sua melhor amiga, ou da irmã mais bonita, ou até mesmo, que Deus nos perdoe, da sua mãe toda atlética?

É, eu estava me apaixonando por Chloe — ou melhor, estava apaixonado, porque a coisa já tinha acontecido. Experimentava aquela sensação de euforia ansiosa, uma sensação feliz de um despencar irremediável, que todos aqueles que sabem que devem ser a parte atuante do amor sempre sentem nesse começo vertiginoso. Porque, mesmo naquela tenra idade, eu sabia que há sempre alguém que ama e alguém que é amado, e, nesse caso, sabia muito bem qual dos dois eu ia ser. Aquelas semanas com Chloe representaram, para mim, uma série de humilhações mais ou menos arrebatadas. Ela me aceitou como suplicante em seu santuário com uma complacência desconcertante. Quando estava naqueles seus momentos mais distraídos, mal se dignava notar a minha presença, e, mesmo quando me dava o máximo da sua atenção, sempre ficava faltando alguma coisa, pois nessa atenção havia uma pitada de preocupação, de ausência. Essa ambigüidade voluntária me atormentava e me deixava furioso; no entanto, pior ainda era a possibilidade de que aquilo tudo fosse involuntário. Que ela optasse por me desprezar era algo que ainda podia aceitar, ou até mesmo admitir, de um jeito obscuramente prazeroso, mas a idéia de que pudesse haver uns espaços de tempo em que eu simplesmente desaparecia, tornando-me transparente aos seus olhos, não, isso era uma coisa que eu não podia agüentar. Muitas vezes, quando eu invadia um desses seus silêncios vazios, ela fingia surpresa e dava uma rápida olhadela para o teto ou para um canto do aposento, para qualquer lugar que não fosse onde eu estava, procurando ver de onde vinha aquela voz que tinha falado com ela. Será que isso era pura maldade, ou seriam momentos em que ela ficava efetivamente fora do ar? Sem conseguir conter a irritação, eu a segurava pelos ombros e a sacudia, pedindo que ela me visse, e só a mim, mas ela se soltava das minhas mãos, semicerrava os olhos e deixava a cabeça pender como a de uma boneca de pano, dando um risinho gutural, tão irritante quanto aqueles ruídos que Myles fazia. E, quando eu a empurrava para longe de mim, revoltado, ela caía sentada na areia ou no sofá, e ficava escarrapachada ali, com os braços e as pernas todos tronchos, fingindo que estava morta de um jeito grotesco, debochado.

Por que será que eu aturava os seus caprichos, a sua arrogância? Nunca fui de levar desaforo para casa, e sempre tratei de dar o troco à altura, até mesmo com as pessoas que eu amava ou, talvez, principalmente com elas. No caso de Chloe, creio eu, a minha tolerância era resultado do fortíssimo instinto de proteção que ela despertava em mim. Deixem-me explicar melhor, pois isso é interessante, ou pelo menos eu acho que é. Era tudo uma questão de discernimento, de uma sensibilidade sublime. Já que Chloe era a pessoa que eu tinha escolhido — ou que tinha sido escolhida — para despejar o meu amor, ela precisava ser resguardada, da forma mais perfeita possível, tanto espiritualmente quanto em suas ações. Era absolutamente necessário que eu a protegesse de si mesma e dos seus defeitos. É claro que tal tarefa cabia a mim, uma vez que os defeitos eram dela e não se poderia esperar que conseguisse escapar aos seus efeitos negativos simplesmente por vontade própria. E não se tratava apenas de protegê-la desses defeitos e das suas conseqüências para o seu comportamento; era preciso também evitar, na medida do possível, que ela tivesse qualquer noção que fosse da sua existência. E não eram apenas os seus defeitos ativos. Ignorância, falta de perspicácia, complacência boba, coisas como essas tinham de ser disfarçadas, e as suas manifestações, negadas. O fato, por exemplo, de ela não saber que, antes de eu gostar dela, tinha gostado da sua mãe — logo quem! — fazia com que parecesse de uma vulnerabilidade quase lamentável a meus olhos. Mas, vejam bem, o problema não era o fato de ela não ter sido a primeira pessoa de quem gostei; era ela ignorar isso. Se por acaso viesse a descobrir o meu segredo, ficaria decerto com a auto-estima abalada, ia se achar uma idiota por não ter percebido o que eu sentia por sua mãe e poderia até se sentir inferior com relação a ela, por ter sido a minha segunda opção afetiva. E isso era algo que não poderia acontecer...

Se estiver parecendo que estou me apresentando sob uma luz benevolente demais, apresso-me em dizer que Chloe não era a única a ser beneficiada com a minha preocupação e os meus cuidados com relação aos seus defeitos. A sua auto-estima era muito menos importante do que a minha, embora esta última dependesse da primeira. Se a imagem que Chloe tinha de si mesma fosse afetada por dúvidas — por ela se sentir uma idiota ou alguém sem qualquer perspicácia —, a minha admiração por ela também seria afetada. Portanto, não devia haver confrontos, esclarecimentos brutais ou revelação de verdades terríveis. Eu podia sacudi-la pelos ombros até os seus ossos chocalharem; podia jogá-la no chão, revoltado; mas não podia lhe dizer que tinha me apaixonado por sua mãe antes de me apaixonar por ela, que ela tinha cheiro daquelas latas de biscoito, ou que o Joe, lá do Campo, tinha reparado que os seus dentes eram esverdeados. Quando eu andava atrás dela, submisso, com os olhos amorosos e amorosamente angustiados pregados naquela mecha de cabelo louro caída em sua nuca, ou nos minúsculos vínculos que se formavam na porcelana da parte de trás dos seus joelhos, sentia como se estivesse carregando comigo um frasco do mais precioso e delicado material combustível. Não, nada de movimentos bruscos, em hipótese alguma.

Havia mais um motivo para ela ser mantida intacta, para ela não ser profanada por autoconhecimento em excesso, ou, na verdade, por um conhecimento excessivo de mim. Era a sua *diferença*. Foi com ela que experimentei, pela primeira vez, a absoluta alteridade dos outros. Ninguém estaria particularmente interessado em saber — bom, é verdade, mas vou dizer assim mesmo — que, com Chloe, o mundo se manifestou para mim pela primeira vez como uma entidade objetiva. Nem os meus pais, os meus professores, as outras crianças, nem a própria Connie Grace tinham sido tão reais quanto Chloe. E, se ela era real, então, de repente, eu também era. Ela foi, creio eu, a verdadeira origem da autoconsciência para mim. Antes, tudo era uma coisa só, e eu fazia parte disso; agora, havia eu e tudo o que não era eu. Mas aqui também existe um detalhe tortuoso, uma distorção de complexidade. Ao me dissociar do mundo, fazendo com que eu percebesse a mim mesmo como um ser à parte, ela tirou de mim aquele sentido da imanência de tudo, daquele tudo no qual eu estava incluído, no qual eu tinha vivido até então, imerso numa ignorância mais ou menos bem-aventurada. Antes, eu vivia protegido; agora, estava em campo aberto, numa clareira, sem qualquer abrigo à vista. Não sei se não teria entrado novamente, passando por aquelas portas cada vez mais estreitas.

Com Chloe, eu nunca sabia em que pé estava, ou que tipo de tratamento deveria esperar receber, e desconfio que isso fosse em boa parte responsável pela atração que sentia por ela: essa é a natureza quixotesca do amor. Certo dia, quando estávamos caminhando pela beira da praia, à procura de uma espécie particular de concha rosada que ela queria para fazer um colar, Chloe parou de repente, e, ignorando os banhistas na água e as pessoas que faziam piquenique na areia, me agarrou pela camisa, me puxou e me beijou com tanta força que o meu lábio superior ficou esmagado de encontro aos seus dentes da frente e eu cheguei a sentir o gosto do sangue. Myles, um pouco mais para trás, deu aquela sua risadinha gutural. Um instante depois, ela já tinha me afastado, aparentemente com o maior desprezo, e foi andando, de cara amarrada, com os olhos se movendo rapidamente para cá e para lá, na areia molhada que inalava avidamente o restinho de cada onda que a invadia, sugando-a com um suspiro. Olhei ao meu redor, aflito. E se a minha mãe estivesse por ali? Ou Mrs. Grace? Ou até mesmo Rose? Mas Chloe parecia não estar dando a mínima bola para isso. Ainda me lembro da sensação de aspereza que senti quando a polpa macia dos nossos lábios estava comprimida entre os nossos dentes.

Ela gostava de provocar, mas ficava irritada se aceitávamos as suas provocações. De manhã bem cedo, numa manhã estranhamente quieta, com nuvens carregadas lá longe, no horizonte, e um mar sem ondas e de um cinza reluzente, eu estava parado à sua frente, com aquela água quase morna me batendo na cintura, me preparando para mergulhar e passar por baixo das suas pernas, se ela deixasse, coisa que às vezes fazia. — Ande logo! — disse Chloe estreitando os olhos. — Acabei de fazer xixi. — Como bom aspirante a cavalheiro que eu era, simplesmente não poderia recusar aquela ordem. Mas, quando voltei à tona, ela disse que eu era nojento, afundou na água até a altura do queixo e foi embora nadando bem devagar.

Chloe era dada a uns lampejos de violência repentinos e irritantes. Lembro de uma tarde chuvosa, quando estávamos sozinhos na sala de estar dos Cedros. Estava frio e úmido ali dentro, e, ainda por cima, tinha aquele cheiro triste de fuligem e cortinas de cretone em dias de chuva. Ela entrou, vindo da cozinha, e cruzou a sala em direção à janela, e eu me levantei do sofá e fui me aproximando para abraçá-la, suponho. Assim que cheguei perto, ela parou, ergueu a mão num movimento rápido e deu um tapa que me acertou em cheio no rosto. E foi um tapa tão inesperado, tão completo, que parecia até a própria definição de alguma coisa vital, pequena e única. Pude ouvir o seu eco ricocheteando de um canto do teto. Ficamos imóveis por um momento, eu com o rosto virado, para não encará-la. Ela deu um passo atrás, riu e, então, com um ar emburrado, foi até a janela, pegou algo em cima da mesa e ficou olhando para aquilo de cara amarrada.

Houve um dia, na praia, em que ela cismou de atormentar um morador local. Era uma tarde de um cinza que anunciava chuva, mais para o fim das férias, com os tons do outono já se insinuando discretamente no ar, e ela estava entediada e de mau humor. O sujeito era pálido, meio trêmulo, com um calção de banho preto, um peito encovado e os mamilos intumescidos e esbranquiçados por causa do frio. Nós três o acuamos atrás de um quebra-mar de concreto. Ele era mais alto que os gêmeos, mas eu era maior, e, sempre pronto para impressionar a minha namorada, dei-lhe um bruto safanão derrubando-o de encontro àquela parede recoberta de limo. Chloe se plantou então à sua frente, e, com o seu tom mais autoritário, perguntou como ele se chamava e o que estava fazendo ali. O garoto ficou olhando para ela atônito, aparentemente sem conseguir entender por que tinha sido ele o escolhido, ou o que estávamos pretendendo, coisa que, é claro, nós também não sabíamos. — E aí? — exclamou Chloe, com as mãos nas cadeiras e batendo com um dos pés na areia. Ele deu um sorriso meio hesitante, mais por estar sem jeito do que por estar com medo dela. Tinha vindo à praia de trem, balbuciou ele, com a mamãe. — Ah, com a sua mamãe? — disse Chloe, com um risinho de desprezo. E, como se obedecesse a um sinal, Myles deu um passo à frente e, com a mão bem espalmada, acertou um tapa na lateral da cabeça do menino, fazendo um barulho surdo incrivelmente alto. — Está vendo só? — exclamou Chloe com uma voz estridente. — É isso que acontece com quem quer bancar o espertinho com a gente! — O garoto, um pobre bobo inocente, continuava olhando estupefato, e ergueu uma das mãos para levá-la ao rosto como se quisesse confirmar o fato espantoso de ter sido esbofeteado. Houve um momento de silêncio inquietante, e, então, tudo poderia acontecer. Mas não aconteceu nada. O menino se limitou a dar de ombros, com um ar tristemente resignado, e foi embora um tanto trôpego, ainda com a mão no rosto. Enquanto isso, Chloe se virou para mim de um jeito desafiador, mas não disse nada, e Myles ficou apenas rindo.

O que mais lembro desse incidente não é nem o olhar furioso de Chloe, nem a risadinha de Myles, mas sim o jeito como o tal garoto me olhou antes de ir embora desconsolado. Ele me conhecia; como ele, eu era um morador da região, por mais que tentasse parecer outra coisa. Se, naqueles olhos, houvesse uma acusação de traição, ou raiva, por eu ficar do lado de estranhos e contra ele, ou qualquer outra coisa do gênero, eu não teria me importado, acho que, na verdade, teria me sentido gratificado, mesmo que também envergonhado. Mas não, o que me deixou desconcertado foi a expressão de aceitação ovina que havia naquele olhar, a absoluta ausência de qualquer surpresa diante da minha perfídia. Senti necessidade de sair correndo atrás dele e pôr a mão no seu ombro, não para pedir desculpas ou tentar me justificar por ter contribuído para aquela humilhação, mas para fazer com que ele me olhasse de novo, ou melhor, para fazê-lo retirar o outro olhar, negá-lo, eliminar os seus vestígios dos seus olhos. Porque não conseguia suportar a idéia de que ele pudesse me conhecer como parecia conhecer. Melhor do que eu mesmo. Pior.

Sempre detestei tirar retrato; tinha, porém, verdadeiro horror de ser fotografado por Anna. É estranho dizer isso, bem sei, mas, quando ela estava por trás da câmera, ficava como cega: algo em seus olhos morria; uma luz essencial se apagava. Não parecia estar olhando o seu objeto por trás das lentes; parecia antes estar fitando bem lá dentro, no interior de si mesma, à procura de alguma perspectiva específica, de algum ponto de vista essencial. Segurava a câmera bem firme, na altura dos olhos, e deixava que a sua ave de rapina voasse por ali; fitava então as coisas por um segundo, feito uma cega, talvez, como se os traços da pessoa estivessem escritos em algum tipo de alfabeto braille que ela fosse capaz de ler à distância; o próprio gesto de acionar o obturador parecia não ter a mínima importância; parecia não passar de uma manobra para tranqüilizar a máquina. Logo que nos conhecemos, eu era bobo o bastante para deixar que ela me persuadisse a posar para uma foto de vez em quando; os resultados foram de uma crueza chocante, terrivelmente reveladora. Naquela meia dúzia de retratos em preto-e-branco, só dos ombros para cima, que ela tirou de mim — e tirar é a palavra mais exata —, via-me mais despido do que num estudo de corpo inteiro e sem usar nem mesmo uma bengala... Eu era jovem, atraente e nada feio — estou sendo modesto —, mas, naquelas fotos, parecia um homúnculo desproporcional. Não que ela me fizesse ficar feio ou deformado. As pessoas que viam aqueles retratos diziam que eles até me favoreciam. Mas eu não me sentia nada favorecido, muito pelo contrário. Eu me via, ali, como se houvesse sido agarrado e detido por um instante, em plena fuga, com gritos de "Pega ladrão!" ressoando ao meu redor. A expressão do meu rosto era encantadora e bajuladora, de um jeito absolutamente uniforme, a expressão de um malfeitor que teme estar prestes a ser acusado de um crime que sabe que cometeu, embora mal consiga se lembrar do que seja, mas que, por via das dúvidas, está preparando as suas desculpas e as suas justificativas. Que sorriso desesperado e suplicante eu ostentava... Um sonso, o próprio sonso... Ela apontava a câmera para um jovem cheio de esperanças, mas as fotos que tirava mostravam a cara de um velho impostor em frangalhos. Exposto... Isso mesmo, esta também é uma palavra perfeita.

Aquele olho desencantado, e desencantador, era um dom especial que ela tinha. Lembro das fotos que tirou no hospital, já perto do fim, no começo do fim, quando ainda estava se submetendo ao tratamento e tinha força suficiente para se levantar da cama sozinha. Pediu a Claire que fosse buscar a câmera. Já não a usava há anos. A perspectiva desse retorno àquela velha mania me trouxe um pressentimento forte, mas indescritível. Também achei bastante preocupante — embora, mais uma vez, não saiba dizer exatamente por quê — o fato de ela ter pedido a Claire, e não a mim, que fosse apanhar a máquina, e, ainda por cima, como numa espécie de acordo tácito entre as duas, a decisão de que eu não deveria ficar sabendo de nada. O que poderia significar todo esse segredo, todo esse mistério? Claire, que acabava de voltar de uma temporada no exterior, onde estava estudando — França, Países Baixos, Vaublin etc. e tal —, ficou chocada ao ver a mãe tão doente, e com raiva de mim, é claro, por não tê-la chamado mais cedo. Não lhe disse que era Anna que a queria longe de casa. Isso também era bem estranho; afinal, no passado, as duas sempre foram bem unidas. Será que eu estava com ciúmes? Um pouco. Na verdade, mais que isso, para falar francamente. Tenho plena consciência do que eu esperava, do que espero da minha filha, e do egoísmo e da tristeza dessa expectativa. Há uma grande cobrança com relação à prole do diletante. Ela devia fazer o que não consegui, e ser uma intelectual de peso, se é que tenho alguma voz no capítulo, e sei que tenho. A mãe lhe deixou algum dinheiro, mas não muito. Eu é que sou a galinha gorda, e meio sovina com os ovos de ouro.

Foi por mero acaso que vi Claire saindo de casa com a câmera. Ela ainda tentou disfarçar, mas não é lá muito boa nisso. Não que soubesse, mais do que eu próprio, que aquilo deveria ser segredo. Anna sempre teve um jeito meio sub-reptício de lidar com as coisas mais simples; resquícios da influência de seu pai e daquela vida meio duvidosa que os dois levavam antigamente, suponho eu. Era um lado infantil que ela tinha. Anna era tinhosa, cheia de mistérios, e ficava profundamente ressentida com a mínima interferência ou objeção. Posso falar de cadeira... Acho que devia ser assim porque sempre fomos crianças sozinhas, ou melhor, em criança, éramos solitários, pois ela e eu éramos filhos únicos. Mas isso soou estranho. Será que ficou parecendo que eu desaprovava o fato de ela tentar ser uma artista, se é que tirar fotos pode ser considerado arte? Na verdade, eu não dava lá muita bola para as suas fotografias, e ela não tinha razão alguma para achar que eu a teria impedido de usar a câmera. Realmente, não dá para entender...

Bom, mas, um ou dois dias depois de eu ter surpreendido Claire com a câmera, fui chamado ao hospital para ser informado, com a maior gravidade, de que a minha mulher havia fotografado os outros pacientes e que tinha havido algumas reclamações. Fiquei com vergonha pelo comportamento de Anna. Parado ali, diante da escrivaninha da diretora, me senti como um aluno de colégio mandado à sala do diretor por causa de alguma coisa errada que outra pessoa tivesse feito. Pelo que me disseram, ela andou circulando pelas enfermarias, descalça, com aquela camisola de hospital, aquela espécie de bata de um branco-água-sanitária, arrastando atrás de si o suporte do soro — que chamava de seu criado-mudo —, procurando, em meio aos outros pacientes, aqueles que parecessem mais sofridos e mais estropiados. Estacionava, então, o tal suporte perto das suas camas, apanhava a Leica e saía fotografando até que uma enfermeira qualquer a visse e a mandasse de volta ao seu quarto.

— Já lhe disseram quem foi que reclamou? — indagou ela aborrecida. — Os pacientes não foram; só podem ter sido as famílias deles. Ora, quem são eles para dar palpite?

Pediu que eu levasse o filme para seu amigo Serge revelar. Seu amigo Serge, que, em algum momento do passado, bem pode ter sido mais do que um amigo, é um sujeito de porte atlético, que puxa de uma perna e tem uma linda cabeleira preta que ele fica jogando o tempo todo para trás com um gesto gracioso, usando aquelas suas duas mãos rudes. Serge tem um estúdio no último andar de uma daquelas casas estreitas e altas que ficam na Shade Street, perto do rio. Faz fotos de moda e dorme com as suas modelos. Diz que é refugiado de sabe-se lá que país, e fala com um sotaque meio sibilante que, segundo consta, as garotas acham irresistível. Não usa nenhum sobrenome, e mesmo Serge, pelo que sei, pode muito bem ser um *nom-d'appareil.* É o tipo de pessoa com quem andávamos, Anna e eu, nos velhos tempos que, então, ainda eram novos. Atualmente, não consigo entender como podia agüentar aquele sujeito; nada como uma catástrofe para revelar como o nosso mundo, o nosso mundo anterior, é pura fraude, um monte de bobagens que não valem nada.

Parece que tem alguma coisa em mim que Serge acha irresistivelmente engraçada. Desfia uma série de piadinhas sem graça que, estou convencido disso, são apenas um pretexto para ele poder rir sem parecer que está rindo de mim. Quando fui buscar as fotos já reveladas, ele saiu procurando por elas no meio da bagunça pitoresca do seu estúdio — não me surpreenderia nada se aquela bagunça fosse arrumada daquele jeito mesmo, como numa vitrine —, se esgueirando por entre aquilo tudo, na maior agilidade, com os seus pés desproporcionalmente delicados, apesar de adernar violentamente para a esquerda passo sim, passo não. Tomou um gole de café de uma caneca que parecia sem fundo e falou comigo sem se virar. O café é mais uma de suas marcas registradas, juntamente com o cabelo, a perna manca e aquelas batas brancas tolstoianas de que ele tanto gosta. — Como vai a nossa linda Annie? — perguntou. Olhou para mim com o rabo do olho, e riu. Serge sempre a chamava assim, coisa que mais ninguém fazia, e tratei de espantar a idéia de que, um dia, aquele houvesse sido o jeito como ele a chamava quando eram namorados. Não tinha lhe contado sobre a doença de Anna — para quê? Ele estava remexendo no caos instalado sobre uma mesa enorme que fazia as vezes de escrivaninha. O cheiro avinagrado do fluido de revelação, vindo lá do quarto escuro, fazia arderem os meus olhos e as minhas narinas. — *Alguma notícia de Annie?* — cantarolou ele, transformando a frase numa espécie de musiquinha, e deu mais uma daquelas risadas pelo nariz. Mentalmente, me vi partindo para cima dele com um grito, empurrando-o para a janela e atirando-o de cabeça lá embaixo na calçada. Com um grunhido de triunfo, Serge exibia um envelope pardo bem grosso, mas, quando estendi a mão para pegá-lo, ele recuou, fitando-me com um olhar especulativo e risonho, a cabeça inclinada de lado. — Essas coisas que ela anda fazendo... Tem umas fotos incríveis! — exclamou, sopesando o envelope com uma das mãos e balançando a outra molemente, com aquele seu jeito tão estudado de nativo da Europa central. Pela clarabóia, o sol de verão batia em cheio na mesa, fazendo as folhas de papel fotográfico que estavam espalhadas ali reluzirem, refletindo uma luminosidade quente e branca. Serge abanou a cabeça e assobiou baixinho por entre os lábios contraídos. — Umas fotos incríveis!

Deitada em sua cama de hospital, Anna estendeu a mão sôfrega, com os dedos bem separados, parecendo até uma criança, e apanhou o envelope das minhas mãos sem dizer uma palavra. Ali dentro do quarto estava quente e úmido, e havia uma ligeira película de suor em sua testa e acima do seu lábio superior. O cabelo dela tinha começado a crescer novamente, sem muita convicção, como se soubesse que Anna não ia precisar dele por muito tempo. Estava crescendo em tufos, liso, preto e parecendo oleoso, como o pêlo que um gato acabou de lamber. Sentei na beira da cama e a vi rasgar aquele envelope com as unhas, impaciente. O que será que os quartos de hospital têm que os torna tão sedutores, apesar de tudo o que acontece ali dentro? Não são como quartos de hotel. Os quartos de hotel, mesmo os mais imponentes, são anônimos; não há nada neles que denote alguma preocupação com o hóspede, nem a cama, nem o frigobar, nem mesmo aqueles cabideiros para pendurar os ternos que ficam ali parados, todos solícitos, de costas para a parede. A despeito de todos os esforços de arquitetos, decoradores, gerentes, os quartos de hotel estão sempre loucos para irmos embora. Já os quartos de hospital, pelo contrário, e sem que ninguém precise se esforçar nesse sentido, estão ali para nos fazer ficar, querer ficar, e satisfeitos. Têm um leve jeito tranqüilizador de quarto de criança, com as paredes pintadas de creme, os pisos emborrachados, a pia em miniatura no canto, com a discreta toalhinha pendurada no cabide logo abaixo, e, é claro, a cama, com as suas rodinhas e alavancas, parecendo um daqueles berços complicados, onde se pode dormir e sonhar, e ser vigiado, cuidado, e nunca, ou nem sempre, morrer. Será que eu poderia alugar um deles, quero dizer, um desses quartos de hospital, e trabalhar ali, ou até mesmo morar ali? As comodidades seriam maravilhosas. Toda manhã, haveria o alegre toque de alvorada, as refeições servidas com rigorosa pontualidade, a cama feita, bem limpa e esticada como um daqueles grandes envelopes brancos, e toda uma equipe médica a postos para atender a qualquer emergência. É, eu viveria bem satisfeito num lugar como esse, numa dessas celas brancas, com a minha janela de grade, não, sem grades, já estou começando a exagerar, com a minha janela dando para a cidade lá embaixo, as chaminés, as ruas movimentadas, as casas encurvadas, e todas aquelas figurinhas numa correria incessante para cima e para baixo.

Anna espalhou as fotos em cima da cama, ao seu redor, e começou a examiná-las avidamente, com os olhos brilhando, aqueles olhos que, a essa altura, pareciam enormes, saltando para fora da estrutura do crânio. A primeira surpresa foi o fato de ela ter usado um filme colorido, ela que sempre deu preferência ao preto-e-branco. Depois, as próprias fotos. Todas elas bem poderiam ter sido tiradas num hospital de campanha, em tempo de guerra, ou num pronto-socorro de uma cidade derrotada e devastada. Havia um velho com uma perna amputada abaixo do joelho, exibindo uma espessa fileira de pontos que pareciam até o protótipo de um fecho ecler atravessando o coto de lado a lado. Uma mulher obesa, de meia-idade, que tinha perdido um seio e a carne do local de onde ele havia sido recentemente removido estava toda repuxada e inchada como uma gigantesca cavidade orbital vazia. Uma mãe sorridente e de seios avantajados, usando uma camisola de renda e com um ar perplexo naqueles seus olhos esbugalhados de lontra, segurava um bebê hidrocéfalo. Os dedos artríticos de uma velha, em *close*, eram tortos e encalombados como um gengibre. Um menino que tinha incrustada no rosto uma ulceração intricada como uma mandala sorria para a câmera com as duas mãos erguidas, os dois polegares voltados para cima, e a língua roliça para fora, com um jeito atrevido. Havia também uma foto de uma vasilha de metal, e, dentro dela, uns grumos e uns fiapos de uma carne escura e úmida — será que eram restos da cozinha, ou do centro cirúrgico?

O que mais me impressionou, com relação às pessoas fotografadas, foi o jeito calmo e sorridente como exibiam os seus ferimentos, os seus pontos, as suas supurações. Lembro especialmente de uma foto grande — e à primeira vista um estudo formal, todo sombreado, em tons de rosa-choque, arroxeado e cinza lustroso — tirada de cima para baixo, a partir dos pés da cama, de uma velha gorda e desgrenhada, com as pernas flácidas e cheias de varizes erguidas, os joelhos bem separados, mostrando o que, presumo eu, seria um prolapso uterino. A disposição dos elementos era tão impressionante e bem cuidada como o frontispício de um livro profético de Blake. O espaço central, um triângulo invertido cercado, de ambos os lados, pelas pernas levantadas da mulher, e, na parte de cima, pela borda da camisola bem esticada na altura dos joelhos, poderia perfeitamente ser um pedaço de pergaminho em branco, à espera de uma inscrição a fogo, proclamando talvez o arremedo de parto daquela coisa rosa e arroxeada que já vinha saindo do seu corpo. Acima do triângulo, a cabeça de Medusa da mulher dava a impressão, graças a um truque sutil de perspectiva, de ter sido cortada, retirada do lugar e colocada no mesmo plano dos joelhos, com o toco recém-cortado do pescoço parecendo se equilibrar bem na borda daquela camisola que formava a base do triângulo invertido. Apesar da posição em que se encontrava, o rosto estava perfeitamente à vontade, e quem sabe até sorrindo, de um jeito humoradamente depreciativo, com uma certa satisfação e, isso mesmo, positivamente um certo orgulho. Lembro de estar andando com Anna pela rua, logo depois que o seu cabelo tinha caído, e ela avistar uma mulher que também era careca na calçada do outro lado. Não sei se ela viu que eu tinha visto o olhar que ambas trocaram, um olhar vago, mas, ao mesmo tempo, de uma cumplicidade aguda e disfarçada. Durante todos esses intermináveis doze meses em que esteve doente, não acredito que tenha me sentido tão longe dela quanto naquele momento, descartado pela fraternidade das vitimadas.

— E então? — indagou ela, com os olhos fixos nas fotos e sem se dar ao trabalho de olhar para mim. — O que achou?

Não estava interessada na minha opinião. A essa altura dos acontecimentos, já estava muito além de mim e do que eu pudesse pensar.

— Você as mostrou a Claire? — perguntei. Por que será que isso foi a primeira coisa que me passou pela cabeça?

Anna fingiu que não tinha ouvido, ou, talvez, não estivesse mesmo prestando atenção. Em algum lugar daquele prédio, uma campainha estava tocando, como uma dorzinha insistente que se tornasse audível.

— Elas são o meu dossiê — disse ela. — O meu indiciamento.

— Indiciamento? — indaguei desamparado, sentindo um pânico obscuro. — De quê?

Anna deu de ombros.

— De tudo — murmurou ela, baixinho. — De tudo.

CHLOE E A SUA CRUELDADE. A praia. Ir nadar à meia-noite. A sandália que ela perdeu naquela noite, na porta do salão de baile. O sapatinho de Cinderela. Tudo isso já se foi. Tudo isso se perdeu. Mas não tem importância. Cansado. Cansado e bêbado. Não tem a menor importância...

TIVEMOS UMA TEMPESTADE daquelas. Durou a noite toda e boa parte da manhã. Foi uma coisa impressionante; nunca tinha visto nada igual nessas regiões temperadas, em termos de violência e duração. O prazer que senti foi um verdadeiro escândalo, sentado ali naquela minha cama toda enfeitada, como se estivesse num cadafalso, se essa é mesmo a palavra que eu estava procurando, o quarto cintilando ao meu redor, o céu ribombando para cima e para baixo, na maior fúria, se estilhaçando todo. "Até que enfim", pensei, "até que enfim os elementos aprontaram um clímax de magnificência condizente com o meu tumulto interior!". Eu me senti transfigurado; me senti como um daqueles semideuses wagnerianos, instalado numa nuvem carregada e regendo aqueles grandiosos acordes trovejantes, os estrondos dos címbalos celestiais. Tomado por aquela euforia histriônica, fervilhando com os vapores do álcool e com a estática, considerei a minha situação sob uma luz nova e crepitante. Quero dizer, a minha situação geral. Sempre tive a convicção, contrariando toda alegação racional, de que num momento qualquer do futuro, aquele ensaio permanente que tem sido a minha vida, com as suas inúmeras interpretações desastradas, os seus deslizes e fracassos, estaria terminado e o verdadeiro drama para o qual vivi me preparando com tanto empenho finalmente começaria. Bem sei que esta é uma ilusão comum, alimentada por todos. Mesmo assim, essa noite, em meio àquela exibição espetacular da petulância do Valhala, fiquei pensando se não teria chegado a hora de entrar em cena, a hora da minha arrancada, por assim dizer. Não tenho idéia de como seria esse salto dramático para o âmago da ação, ou o que exatamente poderia acontecer ali, no palco. Consigo, porém, antecipar uma espécie de apoteose, algum grandioso climatério. Não estou me referindo a uma transfiguração póstuma. Não acredito na possibilidade de uma vida após a morte, ou em alguma deidade que seja capaz de nos proporcionar isto. Considerando-se o mundo por ele criado, seria uma impiedade para com Deus acreditar nele. Não, o que estou esperando ansiosamente, agora, é um momento de expressão terrena. É isso, é isso mesmo: eu me expressarei, inteiramente. Virei à luz, como um nobre discurso de encerramento. Em suma, serei *dito*. Não foi essa a minha meta constante? Não é essa, na verdade, a meta secreta de todos nós, deixar de ser carne para se transformar absolutamente na transparência do espírito que não sofre? Estrondos, quebra-quebra, comoção: até as paredes do quarto estavam tremendo.

Por falar nisso: a cama, a minha cama. Miss Vavasour insiste que ela sempre esteve aqui. O casal Grace, a mãe e o pai, será que era a cama deles? Será que era aqui que eles dormiam, exatamente nesta cama? Puxa, que idéia... Não sei o que fazer com ela. O melhor seria parar de pensar nisso; quero dizer, seria o menos perturbador.

LÁ SE FOI MAIS UMA SEMANA. Como o tempo corre à medida que a estação vai avançando, que a terra vai se precipitando pela sua calha em direção à curva descendente do final do ano. Embora a clemência do tempo venha se mantendo inalterada, o coronel já está sentindo o inverno chegar. Não tem andado nada bem ultimamente, pois pegou o que chama de resfriado nos rins. Digo-lhe que esse era um dos achaques de minha mãe — *um dos seus favoritos, na verdade*, só que isso eu não digo —; mas ele me olha de um jeito estranho, talvez achando que eu esteja zombando dele, e vai ver que estou mesmo. Afinal, que diabos é um resfriado nos rins? A minha mãe não era mais específica do que o coronel a este respeito, e o próprio *Black's Medical* não é capaz de me dar maiores esclarecimentos sobre o assunto. Quem sabe ele não quer que eu ache que este é o motivo das suas idas tão freqüentes ao banheiro, dia e noite, e não a coisa mais séria de que desconfio. — Não estou nada bem — diz ele — e isto é um fato. — Deu para usar um cachecol na hora das refeições. Fica remexendo na comida, meio apático, espreitando a mínima tentativa de frivolidades com um olhar tristonho e sofrido que mergulha no nada, acompanhado de um leve suspiro que é quase um gemido. Já descrevi o seu nariz fascinantemente cromático? Ele vai mudando de matiz com o passar do dia e a mais leve variação climática, indo de um lilás pálido ao bordô e ao roxo mais profundo. De repente, me ocorre que isso pode ser rinofima, o célebre nariz de beberrão do dr. Thomson... Miss Vavasour é cética quanto às queixas do coronel, e faz uma cara engraçada quando ele não está olhando. Acho que está desanimando de tentar comovê-la. Envergando aquele colete amarelo-vivo, com o último botão invariavelmente aberto e as pontas em bico caindo soltas sobre a barriguinha proeminente, o coronel é tão determinado e circunspecto quanto um desses pássaros machos de plumagem exótica, um pavão ou um faisão, movendo-se majestoso de um lado para outro à distância, louco para atrair um olhar que seja, mas fingindo indiferença, enquanto a fêmea, alheia a tudo, cisca pelo chão à cata de minhocas. Miss V. rebate os seus avanços penosamente tímidos com um misto de zanga e constrangimento. Pelos olhares ofendidos do coronel, deduzo que, antes, ela deve ter lhe dado algum motivo para ter esperanças, mas passou a lhe negar tudo isso assim que cheguei por aqui para testemunhar a sua falta de juízo. Agora, está furiosa consigo mesma, e louca para me convencer de que aquilo que o coronel interpretou como um encorajamento nada mais era do que uma demonstração da delicadeza profissional de uma boa dona de pensão.

Quase sempre desnorteado quanto ao que fazer com o meu próprio tempo, arrolo aqui os horários de um dia típico para o coronel. Ele se levanta cedo, pois dorme muito mal, sugerindo, com silêncios expressivos e insinuações de desdém, um estoque de pesadelos de campo de batalha que deixariam até um narcoléptico com insônia, embora, cá entre nós, eu ache que as más recordações que o atormentam foram adquiridas não nas colônias longínquas, mas sim em algum lugar bem mais perto de casa, por exemplo nas trilhas e estradinhas esburacadas da região de South Armagh. Toma o seu café da manhã sozinho, numa mesa no átrio da lareira na cozinha — não, não me lembro de uma lareira, muito menos de um átrio —, já que a solidão é a melhor maneira de vivenciar aquilo que ele costuma chamar, de forma absolutamente pomposa, *a mais importante das refeições diárias.* Miss Vavasour bem que gosta de não atrapalhar aquele recolhimento, limitando-se a lhe servir o bacon, os ovos e a morcela imersa num silêncio sardônico. O coronel tem o seu próprio suprimento de temperos, frascos sem rótulo cheios de umas coisas moles em tons de marrom, vermelho ou verde-escuro, que ele derrama sobre a comida, dosando-as com a precisão de um alquimista. Há também uma pasta que ele mesmo prepara, o grude, como ele a chama, e que é uma gosma cáqui feita com enchovas, caril em pó, bastante pimenta e algumas outras coisas que nem desconfio o que sejam; curiosamente, esse troço tem cheiro de cachorro. — É perfeito para limpar o saco — diz ele. Levei algum tempo para entender que esse saco de que o coronel tanto fala, embora nunca diante de Miss V., são o estômago e adjacências. Ele está sempre atento ao estado do tal saco.

Depois do café, vem a caminhada matinal. Faça chuva ou faça sol, lá vai ele, descendo a Station Road, percorrendo o Caminho do Penhasco, indo além do bar Pier Head, e, na volta, passando pelos chalés do farol e pelo mercadinho, onde pára para comprar o jornal da manhã e um tubinho de pastilhas de menta extrafortes que passa o dia inteiro chupando, impregnando a casa toda com um cheiro levemente enjoativo. Lá vai ele, com um passinho enérgico. Tenho certeza de que, na sua cabeça, aquela é uma postura militar, se bem que, na primeira manhã, quando o vi sair, me espantei ao perceber que, a cada passo, ele joga o pé direito, fazendo uma curva lateral, exatamente como fazia o meu pai, que desapareceu há tanto tempo. Nas primeiras semanas que passei aqui, ele ainda trazia, dessas caminhadas, uma lembrancinha para Miss Vavasour; nada muito enfeitado, nada muito chamativo, algo como um spray para folhas secas ou uma mudinha de planta, nada que não pudesse passar simplesmente por um artigo de interesse hortícola que ele depositava, sem dizer uma só palavra, em cima da mesa da entrada, junto das luvas de jardinagem de Miss V. e do seu grande molho de chaves. Agora, o coronel volta de mãos abanando, trazendo apenas o jornal e as balinhas de menta. E tudo por minha causa: a minha chegada pôs fim àquele cerimonial de galanterias.

O jornal consome o que resta da manhã, pois ele o lê de ponta a ponta, coletando informações, não deixando passar absolutamente nada. Instala-se no saguão, perto da lareira onde tem um relógio que faz um tiquetaque hesitante, geriátrico, e se detém nas meias horas e nos quartos de hora para se aliviar com uma única badalada decrépita e desafinada, mas que, nas horas certas, mantém o que parece ser um silêncio vingativo. O coronel tem a sua poltrona, o seu cinzeiro de vidro para o cachimbo, a sua caixa de fósforos Swan Vestas, a sua banqueta para pôr os pés, o seu revisteiro para pôr o jornal. Será que percebe os raios de sol que passam reluzentes pelos vitrais da janela, ou os cachos ressecados, de um azul cor do mar ou de um delicado marrom-sangue, das hortênsias diante da grade da lareira onde, até agora, ainda não foi preciso acender o fogo? Será que percebe que o mundo sobre o qual lê nas páginas do jornal não é mais aquele que conheceu? Nesses dias, toda a sua energia talvez esteja empenhada, como a minha, no esforço de não perceber nada. Eu o vi fazendo o pelo-sinal furtivamente quando soaram as badaladas do ângelus, lá da igreja de pedra que fica na Strand Road.

Na hora do almoço, o coronel e eu temos que nos virar sozinhos, pois Miss Vavasour se retira para o seu quarto diariamente, entre meio-dia e três horas, para dormir, para ler ou até, quem sabe, para escrever as suas memórias. Nada disso me surpreenderia. O coronel é um ruminante. Senta-se à mesa da cozinha em mangas de camisa e usando um velho colete de lã, e fica mastigando um sanduíche de carregação — um pedaço de queijo ou um naco de carne fria entre dois tarugos de pão com aquele seu grude, ou, então, emplastrado de mostarda Colman das mais ardidas, ou, às vezes, ambas as coisas, se ele estiver precisando de uma sacudidela —, tentando uns simulacros de conversa comigo, parecendo até um comandante cauteloso à cata de uma brecha nas defesas inimigas. Aborda assuntos neutros como o tempo, os artigos esportivos, as corridas de cavalos, fazendo questão de me garantir que não é homem de apostar. Apesar da hesitação, a sua carência é evidente: ele teme aquelas tardes, aquelas horas vazias, exatamente como temo as noites insones. Não consegue me entender: adoraria saber o que estou realmente fazendo aqui, já que poderia perfeitamente estar em qualquer outro lugar se quisesse. Ao menos é o que acredita. Quem, podendo escolher o calor do sul — "Só mesmo o sol para dores e mazelas", diz o coronel —, viria curtir as suas mágoas aqui nos Cedros? Não lhe contei sobre o passado, os Grace e tudo o mais. Não que isso seja uma explicação. Levanto-me para ir embora — "Tenho que trabalhar", declaro em tom solene — e ele me lança um olhar desesperado. Mesmo a minha nada amistosa companhia é preferível ao seu quarto e ao rádio.

Uma menção casual à minha filha provocou uma reação animada. Ele também tem uma filha, casada, com duas filhas lindas, segundo diz. Qualquer dia desses virão visitá-lo: a filha, o marido, que é engenheiro, e as meninas, que têm sete e três anos. Tenho uma premonição quanto a fotografias e não dá outra: lá vem a carteira, saindo do bolso de trás, e as fotos são exibidas. Uma mulher ainda jovem, curtida, com um ar tristonho, que não se parece nada com o coronel, e uma garotinha toda paramentada que, infelizmente, é bem parecida com ele. O genro, todo sorridente numa praia, com um bebê nos braços, é surpreendentemente bonitão: um sujeito moreno, de ombros largos, com um topete caprichado e olhos fundos — como será que a srta. Blunden, tão apagada, conseguiu fisgar um espécime como este? Bom, cada qual com a sua vida... De repente, sabe-se lá como, aquela gente se tornou insuportável, a filha do coronel, o marido, as meninas, e devolvi as fotos às pressas, abanando a cabeça. "Ah, sinto muito, sinto muito", exclamou o coronel, pigarreando sem jeito. Acredita que falar de família provoca em mim lembranças dolorosas, mas não é isso, não é só isso. Nos últimos tempos, ando precisando lidar com o mundo em doses mínimas, cuidadosamente calculadas; estou me submetendo a uma espécie de tratamento homeopático, embora não saiba dizer se esse tratamento visa à cura. Talvez esteja aprendendo a viver entre os vivos outra vez. Praticando, quero dizer. Mas não, também não é isso. Estar aqui é apenas um jeito de não estar em outro lugar qualquer.

Miss Vavasour, tão presente em outros cuidados conosco, é caprichosa, para não dizer descortês, não apenas com relação ao almoço, mas com as refeições em geral, e, nos Cedros, particularmente o jantar pode ser uma refeição imprevisível. Tudo pode aparecer naquela mesa, e aparece mesmo. Hoje, por exemplo, ela serviu arenques defumados do café da manhã, com ovos pochê e repolho refogado. O coronel, fungando, empunhou ostensivamente os seus frascos de condimentos e despejou aquilo tudo sobre a comida com a destreza de um mestre da arte da prestidigitação. A reação de Miss Vavasour a esses protestos sem palavras é, invariavelmente, um desprezo aristocrático, com aquele ar de quem não está nem aí. Depois dos arenques, havia peras em conserva, mergulhadas numa substância acinzentada e meio morna que, se não me falha a memória infantil, acho que era semolina. Semolina! Meu Deus do céu! Enquanto enfrentávamos aquele mingau, num silêncio só quebrado pelo tilintar dos talheres, me vi de repente como alguma coisa simiesca, grande e escura, desabada ali naquela mesa, ou melhor, alguma coisa, não, como um nada, um buraco na sala, uma ausência palpável, uma escuridão visível. Foi muito estranho. Vi a cena como um espectador externo: a sala de jantar parcialmente iluminada por dois abajures de pé, a mesa feia com suas pernas espiraladas, o olhar ausente de Miss Vavasour e o coronel debruçado sobre o prato, mostrando parte da dentadura superior enquanto mastigava, e eu, aquela forma indistinta, escura e grande, como a forma que nenhum dos presentes na sessão espírita pode ver até o daguerreótipo ter sido revelado. Acho que estou me tornando o fantasma de mim mesmo.

Depois do jantar, Miss Vavasour tira a mesa com uns poucos passos amplos, bastante irreais — na verdade, ela é boa demais para uma tarefa banal como essa —, enquanto o coronel e eu ficamos ali sentados, numa vaga inquietação, prestando atenção ao nosso corpo que se vira como pode para lidar com os insultos que acabam de lhe ser servidos. Então, com um jeito pomposo, Miss Vavasour nos encaminha para a sala de televisão. Trata-se de um aposento deprimente e mal-iluminado, com um certo ar de subterrâneo, sempre frio e úmido. Os móveis também têm uma aparência de porão, como se tivessem afundado até ali com o passar dos anos, vindo de algum lugar mais claro lá em cima. Um sofá de chintz, parecendo assustado, se esparrama pela sala, com os dois braços bem abertos e as almofadas cambaias. Há uma poltrona estofada e uma mesinha de três pernas com uma planta empoeirada que, suponho eu, é uma autêntica aspidistra, daquelas que não vejo há sei lá quanto tempo, se é que vi alguma vez. O piano de parede, com a tampa fechada, fica no fundo da sala, como se emburrado por causa de seu rival cafona instalado na parede oposta: um possante televisor de tela panorâmica, cinza-metálico, que Miss V. encara com um misto de orgulho e de apreensão ligeiramente envergonhada. É nessa TV que assistimos a programas cômicos, dando preferência aos mais leves, reprises de séries que passavam há uns vinte ou trinta anos. Ficamos ali em silêncio já que a trilha sonora se encarrega de rir por nós. A luz trêmula e colorida que vem da tela brinca em nossos rostos. Ficamos ali absortos, despreocupados feito crianças. Hoje estavam levando um programa passado num lugar qualquer da África, acho que era a planície Serengeti, com as suas manadas de elefantes gigantescos. Que animais incríveis, os elefantes... Com certeza o elo de uma ligação direta com uma época anterior à nossa, quando mastodontes ainda maiores que eles rugiam e se alvoroçavam pelas matas e pelos pântanos. Eles têm um jeitão melancólico, mas, mesmo assim, parecem discretamente divertidos, ao menos para nós. Vão andando por aí afora, na maior tranqüilidade, em fila indiana, a ponta da tromba de um delicadamente enroscada ao risível rabinho de porco de seu primo que vai mais à frente. Os menores, mais peludos que os adultos, vão trotando satisfeitos da vida por entre as patas da mãe. Se alguém decidir procurar, entre as criaturas que vivem neste planeta, as terrestres pelo menos, qual seria o nosso extremo oposto, bastaria decerto atentar para o elefante. Como foi que permitimos que esses animais vivessem por tanto tempo? Esses olhinhos tristonhos e espertos parecem nos convidar a passar a mão numa carabina. Isso mesmo, e a meter uma bala bem ali no meio, ou então numa daquelas imensas orelhas que ficam abanando de um jeito tão absurdo. É isso mesmo: exterminar todos esses animais, abater a árvore da vida até deixar só o toco, e, então, com todo o carinho, meter a machadinha nele também. Dar cabo de tudo.

Sua babaca, sua maldita babaca. Como é que pôde ir embora e me deixar assim, atolado na minha própria sordidez, sem ninguém para me salvar de mim mesmo? *Como pôde...*

Ao me referir à sala de TV, percebo, subitamente — e não consigo saber por que isso não me ocorreu antes, já que é tão óbvio —, que o que ela me lembra, o que toda a casa me lembra, aliás — e esta pode ser a verdadeira razão de este ter sido o primeiro lugar em que pensei para me esconder —, são os quartos alugados onde minha mãe e eu moramos, onde fomos obrigados a morar, durante toda a minha adolescência. Depois que meu pai foi embora, ela teve de arranjar emprego para nos sustentar e pagar meus estudos, já que não havia outro jeito. Mudamos para a cidade, onde ela achava que teria mais oportunidades de trabalho. Não tinha preparo algum, pois parou de estudar cedo e trabalhou por pouco tempo como vendedora, até que conheceu meu pai e se casou com ele para se livrar da família. Apesar de tudo, estava convencida de que havia por lá alguma coisa fantástica esperando por ela, o emprego ideal, aquela vaga que só ela poderia ocupar, mas que, para o seu desespero, nunca conseguiu encontrar. Ficamos então mudando de um lugar para outro, de quarto alugado para quarto alugado, e, cada vez que chegávamos a um deles, parecia ser sempre uma noite chuvosa de um domingo de inverno. Aqueles quartos eram todos iguais, ou, pelo menos, é assim que me lembro deles. Havia uma poltrona com um braço quebrado, o linóleo bexiguento no chão, o taciturno fogareiro a gás acachapado no seu canto, e o cheiro de fritura deixado pelos moradores anteriores. O banheiro ficava lá no corredor, com um assento de madeira todo lascado, a parede atrás da privada toda manchada de ferrugem e a corrente da descarga sem a argola de puxar. O cheiro do corredor era igual ao do meu hálito quando eu ficava respirando na concha das mãos para saber como seria ser sufocado. O tampo da mesa em que comíamos era pegajoso, por mais que a minha mãe o esfregasse. Depois do chá, ela ia lavar a louça e abria o *Evening Mail* sobre a mesa, à luz pálida de uma lâmpada de sessenta watts, e ia acompanhando com um grampo a coluna dos anúncios de emprego, resmungando, a cada anúncio que eliminava: "*Exige-se experiência prévia... Pedem-se referências... exige-se formação superior...* Ai, ai!" Depois disso, era a vez do baralho ensebado, dos fósforos divididos em duas pilhas iguais, do cinzeiro de folha-de-flandres abarrotado de guimbas de cigarros, do chocolate para mim e do xerez de usar na cozinha para ela. Jogávamos fedorento, buraco, copas. Em seguida, tínhamos de abrir o sofá-cama, esticar bem o lençol, e dar um jeito de prender o cobertor no teto para ele ficar pendurado, dividindo a cama, e dar a ela alguma privacidade. Eu ficava deitado ali ouvindo, com uma raiva incontrolável, os seus suspiros, os seus roncos, o chiado dos seus pulmões. Dia sim, dia não, aparentemente, eu acordava ouvindo a minha mãe chorar, apertando a boca com os nós dos dedos e o rosto enterrado no travesseiro. Raras vezes o meu pai era mencionado entre nós, a menos que tivesse atrasado a remessa mensal de dinheiro. Minha mãe não conseguia nem pronunciar o seu nome: era o Cavalheiro Jim, Sua Senhoria, ou, quando ela tinha um daqueles acessos de raiva ou tinha tomado muito xerez, Phil da Flauta ou até mesmo Vigarista Peidador. Estava convencida de que ele estava se dando bem à beça *por lá*, e, por crueldade, recusava-se a compartilhar conosco esse sucesso, como seria sua obrigação e como nós merecíamos. Os envelopes contendo os vales postais — ele nunca mandava uma carta, só um cartão no Natal ou no meu aniversário, escrito com aquela caligrafia elaboradíssima da qual tanto se orgulhava — trazendo carimbos de lugares que, mesmo agora, quando eu próprio ando *por lá*, e vejo aqueles nomes nas estradas que ele ajudou a construir com o seu trabalho, provocam em mim uma confusão de sentimentos que inclui uma espécie de tristeza pungente, de raiva ou seus efeitos, e uma estranha nostalgia que é como uma saudade, saudade de algum lugar onde nunca estive. Watford. Coventry. Stoke. Ele também deve ter conhecido esses quartos sórdidos, com linóleo no chão, fogareiro a gás, corredores fedidos. Até que, um dia, chegou a última carta, assinada por uma mulher desconhecida — Maureen Strange, era o nome dela! —, anunciando *a triste notícia que tinha a nos comunicar*. As lágrimas amargas que a minha mãe derramou foram tanto de raiva quanto de dor. — Quem é essa tal de *Maureen*? — exclamou ela. Aquela única folha de papel pautado tremia em sua mão. — Que se dane! — disse ela entre dentes. — Seja como for, quero que aquele filho-da-mãe se dane! — Mentalmente, eu o vi por um instante, lá no chalé, como sempre acontecia, à noite, parado no vão da porta aberta, à luz amarelada do lampião, me lançando um olhar interrogativo, quase sorridente, com um facho de luz brilhando na sua testa e, atrás dele, além da porta, a profundidade aveludada da noite escura de verão.

Hora de ir para a cama! Quando os canais da TV estão prestes a mergulhar nos seus inaceitáveis programas macabros dos horários mais tardios, o aparelho é decididamente desligado e Miss Vavasour prepara uma xícara de chá de ervas para o coronel. Ele me confessa que detesta aquilo: — Não diga nada, por favor! — implora, mas não ousa recusar. Miss Vavasour fica parada ao seu lado esperando ele terminar. Aquilo vai ajudá-lo a pegar no sono, insiste ela. O coronel está desconfiado de que é justo o contrário. Mesmo assim, não protesta, e bebe tudo com uma cara de condenado. Certa noite, consegui convencê-lo a me acompanhar ao bar Pier Head para tomar uma saideira, mas foi um erro. Ele foi ficando ansioso em minha companhia, e não o culpo por isso; eu próprio fico ansioso na mesma situação. O coronel não parava quieto com o seu cachimbo, o copo de cerveja preta, e, disfarçadamente, deixou o punho da camisa aberto para poder controlar as horas no relógio. Os poucos moradores do local que estavam por lá ficaram nos encarando e acabamos saindo logo. Voltamos para Os Cedros a pé, em silêncio, sob um fantástico céu de outubro cheio de estrelas, uma lua tremulando lá no alto e umas nuvens esparsas. Na maioria das noites, me embebedo para dormir, ou tento, com meia dúzia de doses caprichadas de conhaque de um *jéroboam* de um ótimo Napoléon que guardo no meu quarto. Suponho que deveria oferecer um trago ao coronel, mas acho que não vou fazer nada disso. A idéia de bate-papos com ele, a altas horas da noite, sobre a vida e outros assuntos do gênero, não me atrai em absoluto. A noite é longa e a minha paciência é curta.

Já falei dessa história de beber? Bebo como um gambá. Não, não é verdade, pois os gambás não bebem, é só porque andam meio cambaleando, é apenas o seu jeito de andar. Bebo como alguém que ficou viúvo recentemente — um enviuvado? —, uma pessoa de parcos talentos e de ambições ainda mais parcas, que ficou grisalho com o passar dos anos; um indivíduo inseguro e desnorteado, que precisa do consolo e da breve trégua do esquecimento induzido pela bebida. Tomaria drogas se tivesse alguma, mas não tenho, e não sei onde deveria ir para consegui-las. Duvido que Mininagh se orgulhe de possuir um traficante. Quem sabe o Pecker Devereux não poderia me ajudar? Ele é um sujeito assustador, de ombros enormes e peito largo, um rosto rude e crestado, e braços arqueados de gorila. Devereux tem uma cara grande, toda empipocada, com marcas de espinhas ou de varíola, e cada buraquinho devidamente preenchido com pontos negros e lustrosos de sujeira. Foi marinheiro de alto-mar e dizem que matou um homem. Tem um pomar, onde mora num *trailer* sem rodas, debaixo das árvores, juntamente com a mulher que parece um galgo esquelético. Pecker Devereux vende maçãs, e, clandestinamente, um uísque sulfuroso e suspeitíssimo, feito com os frutos que caem antes do tempo, e que deixa os rapazes da aldeia enlouquecidos nas noites de sábado. Por que estou falando dele desse jeito? O que esse sujeito significa para mim? Aqui, por essas bandas, eles pronunciam o *x*: *Devrecks*, é como dizem. Não consigo parar. Impressionante como a imaginação pode disparar se não ficarmos de olho nela...

Hoje o nosso dia foi iluminado, se é que posso dizer assim, pela visita de Cocky, uma amiga de Miss Vavasour que veio almoçar conosco. Por volta do meio-dia, dei com ela no saguão, inundando uma poltrona de vime perto da janela envidraçada, refestelada ali como se estivesse desamparada, e levemente arquejante. Estava sentada num ponto da sala banhado por um sol esfumaçado, e, a princípio, mal pude distingui-la, se bem que, para falar a verdade, ela é tão pouco perceptível quanto Salote Tupou, a falecida rainha de Tonga. Trata-se de uma mulher enorme, de idade indefinida. Estava usando um vestido de *tweed* de uma cor meio parda, bem apertado na cintura, o que lhe dava uma aparência bastante estranha: parecia que ela tinha sido inflada ao máximo no peito e nos quadris, e as pernas cor de cortiça, curtas e gordas, plantadas ali na sua frente, davam a impressão de duas rolhas gigantescas enfiadas na parte inferior do seu corpo. Um rostinho doce, de traços delicados e faces rosadas, instalado numa cabeça grande e descorada, fóssil maravilhosamente preservado da garota que ela foi um dia, tempos atrás. O cabelo cinza-prateado está penteado à moda antiga, repartido no meio e puxado para trás num coque quase-xará, daqueles bem redondinhos. Ela sorriu para mim e me cumprimentou com um aceno de cabeça que fez o seu papo empoado balançar. Não sabia quem era aquela mulher e pensei que fosse uma nova hóspede recém-chegada — Miss Vavasour tem bem uma meia dúzia de quartos vagos nessa época do ano, fora de temporada. Quando ela se pôs de pé, a cadeira de vime suspirou aliviada. Cocky tem, sem dúvida alguma, proporções prodigiosamente avantajadas. Fiquei imaginando que, se aquela fivela se abrisse e o cinto caísse, o seu corpo assumiria uma forma perfeitamente esférica, com a cabeça ali em cima feito uma cereja enorme sobre um bolinho de... bem... de coco. Pelo olhar que me lançou, mescla de compaixão e vívido interesse, dava para perceber que ela sabia muito bem quem eu era e estava a par do momento difícil por que estava passando. Disse-me o seu nome, em grande estilo, com hífen e tudo, mas esqueci imediatamente qual era ele. E me cumprimentou estendendo uma mãozinha macia, quente e úmida, como a de um bebê. Nesse instante, o coronel Blunden entrou na sala, com o jornal de domingo debaixo do braço, e, ao vê-la, franziu a testa. Quando ele franze a testa desse jeito, o branco amarelado dos seus olhos parece ficar mais escuro e a sua boca assume um ar meio quadrado, quase como um focinho.

Entre as conseqüências mais ou menos angustiantes do luto está a sensação envergonhada que tenho de ser um impostor. Depois que Anna morreu, passei a ser objeto da atenção, do cuidado e da consideração de todos, onde quer que fosse. As pessoas que sabiam de minha perda se calavam à minha volta, e, por isso, não me restava outra escolha a não ser observar, por meu turno, um silêncio solene e meditativo que logo me deixava nervoso. Tudo isso começou, essa exclusão, no cemitério, se é que não foi até antes. Com que ternura todos me fitavam defronte da sepultura aberta, e com que delicadeza, embora com bastante firmeza, pegaram-me pelo braço quando a cerimônia terminou, como se eu pudesse estar correndo o risco de perder os sentidos e mergulhar de cabeça naquela cova. Cheguei a pensar que tinha notado um quê de especulação no carinho com que certas mulheres me abraçaram, no tempo que ficaram segurando a minha mão, me olhando nos olhos e abanando a cabeça em sinal de muda comiseração, com aquele ar impassível, mas derretido, que as atrizes do teatro trágico de antigamente envergavam na cena final, quando o herói atormentado vinha cambaleando pelo palco trazendo, nos braços, o corpo morto da heroína. Achei que deveria parar, erguer a mão e dizer a essa gente que, na verdade, eu não merecia a sua reverência, pois era assim que eu percebia aquelas manifestações; dizer que eu tinha sido apenas um figurante, um coadjuvante, enquanto Anna desempenhava a cena da morte. Durante todo o almoço, Cocky insistiu em se dirigir a mim de um jeito ternamente atencioso, quase reverente, e, por mais que tentasse, não fui capaz de encontrar, para responder a ela, um tom que não soasse artificial e envergonhado. Pude notar que Miss Vavasour estava achando toda aquela efusão cada vez mais aborrecida, pois fez inúmeras tentativas para impor à mesa um clima menos sentimental, mais animado. Mas em vão. O coronel não ajudou em nada, embora tenha tentado, interrompendo as incessantes demonstrações de solicitude de Cocky com comentários sobre o tempo e sobre notícias do jornal. Foi, porém, solenemente ignorado. Na verdade, ele não era páreo para aquela criatura. Mostrando os dentes escurecidos numa terrível exibição de muxoxos e caretas, parecia uma hiena que se agita e se contorce diante da aproximação despreocupada de um hipopótamo.

Cocky mora na cidade, num apartamento que fica em cima de uma loja, circunstâncias, aliás, como ela fez questão de me dizer, que não condizem em absoluto com a sua posição, já que é descendente da aristocracia hifenizada. Ela me lembra aquelas virgens robustas de antigamente, as ditas governantas de um clérigo solteirão ou de um cavalheiro viúvo. Enquanto chilreava, fiquei imaginando-a vestida de bombazina, seja lá o que isso signifique exatamente, e calçando botinas, sentada com toda a pompa nos degraus de granito, diante da imensa porta, em meio a um conjunto impressionante de empregados de olhar desconfiado; eu a vi, genuína nêmesis das raposas, usando um chapéu-coco cor-de-rosa, com um veuzinho, montada na garupa vergada de um cavalo negro em pleno galope; ou, então, lá estava ela numa imensa cozinha, com forno, fogão, mesa de pinho encerada e presuntos pendurados, dando instruções à fiel Mrs. Faina acerca da carne a ser usada para o jantar anual que o patrão oferece para comemorar o Doze Glorioso, o dia

12 de agosto, abertura oficial da temporada de caça no país. Entretido em minha inofensiva diversão, só fui perceber a briga entre as duas amigas quando a confusão já estava instalada, e não tinha a menor idéia de como tudo tinha começado ou de qual seria o motivo da discussão. O colorido das faces de Miss Vavasour, em geral apagado, ardia em brasa, ao passo que Cocky, que parecia aumentar ainda mais de proporções sob os efeitos pneumáticos de uma indignação crescente, ficou ali sentada encarando a amiga à sua frente com um sorriso cretino e a respiração acelerada e ofegante. As duas falavam com uma cortesia vingativa, interrompendo-se mutuamente, atropelando-se como uma parelha absolutamente desparelhada. *Francamente, não consigo entender como pode dizer... Pelo que posso compreender, você...? Não se trata de eu... A questão é que você... Bom, é apenas... Com toda certeza, não é... Desculpe, mas é sim!* O coronel, cada vez mais assustado, ficava olhando para uma e para a outra, com os olhos se revirando nas órbitas, como se estivesse assistindo a uma partida de tênis que houvesse começado de forma bastante amistosa e, de repente, se tornasse um combate encarniçado.

Achei que Miss Vavasour fosse sair vitoriosa da disputa, com alguma facilidade, mas não foi o que aconteceu. Posso garantir que não estava utilizando todo o potencial do material bélico de que dispõe. Dava para perceber que alguma coisa a continha, algo que Cocky conhecia muito bem e estava manipulando com todo o seu peso considerável para tirar o melhor proveito da situação. Embora, no calor da disputa, as duas parecessem ter esquecido da nossa existência, fui aos poucos compreendendo que a razão daquela briga, ao menos em parte, era eu: queriam me impressionar, ambas tentavam granjear a minha adesão. Percebi isso pelo jeito como os olhos ávidos de

Cocky se voltavam, vira e mexe, na minha direção, com um arzinho encabulado, ao passo que Miss Vavasour simplesmente se recusou a me olhar uma única vez que fosse. Como eu ia dizendo, Cocky era muito mais esperta e astuciosa do que teria imaginado à primeira vista. Temos tendência a achar que os gordos são também idiotas. No entanto, essa mulher gorda me avaliou da cabeça aos pés, e garanto que me viu exatamente como eu era, com todas as minhas características essenciais. E o que foi que ela viu? Nunca na vida me preocupei com o fato de ser sustentado por uma mulher rica, ou praticamente rica. Nasci para ser um diletante, e o que me faltava eram os meios para isso. Até que conheci Anna. Tampouco me preocupava a origem do dinheiro de Anna, que pertencia originalmente a Charlie Weiss e, agora, era meu; nem me interessava saber quanto ou que tipo de maquinaria pesada Charlie teve de comprar e vender para fazer sua fortuna. Afinal, o que é o dinheiro? Quase nada, quando se tem o bastante. Então por que estava tão sem jeito por causa desse inquérito velado, mas certeiro e irresistível, de Cocky?

Ora, Max, vamos lá, vamos lá... Não posso negar que sempre tive vergonha de minha origem, e, mesmo agora, basta um olhar malicioso ou uma palavra condescendente, como os que Cocky me dirige, para eu tremer por dentro, de indignação e ressentimento. Desde sempre, tive tendência a, digamos, subir na vida. O que é que procurava com Chloe Grace? Estar no mesmo nível de sua família, que ocupava uma posição social superior à minha, é claro. E mesmo que fosse por pouco tempo; mesmo que fosse a uma certa distância. Não era nada fácil atingir essas alturas olímpicas. Sentado aqui com Cocky, me lembrei, e não pude evitar um ligeiro calafrio, de um outro almoço de domingo nos Cedros, meio século atrás. Quem tinha me convidado? Não foi Chloe, com toda a certeza. Talvez a mãe dela, naquela época em que eu ainda era seu admirador e ela se divertia me vendo ali sentado à mesa, sem dar um pio sequer. Como fiquei nervoso... Na verdade, fiquei apavorado. Na mesa, havia coisas que nunca tinha visto antes, como um galheteiro todo trabalhado, uma molheira de porcelana, um suporte de prata para a faca trinchante, o garfo que fazia par com ela, com seu cabo de osso e uma trava de segurança que podia ser acionada na parte de trás. A cada prato que chegava, tinha de esperar para ver os talheres que os outros iam pegar antes de me arriscar a escolher por conta própria. Alguém me passou uma tigela de molho de menta e fiquei sem saber o que fazer com aquilo... Molho de menta! De vez em quando, lá da outra ponta da mesa, mastigando furiosamente, Carlo Grace se dignava a me lançar um olhar animado. Como era viver num daqueles chalés, era o que queria saber. O que usávamos para cozinhar? Um fogareiro Primus, respondi. — Ah! — exclamou ele. — Primus *inter pares*! — E riu à beça. Myles riu também, e até os lábios de Rose se retorceram um pouco, embora ninguém, além dele, tenho certeza, tivesse entendido a gracinha. E Chloe fez cara feia, não por causa da piada do pai, mas por me ver tão desamparado.

Anna não conseguia compreender essas minhas suscetibilidades, já que era produto de uma classe sem classe. Achava a minha mãe o máximo, uma pessoa assustadora, ou seja, inflexível e incapaz de perdoar, mas, por tudo isso, o máximo, a seu modo. Acho que não preciso dizer que isso não era recíproco. As duas só se encontraram umas duas ou três vezes, e, a meu ver, todas elas catastróficas. Mamãe não foi ao nosso casamento. Tenho que admitir que não a convidei, e ela morreu pouco depois, mais ou menos na mesma época que Charlie Weiss.

— Foi como se ambos estivessem nos libertando — disse Anna. Não estava de acordo com essa interpretação tão benigna, mas não disse nada. Certo dia, lá na clínica, ela começou de repente a falar de minha mãe, sem mais nem menos, pois não tinha acontecido nada que trouxesse esse assunto à baila. Simplesmente, as figuras do passado voltam no fim, querendo a parte que lhes toca. Era de manhã, e tinha caído um temporal. Do lado de fora da janela do quarto que ficava na ponta do corredor, tudo parecia atordoado e em desalinho: a grama desgrenhada estava coberta de folhas precocemente derrubadas e as árvores oscilavam de mansinho, como bêbados de ressaca. Num dos pulsos, Anna tinha uma espécie de pulseira de plástico, com uma placa de identificação, e, no outro, um aparelhinho que parecia um relógio com um botão que, quando pressionado, liberava determinada dose de morfina na sua corrente sangüínea já tão poluída. Da primeira vez que fomos lá em casa (a simples menção a esta palavra é uma fisgada, e quase caio), a minha mãe praticamente não falou com Anna. Ela estava morando num apartamento perto do canal, um lugarzinho escuro e apertado, que cheirava aos gatos da sua senhoria. Trouxemos cigarros e uma garrafa de xerez do *free shop*, presentes que ela aceitou com uma fungadela. Disse que esperava que não estivéssemos pretendendo ficar hospedados ali. Fomos para um hotelzinho barato das redondezas, onde a água da torneira era marrom e a bolsa de Anna foi roubada. Levamos mamãe ao zoológico. Ao ver os babuínos, ela riu maldosamente, dizendo que eles lhe lembravam alguém — eu, é claro. Um dos macacos estava se masturbando, com um ar curiosamente lânguido e a cabeça virada para trás. — Coisa nojenta! — exclamou ela com desprezo, dando as costas e indo embora.

Tomamos chá no café que fica lá dentro mesmo, onde o bramido dos elefantes se misturava ao ruído da grande afluência de público no feriado. Minha mãe fumou os cigarros importados que lhe demos, apagando cada um deles ostensivamente depois de uma ou duas tragadas, deixando bem claro qual a sua opinião acerca de minhas ofertas de paz.

— Por que ela fica chamando você de Max? — perguntou entre dentes quando Anna foi até o balcão apanhar um pãozinho. — O seu nome não é Max...

— Agora é — respondi. — Você não lê as coisas que eu mando? As coisas que escrevo e que têm o meu nome impresso?

Ela deu de ombros, daquele seu jeito acintoso.

— Achei que eram de outra pessoa.

Era capaz de demonstrar a raiva que sentia só pela maneira como se sentava, meio de lado na cadeira, absolutamente ereta, agarrada na bolsa pousada em seu colo, com o chapéu, arredondado como um brioche e um minúsculo veuzinho preto em torno da copa, assentado de banda nos cachos grisalhos e rebeldes. E tinha também aquele tufo de pêlos grisalhos no seu queixo. Ela olhou ao seu redor com evidente desdém. — Hum... — exclamou — que lugar! Acho que você adoraria me largar aqui, me pôr na jaula dos macacos e deixar que me dessem bananas para comer.

Anna voltou. Minha mãe desprezou solenemente o pãozinho que ela lhe trouxe.

— Não quero — disse. — Não pedi isso!

— Mamãe — principiei.

— Não me chame de *mamãe.*

Quando nos despedimos, porém, ela chorou, tentando se esconder por trás da porta aberta do apartamento, erguendo o braço para tapar os olhos, como uma criança, com ódio de si mesma. Ela morreu naquele inverno, sentada num banco às margens do canal, numa tarde excepcionalmente agradável de um dia de semana. *Angina pectoris*, mas ninguém sabia. Os pombos ainda estavam bicando as migalhas que ela tinha jogado ali para eles quando um mendigo veio se sentar ao seu lado e lhe ofereceu um gole da garrafa que trazia num saco de papel pardo, sem perceber que ela estava morta.

— Estranho — disse Anna. — Num momento, estamos aqui; no outro, já não estamos mais...

Suspirou e olhou para as árvores do jardim. Ficava fascinada por aquelas árvores. Queria ir lá fora, ficar ali parada junto delas, ouvir o vento soprando por entre os galhos grossos. Mas Anna não voltaria a sair. Nunca mais.

— Ter andado por aí... — disse ela.

Alguém estava falando comigo. Era Cocky. Por quanto tempo será que estive ausente, vagando por essa câmara dos horrores que existe em minha mente? O almoço tinha terminado e Cocky estava se despedindo. Quando sorri, o seu rosto fica ainda mais miúdo, enrugando-se e contraindo-se em torno do minúsculo botão que é o seu nariz. Pela janela, vi nuvens que se amontoavam, embora um sol meio úmido, já quase se pondo, ainda estivesse brilhando numa fatia de céu esverdeado. Por um segundo, revi a mim mesmo, todo encolhido na cadeira, com o lábio inferior pendendo e as mãos enormes desamparadamente largadas sobre a mesa à minha frente, um grande símio, cativo, sedado e exausto. Há momentos, e eles têm ocorrido com uma freqüência cada vez maior nos últimos tempos, em que tenho a sensação de não saber absolutamente nada; em que tudo que efetivamente soube parece escorrer de minha mente como uma pancada de chuva. E fico ali, por um instante, paralisado, num desânimo avassalador, esperando que aquilo tudo volte, mas sem saber ao certo se voltará. Cocky estava se aprumando, preparando-se para enfrentar o considerável esforço que representava mover as pernas que estavam debaixo da mesa e se pôr de pé. Miss Vavasour já tinha se levantado e se remexia perto do ombro da amiga, grande e redondo como uma bola de boliche, louca para ela ir embora, mas tentando disfarçar a impaciência. O coronel estava postado do outro lado de Cocky, meio inclinado para a frente num ângulo estranho, e fazendo uns gestos vagos com as mãos, como um empregado da empresa de mudanças às voltas com um móvel pesado e particularmente esquisito.

— Bom! — exclamou Cocky, dando uma pancada na mesa com os nós dos dedos. Ergueu então os olhos, primeiro para Miss Vavasour, e, depois, para o coronel, e ambos deram um passo a mais em sua direção, como se estivessem efetivamente prestes a segurá-la pelos cotovelos e içá-la até que conseguisse ficar de pé.

Saímos da casa e, lá fora, a tarde de fim de outono estava iluminada por uma luz acobreada. Fortes rajadas de vento varriam a Station Road, sacudindo o topo das árvores e atirando folhas mortas para o céu. As gralhas soltavam seus grasnidos estridentes. O ano estava quase acabando. Por que fico achando que alguma coisa nova virá substituí-lo, outra coisa que não seja um mero número num calendário? O carro vermelho de Cocky, um modelo pequeno e veloz, reluzente como uma joaninha, estava estacionado no pátio de cascalho. Suas molas rangeram quando sua dona se introduziu ao volante, primeiro empurrando o imenso traseiro, depois, erguendo as pernas e, finalmente, deixando-se cair com um grunhido no estofamento que imitava pele de tigre. O coronel foi abrir o portão e ficou parado no meio da rua, fazendo gestos amplos e dramáticos, para ajudá-la a manobrar. Cheiro de fumaça do motor, do mar, do jardim no outono. Breve instante de desolação. Não sei nada, nada, velho símio que sou. Cocky buzinou alegremente e acenou, o rosto franzido sorrindo para nós por trás da vidraça, e Miss Vavasour também acenou para ela, sem nenhum entusiasmo. O carro saiu zumbindo pela estrada, meio de esguelha; depois, passou pela ponte da estrada de ferro, e desapareceu.

— É uma boa bisca, essa aí — disse o coronel, esfregando as mãos e se dirigindo para a casa.

Miss Vavasour suspirou.

Não jantamos, pois o almoço tinha se estendido por muito tempo e sido bastante caprichado. Dava para notar que Miss V. ainda estava agitada por causa da discussão com a amiga. Quando o coronel foi atrás dela na cozinha, tentando ver se conseguia ao menos tomar um chá, ela foi bastante ríspida e ele acabou indo direto para o quarto ouvir os comentários sobre uma partida de futebol no rádio de pilha. Também me enfurnei no saguão, com o meu livro, um estudo de Bell sobre Bonnard, chato como ele só. Mas não consegui ler, e larguei o livro. A visita de Cocky tinha perturbado o delicado equilíbrio daquela casa: havia uma espécie de trinado silencioso no ar, como se um alarme houvesse sido acionado e ainda estivesse vibrando. Sentei junto à janela envidraçada e fiquei olhando o anoitecer. As árvores desfolhadas do outro lado da rua estavam negras contra os últimos raios do sol que se punha, e as gralhas giravam em círculos e desciam do céu, à cata de um lugar para passar a noite. Estava pensando em Anna. Obrigava-me a pensar nela; fazia isso como uma espécie de exercício. Ela está alojada em mim como uma faca e, mesmo assim, estou começando a esquecê-la. A imagem de Anna que tenho no coração já está se desgastando: pedacinhos da tinta, partes da folha de ouro estão descascando. Será que a tela inteira vai estar vazia qualquer dia desses? Cheguei à conclusão de que a conhecia pouquíssimo, isto é, de que só a conhecia superficialmente, de que não fui capaz de conhecê-la. Não me culpo por isso. Talvez devesse. Será que fui preguiçoso demais, desatento demais, autocentrado demais? Acho que sim, fui tudo isso, mas, mesmo assim, não creio que esse esquecimento, esse não-ter-conhecido seja motivo para eu me culpar. Na verdade, fico pensando se minhas expectativas não foram excessivas com relação a essa história de conhecer. Sei tão pouco a meu respeito, como poderia pretender conhecer outra pessoa?

Mas, espere aí, não é nada disso. Estou bancando o ingênuo. Para variar, dirá você. Tudo bem, tudo bem. A verdade é que não queríamos conhecer um ao outro. Mais que isso, o que queríamos era exatamente não conhecer um ao outro. Em alguma outra passagem — e não dá tempo de voltar e procurar por ela agora, enredado como estou tentando destrinchar essa idéia —, já disse que o que vi em Anna, de início, foi um jeito de preencher uma fantasia a respeito de mim mesmo. Não sabia muito bem o que pretendia dizer quando escrevi isso, mas, agora, pensando um pouco mais sobre o assunto, entendi. Será mesmo? Deixe-me tentar esclarecer isso. Tenho tempo de sobra, pois essas noites de domingo são intermináveis.

Desde sempre quis ser outra pessoa. O preceito *nosce te ipsum* teve gosto de cinza em minha boca desde a primeira vez que um professor me mandou repeti-lo. Eu me conhecia, bem demais, e não gostava do que via. Mais uma vez, tenho de me explicar melhor. Não é que não gostasse do que eu era, quero dizer, do meu eu essencial, singular — embora admita que a própria noção de um eu essencial, singular, seja problemática —, mas dos agregados de afetos, tendências, idéias adquiridas, tiques de classe, coisas que a minha origem e a minha criação me conferiram à guisa de personalidade. Isso mesmo, à guisa de. Nunca tive personalidade, não no sentido que os outros têm, ou pensam ter. Sempre fui um ninguém definido, cujo maior desejo era ser um alguém indefinido. Sei perfeitamente o que estou dizendo. E logo percebi que Anna seria o veículo de minha transmutação. Ela era o espelho de parque de diversões no qual todas as minhas distorções iam se consertar. — Por que não ser você mesmo? — perguntou ela logo que começamos a sair juntos — *ser*, note bem, não *conhecer* —, penalizada com as minhas atabalhoadas tentativas de me apoderar daquele mundo que não era o meu. *Seja você mesmo!* O que queria dizer *Seja quem você quiser ser*, é claro. Este foi o pacto que fizemos, e que nos livrava a ambos do fardo de ser a pessoa que todos nos diziam que éramos. Ou, pelo menos, ela me livrou desse fardo. Mas o que fiz por ela? Talvez não deva incluí-la nessa viagem através do desconhecimento; talvez eu fosse o único a desejar ignorância.

Seja como for, o que me restou, agora, foi precisamente essa história de conhecimento. Quem fomos nós, senão nós mesmos? Está certo, vamos deixar Anna fora disso. Quem fui eu, senão eu mesmo? Os filósofos nos dizem que nós nos definimos e adquirimos o nosso ser por meio dos outros. Seria a história da rosa vermelha ou da rosa branca no escuro? Numa floresta de um planeta distante, onde não há orelhas para ouvir, uma folha que cai faz algum ruído? Quem, a não ser Anna, poderia me conhecer, pergunto eu. Quem, a não ser eu, poderia conhecer Anna? Que perguntas absurdas... Éramos felizes juntos, ou não éramos infelizes, o que já é mais do que a maioria das pessoas consegue na vida. Será que isso não basta? Tivemos as nossas brigas, tivemos os nossos desentendimentos, como seria de se esperar numa união como a nossa, se é que existe uma união como a nossa. Os berros, as gritarias, os pratos atirados, um ou outro tapa, um soco mais raro ainda, tivemos tudo isso. Depois, houve o tal do Serge e seus congêneres, para não falar das minhas Serjas. Para não falar, mesmo. No entanto, até nas nossas brigas mais sérias, a violência era só de mentirinha, como acontecia com Chloe e Myles quando se engalfinhavam brincando. As nossas discussões acabavam em riso, um riso amargo, mas, ainda assim, riso. Um riso sem jeito e até mesmo um pouco encabulado, mas não por nossa fúria, e sim pela falta dela. Brigávamos para sentir, para sentir de verdade, já que éramos criaturas que nós mesmos havíamos construído. Era isso.

Será que poderíamos, será que eu poderia ter agido de outra forma? Será que eu poderia ter vivido de outro modo? Que perguntas mais inúteis... Claro que poderia, mas não vivi, e é exatamente por isso que essas perguntas são absurdas. Aliás, onde estão os parâmetros de autenticidade por meio dos quais o meu eu fabricado poderia ser medido? Naqueles últimos quadros do banheiro em que pintou uma Marthe septuagenária, Bonnard continuava pintando a mulher como a adolescente que achou que ela fosse quando a conheceu. Por que eu deveria pedir mais veracidade da visão que tenho de mim mesmo do que essa, que é de um grande artista trágico? Anna e eu fizemos o melhor que pudemos. Perdoamos um ao outro por tudo que não éramos. O que mais se poderia esperar, nesse vale de tormentos e de lágrimas? "Não faça essa cara tão preocupada, disse ela; eu também odiei você um pouco, afinal, éramos seres humanos..." Apesar de tudo isso, porém, não consigo me livrar da convicção de que deixamos passar algo, ou de que eu deixei passar algo. Só que não sei o que teria sido.

Não faço a mínima idéia. Tudo está muito confuso. Por que fico me atormentando com esses rodeios? Será que já não tive a minha cota de casuísmo? Deixe-se em paz, Max, deixe-se em paz.

Miss Vavasour entrou na sala como um fantasma se movendo nas sombras do anoitecer. Perguntou se eu não estava com frio, se não era melhor ela acender a lareira. Perguntei-lhe sobre Cocky, quem era ela, como tinham se conhecido, só para não deixar de dizer alguma coisa. Ela ficou calada por um instante, e, quando falou, foi para responder a uma pergunta que eu não tinha feito.

— Bom — disse ela —, a família de Vivienne é dona desta casa, sabe?

— Vivienne?

— Cocky.

— Ah...

Debruçou-se na lareira e ergueu uma acha de hortênsia seca, que estalou com o atrito.

— Ou, talvez, ela mesma seja a proprietária — acrescentou. — Afinal, boa parte da família já morreu. — Disse-lhe que estava surpreso, pois achava que aquela casa lhe pertencesse. — Não — retrucou Miss V., franzindo a testa e fitando as flores ressecadas que tinha nas mãos. Depois, ergueu os olhos, de um jeito quase malicioso, mostrando a pontinha da língua. — Mas estou incluída no pacote, por assim dizer...

Pudemos ouvir ao longe, vindo do quarto do coronel, o rumor da torcida e os gritos empolgados do comentarista; alguém tinha marcado um gol. A essa altura, já deviam estar jogando no escuro. Deve ter havido prorrogação.

— E nunca se casou? — indaguei.

Ela deu um sorrisinho discreto, voltando a baixar os olhos.

— Nunca — respondeu. — Nunca me casei. — Olhou para mim rapidamente e desviou o olhar. As duas marcas rosadas em seu rosto se iluminaram. — Vivienne era minha amiga — acrescentou. — Cocky.

— Ah... — exclamei novamente. O que mais poderia dizer?

Agora, ela está tocando piano. As *Kinderszenen*, de Schumann. Como se quisesse me provocar.

É ESTRANHO COMO AS COISAS aparentemente insignificantes se alojam em nossa mente, não é? Atrás dos Cedros, onde uma quina da casa dá para um gramado irregular, debaixo de uma calha preta e retorcida, havia um tonel de água que, é claro, já não existe há anos. Era um barril de madeira, daqueles grandes, com as aduelas escurecidas pelo tempo e as hastes de ferro inteiramente carcomidas pela ferrugem. A borda era tão bem chanfrada, e tão macia, que mal se podia sentir a junção das aduelas; quer dizer, era bem serrada e aplanada, mas a textura do acabamento da madeira encharcada pela água parecia ter uma ligeira penugem, ou melhor, parecia alguma coisa felpuda, como a vagem do junco, só que mais áspera ao toque, mais fria e mais úmida. Embora devesse comportar sabe-se lá quantos litros, aquele barril estava sempre cheio quase até a borda, graças à freqüência com que chove nessa região, mesmo, ou principalmente, no verão. Quando olhava para dentro dele, a água parecia escura e espessa como óleo. Como o tonel ficava um pouco inclinado, a superfície da água formava uma ampla elipse, que tremia à mais leve respiração e fazia ondulações aterrorizadas quando um trem passava. Aquele canto maltratado do jardim tinha um clima meio úmido bem peculiar, por causa da presença do barril de água. As ervas daninhas cresciam ali em profusão. Havia urtigas, azedinhas, batataranas e outras coisas que não sei como se chamam e, naquele local, a luz tinha uma tonalidade esverdeada, principalmente pela manhã. A água acumulada no barril, por ser água de chuva, era branda, ou dura, uma das duas coisas, e, por isso, era considerada boa para o cabelo, ou para o couro cabeludo, ou coisa do gênero. E foi ali que, numa radiosa manhã de sol, topei com Mrs. Grace ajudando Rose a lavar o cabelo.

A memória não gosta de movimento, preferindo manter as coisas estáticas, e, como tantas outras dessas cenas relembradas, vejo essa como se fosse um quadro. Rose está com o tronco inclinado para frente, as mãos apoiadas nos joelhos, com o cabelo lhe caindo sobre o rosto como uma cunha negra e reluzente, pingando água e cheia de espuma. Posso ver os dedos dos seus pés descalços na grama alta. Está usando uma dessas blusas meio tirolesas, tão populares naquela época, feitas de linho branco, com mangas curtas, largas na cintura, justas nos ombros e bordadas na frente, formando um desenho abstrato em tons de vermelho e azul-da-prússia. A gola é bem decotada e por ela dá para ver seus peitos pendentes, miúdos e empinados como as ponteiras de um pião. Mrs. Grace está usando um penhoar de cetim azul e chinelinhos delicados também azuis, trazendo para fora de casa um ar de *boudoir* inteiramente incompatível com aquele local. Tinha o cabelo puxado para trás, preso na altura das orelhas com duas fivelas de tartaruga, duas presilhas, acho que era assim que se dizia então. Nota-se logo que não faz muito tempo que ela saiu da cama, e, à luz da manhã, o seu rosto tem um ar duro, grosseiramente esculpido. Está exatamente na mesma pose que a leiteira de Vermeer, com a cabeça e o ombro esquerdo inclinados, uma das mãos aparando a cabeleira pesada de Rose e a outra despejando um denso jorro de água prateada da jarra de ágata lascada. A água, caindo bem no alto da cabeça de Rose, abre ali uma clareira que estremece e desliza, como a marca do luar na manga de um pierrô. Rose solta uns gritinhos — *Ai! Ui! Ai!* —, reclamando da água fria que lhe cai na cabeça.

Coitada da Rose. Nunca consigo pensar em seu nome sem esse epíteto. Ela devia ter o quê, uns dezenove, vinte anos no máximo. Alta, incrivelmente esguia, de cintura fina e pernas longas, ela tinha uma graça sedosa e um tanto mortiça, desde a testa pálida e plana até os pés limpos e bem-feitos de dedos ligeiramente arreganhados. Acho que alguém que quisesse ser maldoso — Chloe, por exemplo — talvez descrevesse os seus traços como sendo angulosos. O seu nariz, com as grandes narinas faraônicas, era proeminente na ponta, com a pele bem esticada e translúcida por sobre o osso. É um nariz meio torto, um tantinho de nada para a esquerda; por isso, quando fixamos os olhos bem naquele ponto, temos a impressão de estar vendo o seu rosto de frente e de perfil ao mesmo tempo, como num daqueles intrincados retratos de Picasso. Longe, porém, de lhe dar um ar desproporcionado, esse defeito só aumenta a profunda expressividade de seu rosto. Quando estava quieta, sem saber que alguém a espionava — e eu era um espiãozinho convicto! —, mantinha a cabeça levemente inclinada, os olhos apenas entreabertos e o queixo com a covinha aninhado no ombro. Nessas ocasiões, parecia uma madona de Duccio, melancólica, remota, esquecida de si mesma, perdida no pálido sonho de tudo o que estava por vir, de tudo aquilo que, para ela, não viria a acontecer.

Das três figuras centrais daquele tríptico de verão descorado pelo sal, foi Rose, estranhamente, quem permaneceu mais nitidamente desenhada na parede da minha memória. Acho que isso se explica pelo fato de as duas primeiras figuras da cena,

Chloe e sua mãe, serem produto exclusivo de meu trabalho, ao passo que Rose foi feita por uma outra mão, desconhecida. Fico o tempo todo me aproximando delas, das duas Grace, ora da mãe, ora da filha, aplicando um toque de tinta aqui, retocando um detalhe ali, e o resultado desse trabalho tão minucioso é que a percepção que tenho delas acaba se desfocando, em vez de se aprimorar, mesmo quando me afasto um pouco para avaliar a minha obra. Mas Rose é um retrato completo, um retrato pronto e acabado. O que não equivale a dizer que ela fosse mais real ou tivesse mais importância para mim do que Chloe ou sua mãe, é claro que não; significa apenas que consigo evocar a sua imagem de uma forma mais imediata. Não pode ser porque ela ainda está presente, já que a sua versão que está aqui mudou tanto que é praticamente irreconhecível. Eu a vejo com aqueles chinelos de salto alto, aquelas calças pretas meio transparentes e aquelas blusas em tons de vermelho vivo — embora deva ter outros trajes, é isso que está usando em quase todas as lembranças que tenho dela —, posando pouco importa onde, em meio aos objetos do escritório, junto a uma cortina desbotada, com um chapéu de palha com flores na fita, diante de uma parede recoberta de musgo, provavelmente feita de papelão, e, bem no alto, a um canto, uma porta em terra-de-siena onde, misteriosamente, as sombras profundas se abrem para um clarão de pura luz. A sua presença não era tão vívida para mim quanto as de Chloe e Mrs. Grace, e nem poderia, embora houvesse algo que a pusesse à parte, com aquele seu cabelo cor de noite fechada e aquela pele branca cujo frescor nem o sol mais ardente, nem o mais inclemente vento do mar parecia capaz de afetar.

Ela era, suponho eu, aquilo que, nos velhos tempos, quer dizer, numa época anterior a essa a que estou me referindo, era chamado de governanta. No entanto, uma governanta tinha a sua modesta esfera de poder, ao passo que a pobre Rose era inteiramente desvalida perante os gêmeos e seus pais relapsos. Para Chloe e Myles ela era obviamente a inimiga, o alvo das suas brincadeiras mais cruéis, um objeto de raiva e de constante ridicularização. Eles tinham dois modos de tratá-la. Ou eram absolutamente indiferentes à pobre criatura, a ponto de ela parecer invisível, ou então submetiam o que quer que ela dissesse ou fizesse, por mais corriqueiro que fosse, a um interrogatório e uma investigação intermináveis. Se ela saía andando pela casa, os dois a seguiam, colados aos seus calcanhares, vigiando de perto tudo o que fazia — pôr um prato em algum lugar, pegar um livro, tentar não se olhar no espelho —, como se nunca na vida tivessem visto um comportamento tão estranho e tão inexplicável. Rose fingia não perceber nada, mas, lá pelas tantas, não agüentando mais, implorava que, por favor, por favor a deixassem em paz, mantendo contudo a voz num sussurro angustiado, de medo que o casal Grace pudesse perceber que ela tinha perdido a paciência. Claro que essa era exatamente a reação que os gêmeos queriam, e, então, chegavam ainda mais perto dela, quase colando o rosto no seu, fingindo espanto, e Chloe a bombardeava de perguntas — o que tinha naquele prato? o livro era bom? por que ela não quis se olhar no espelho? — até que Rose ficava com os olhos cheios de água e a boca repuxada para um lado, de tristeza e raiva contida. Aí os irmãos saíam correndo na maior felicidade, rindo como dois demônios.

Descobri o segredo de Rose num sábado à tarde, quando vim até os Cedros procurar por Chloe. Quando cheguei, ela estava entrando no carro com o pai para dar um pulo até a cidade. Parei no portão. Tínhamos combinado de ir jogar tênis — como ela podia ter esquecido? Claro que podia. Fiquei passado; ser abandonado assim, numa tarde morta de sábado, não era nada fácil de agüentar. Myles, que estava abrindo o portão para o carro sair, viu o meu desapontamento e deu uma risadinha, como bom espírito maligno que era. Mr. Grace me olhou, por trás do pára-brisa, inclinou a cabeça na direção de Chloe e lhe disse algo. Ele também estava sorrindo. Naquele instante, o próprio dia, fresco e claro, parecia transpirar ridículo e diversão generalizada. Mr. Grace pisou fundo no acelerador e, soltando um estampido pela parte traseira, o carro pulou para frente no chão de cascalho, de tal forma que tratei de sair do caminho o mais rápido possível — embora não tivessem mais nada em comum, meu pai e Carlo Grace tinham o mesmo senso de humor, gozador e truculento —, e Chloe, pela janela lateral, com o rosto meio embaçado por causa do vidro, me olhou com uma expressão de surpresa, como se só naquele momento houvesse dado pela minha presença ali parado, coisa que, conhecendo-a como conhecia, devia ser verdade. Acenei, tentando fingir que não estava nem aí, e ela sorriu com os cantos da boca caídos, com um falso ar de tristeza, e, à guisa de desculpas, deu de ombros de um jeito bem exagerado, levando os ombros quase até a altura das orelhas. O carro reduziu a marcha para Myles entrar, e Chloe, colando o rosto na janela, moveu a boca dizendo alguma coisa; depois, ergueu a mão esquerda num gesto estranhamente formal, que parecia até uma espécie de bênção — e o que mais eu poderia fazer a não ser sorrir e dar de ombros também —, e acenou de novo enquanto desaparecia numa espiral de fumaça. Pelo vidro traseiro, vi a cabeça de Myles, que até parecia descolada do corpo, rindo para mim, feliz da vida com a desgraça alheia.

A casa tinha um ar abandonado. Passei pela porta da frente e fui até o local onde a fileira de árvores em diagonal marcava o fim do jardim. Do outro lado, ficava a linha do trem, recoberta de lascas de xisto azuladas, soltas e pontiagudas, que tinham um cheirinho mefítico de cinza e de gás. As árvores, plantadas muito próximas umas das outras, cresciam magras e feiosas, com os galhos mais altos acenando desordenadamente, como inúmeros braços erguidos, todos misturados. Que árvores eram aquelas? Não eram carvalhos; talvez plátanos. Quando dei por mim, estava tentando escalar a que ficava bem no meio. Era o tipo da coisa que não fazia o meu gênero: nunca fui ousado ou aventureiro, e não gostava, não gosto, nada de altura. No entanto, lá estava eu subindo, e subindo, um pé aqui, uma mão ali, um pé ali, uma mão aqui, de galho em galho. Foi incrivelmente fácil trepar naquela árvore, a despeito das folhas que farfalhavam num protesto escandalizado à minha volta e dos ramos menores que batiam no meu rosto. Logo, logo, lá estava eu, no ponto mais alto que era possível atingir. Fiquei agarrado ali, destemido como um marujo qualquer, encarapitado no cordame do navio: a meus pés, o convés da terra se movendo suavemente, e, lá em cima, um céu baixo, vagamente perolado, parecia tão perto que eu poderia até tocá-lo. Àquela altura, o vento era um contínuo fluxo de ar sólido, trazendo os cheiros da terra firme, cheiro de terra, de fumaça, de animais. Podia ver os telhados da cidade no horizonte, e, mais ao longe, e mais para cima, como uma miragem, um minúsculo navio prateado que avançava quase imóvel numa mancha de mar pálido. Um passarinho veio pousar num galho da árvore e ficou me olhando espantado; depois, bateu asas e foi embora com um piado ofendido. Já tinha até esquecido o esquecimento de Chloe. Estava tão exultante, tão delirantemente alegre por estar tão alto e tão longe de tudo, que só dei pela presença de Rose ali embaixo quando ouvi os seus soluços.

Estava junto da árvore mais próxima, com os ombros encurvados e os cotovelos bem grudados ao corpo, como se estivesse tentando se manter de pé. Os seus dedos nervosos seguravam um lenço todo amarfanhado, mas a pose dela era tão melodramática, parada ali aos prantos, em meio aos murmúrios da tarde, que, de início, pensei que aquela coisa amassada nas suas mãos fosse uma carta de amor, e não um lenço. Rose estava estranhíssima, reduzida a um disco irregular formado pelos ombros e pela cabeça — o repartido do seu cabelo tinha a mesma tonalidade esbranquiçada do lenço encharcado que ela estava segurando —, e, quando se virou de repente, ao ouvir passos às suas costas, cambaleou ligeiramente, como um pino de boliche que a bola houvesse acertado apenas de raspão. Era Mrs. Grace que se aproximava pelo caminho aberto no gramado junto ao varal de roupas. Tinha a cabeça baixa, os braços cruzados apertando os seios, e as mãos crispadas nos ombros. Estava descalça, de short e com uma camisa branca do marido que, lisonjeando a sua vaidade, ficava grande demais nela. Parou a uma certa distância e ficou calada por um instante, girando o corpo para um lado e para o outro, fazendo um quarto de volta em torno do próprio eixo, ainda com as mãos nos ombros, parecendo até que, exatamente como Rose, quisesse se manter de pé, como se estivesse embalando a si mesma.

— Rose — disse ela, num tom de agrado meio brincalhão. — Ah, Rose, o que é isso?

A moça, que tinha virado o rosto acintosamente para os lados do campo, bufou, emitindo um som que evidentemente não era de riso. — O que é isso? — exclamou ela, e sua voz se elevou na última palavra, e se derramou sobre si mesma. — O que é isso?

Indignada, assoou o nariz na borda do lenço amarfanhado, e rematou tudo sacudindo a cabeça e fungando. Mesmo da posição em que eu estava, podia ver que Mrs. Grace estava sorrindo e mordendo o lábio. Às minhas costas, mais ao longe, soou um apito. O trem vespertino, que vinha da cidade, com a sua locomotiva de um preto fosco e uns cinco ou seis vagões de madeira verde, vinha todo desajeitado em nossa direção, atravessando o campo como um brinquedo enlouquecido, soltando espessas baforadas de fumaça branca. Mrs. Grace se aproximou sem fazer barulho e encostou um dedo no cotovelo de Rose; esta, porém, encolheu o braço como se aquele toque a tivesse queimado. Uma rajada de vento colou a camisa no corpo de Mrs. Grace mostrando nitidamente os contornos fartos dos seus seios. — Ora, Rose, vamos lá! — disse ela, no mesmo tom de agrado, e, desta feita, deu um jeito de insinuar uma das mãos no arco do braço da moça. Puxando-o, então, brandamente, repetidas vezes, conseguiu fazer com que Rose se virasse, embora ainda de má vontade, e saíram as duas andando por entre as árvores. Rose estava um tanto trôpega, falando e falando sem parar, ao passo que Mrs. Grace mantinha a cabeça baixa, como antes, e parecia quase não dizer nada. Pela postura dos seus ombros e o seu jeito meio arrastado de andar, tive a impressão de que estava tentando conter uma imensa vontade de rir. Das palavras entrecortadas e trêmulas que a moça dizia, as únicas coisas que consegui ouvir foram *amor*, *bobagem* e *Mr. Grace*, e, das respostas de Mrs. Grace, tudo o que percebi foi um gritinho *Carlo?*, seguido de uma exclamação de incredulidade. De repente, lá estava o trem, fazendo o tronco da árvore vibrar entre as minhas pernas. Quando a locomotiva passou, olhei para a cabine e vi nitidamente o branco de um olho brilhando para mim sob uma sobrancelha luzidia e enegrecida pela fumaça. Quando voltei a olhar para as duas, elas tinham parado no meio da grama, uma de frente para a outra. Mrs. Grace sorria, com uma das mãos pousada no ombro de Rose que, com a ponta do nariz vermelha, esfregava os olhos cheios de água com ambos os punhos fechados. Nesse instante, uma baforada de fumaça do trem veio direto no meu rosto, cegando-me por um momento, e, quando tudo clareou, elas já estavam andando juntas de volta para a casa.

Então, era isso... Rose estava perdidamente apaixonada pelo pai dos meninos de quem cuidava. Então, era aquela velha história, embora não saiba como ela poderia ser velha para mim que era tão jovem. O que pensei, o que senti? A lembrança mais nítida que tenho é do lenço amarfanhado nas mãos de Rose e da filigrana azulada das varizes incipientes nas batatas das pernas de Mrs. Grace, e, é claro, o trem a vapor, que, enquanto eu esperava impacientemente a hora de poder descer dali, foi parar ruidosamente na estação, ofegando e cuspindo jatos de água escaldante por aquela sua parte de baixo fascinantemente intrincada. O que são os seres humanos, se comparados à tão duradoura intensidade das simples coisas?

Depois que Rose e Mrs. Grace voltaram lá para dentro, desci da árvore, o que foi bem mais difícil do que subir; passei de mansinho diante da casa quieta e segui pela Station Road, sob a luz de metal polido da tarde vazia. O trem já tinha ido embora da estação e, a essa altura, devia estar em outro lugar, em outro lugar inteiramente diferente.

É ÓBVIO QUE A PRIMEIRA COISA que fiz foi contar a Chloe o que tinha descoberto. Sua reação não foi absolutamente a que eu esperava. Na verdade, ela pareceu chocada, a princípio, mas logo assumiu um ar cético, demonstrando até algum aborrecimento, quer dizer, dando mostras de estar aborrecida comigo por eu ter lhe contado aquilo. Fiquei inteiramente desconcertado. Contava que ela fosse acolher o meu relato do que aconteceu debaixo daquelas árvores com uma sonora gargalhada; assim, eu teria tido a certeza de que podia considerar a história toda como uma grande piada, mas, agora, era forçado a encarar o assunto sob uma luz mais séria e mais sombria. Uma luz sombria... Imaginem só... Mas por que uma piada? Por que, para os mais jovens, o riso é uma força que neutraliza e abranda os terrores? Apesar de ter praticamente o dobro da minha idade, Rose ainda estava deste lado do abismo que nos separava do mundo dos adultos. Já era bem ruim ter de pensar neles, nos adultos de verdade, com as suas brincadeiras furtivas, mas a idéia de Rose às voltas com um homem da idade de Carlo Grace — aquela barriga, aquele pau protuberante, aquele peito peludo com fios grisalhos — era quase impossível de suportar para uma sensibilidade tão delicada, tão imatura quanto a minha ainda era naquela época. Será que ela tinha declarado o seu amor a Mr. Grace? Será que ele correspondia? As imagens que me vieram à cabeça, a pálida Rose se deitando nos braços rudes do seu sátiro me deixavam excitado, mas, ao mesmo tempo, apavorado. E quanto a Mrs. Grace? Com que calma ela acolheu a confissão de Rose... Como parecia tranqüila, e até mesmo divertida... Por que não arrancou os olhos da moça com aquelas suas unhas pintadas de vermelho brilhante?

E havia também os próprios amantes. Como me admirava ao ver a facilidade, a audácia tranqüila com que disfarçavam o que estava acontecendo entre eles. A própria atitude despreocupada de Carlo Grace parecia, agora, um indício de intenções criminosas. Quem, a não ser um sedutor sem coração, riria daquele jeito, debocharia e ficaria remexendo naquela barba grisalha que havia sob o seu queixo, com as unhas fazendo aquele barulhinho rascante? O fato de ele não dar mais atenção a Rose do que a qualquer outra pessoa que lhe passasse pela frente, quando estavam em público, era apenas mais um sinal da sua dissimulação engenhosa e astuta. Se Rose lhe entregasse um jornal, e ele o apanhasse das suas mãos, pronto! Isso era o bastante para que os meus olhos extremamente vigilantes vissem ali um conluio clandestino e indecente. A sua atitude branda e recatada na presença do patrão era, para mim, a de uma freira depravada, agora que eu conhecia o seu segredo vergonhoso. Pelos recantos mais profundos da minha imaginação, passavam cenas em que a silhueta pálida e bruxuleante de Rose se unia a ele em poses vulgares, e eu podia até ouvir os gritos abafados, os gemidos calados daquele prazer sombrio.

O que a teria levado a confessar tudo, e, ainda por cima, à querida esposa daquele homem? E o que teria pensado, pobre Rosie, da primeira vez que deu com os olhos no que Myles escreveu com giz nos pilares do portão e no caminho que ficava do outro lado — *RV ama CG* —, juntamente com o desenho rudimentar de um peito de mulher, dois círculos com pontinhos no meio, duas curvas para dar a idéia dos quadris, e, mais abaixo, uma espécie de parênteses cercando uma pequena fenda vertical? Deve ter ficado vermelha, ah!, deve ter ficado roxa. Achou que tinha sido Chloe, e não eu, quem, de uma forma ou de outra, havia descoberto o seu segredo. Estranhamente, porém, não foi Chloe quem passou a ter mais poder sobre Rose, pelo contrário. Ou, pelo menos, era essa a impressão que eu tinha. Os olhos da governanta tinham, agora, um brilho novo e mais frio quando pousavam na menina, e esta, para meu espanto e atordoamento, diante desse olhar, parecia mais intimidada do que nunca. Quando lembro delas assim, uma reluzente, a outra, encabulada, não posso evitar especular se o que aconteceu naquele dia da maré estranha não teria sido, de alguma forma, conseqüência da descoberta da paixão secreta de Rose. Afinal de contas, por que eu deveria ser menos suscetível do que qualquer outro autor de melodramas ao fato de a história exigir uma reviravolta para um desfecho astucioso?

A maré subiu, cobrindo a praia toda, até o pé das dunas, como se o mar estivesse ultrapassando as suas próprias fronteiras. Em silêncio, ficamos olhando o avanço constante da água, sentados, um ao lado do outro, nós três, Chloe, Myles e eu, de costas para as tábuas verdes e descascadas da cabana abandonada do vigia, que ficava perto do início do circuito do campo de golfe. Estávamos nadando, mas acabamos desistindo, assustados com essa maré irrefreada e sem ondas, que não parava de subir, de um jeito calmo, sinistro. O céu estava todo branco e enevoado, com o disco solar de um amarelo pálido cravado, imóvel, bem no meio. As gaivotas mergulhavam, aos gritos. O ar estava parado. Mesmo assim, lembro muito bem que as hastes de capim que cresciam na areia ao nosso redor tinham desenhado um semicírculo à sua frente, o que sugeria que estava ventando, ou, pelo menos, que havia uma brisa soprando. Talvez tenha sido um outro dia, quando notei que o capim tinha feito essas marcas na areia. Chloe estava de maiô, com um casaco branco enrolado nos ombros. O seu cabelo estava molhado e grudado na cabeça. Sob essa luz leitosa, o seu rosto parecia quase indistinto. Ao seu lado, Myles estava igualzinho a ela, como as efígies de duas moedas idênticas. Mais abaixo, num vão entre as dunas, Rose estava deitada de barriga para cima, numa toalha de praia, com as mãos cruzadas na nuca, parecendo dormir. A espuma já estava quase chegando aos seus calcanhares. Chloe a fitava sorrindo consigo mesma.

— Quem sabe ela não vai ser arrastada pelo mar? — disse.

Foi Myles quem conseguiu abrir a porta da cabana, torcendo e retorcendo o cadeado, até que os parafusos acabaram se soltando e o ferrolho saiu inteirinho em suas mãos. Lá dentro, havia um único aposento minúsculo, vazio, fedendo a mijo. Encostado numa das paredes, tinha um banco, e, acima dele, uma janelinha com a esquadria intacta, mas já sem vidro. Chloe se ajoelhou no banco, com o rosto na janela e os cotovelos apoiados no parapeito. Sentei ao seu lado e Myles, do outro. Por que será que tenho a impressão de um toque egípcio na pose que nós três tínhamos assumido ali, com Chloe ajoelhada, olhando para fora, enquanto Myles e eu ficamos sentados no banco, fitando aquela salinha? Será que é porque estou fazendo um Livro dos Mortos? Ela era a Esfinge, e nós, os seus sacerdotes. O silêncio era quase absoluto, a não ser pelos gritos das gaivotas.

— Tomara que ela se afogue — disse Chloe, lá da janela, e deu uma daquelas risadinhas cortantes. — Tomara! *Hi, hi, hi.* Odeio essa mulher...

Últimas palavras. Anna recobrou a consciência de madrugada, pouco antes do amanhecer. Não saberia dizer ao certo se tinha ficado acordado ou se apenas sonhei que não havia dormido. Aquelas noites passadas numa poltrona ao lado da sua cama foram repletas de alucinações curiosamente banais. Sonhava que estava cozinhando para ela, conversando com ela sobre gente que nunca vi na vida, ou simplesmente caminhando por ruas escuras e indefinidas, quer dizer, eu ia andando e ela ali deitada, em estado de coma, mas, mesmo assim, conseguindo se mover, conseguindo me acompanhar de alguma forma, deslizando pelo ar sólido, em sua jornada rumo ao Campo dos Juncos. Agora, ao acordar, virou a cabeça no travesseiro úmido e me olhou, de olhos bem abertos, com aquele lampejo submerso das luzes noturnas e um ar de quem estava absolutamente alerta e sobressaltada. Acho que não me reconheceu. Experimentei aquela sensação paralisante, parte pavor, parte alarme, que nos acomete quando estamos sozinhos e esbarramos com uma criatura selvagem. Podia sentir o meu coração batendo bem devagar, com pancadas líquidas, como se eu estivesse desmoronando diante de uma série interminável de obstáculos idênticos. Anna tossiu com um ruído que parecia até o chocalhar de ossos. Tive a certeza de que era o fim. Me senti absolutamente incompetente para enfrentar aquele momento e quis gritar por socorro. Enfermeira, enfermeira, venha rápido, a minha mulher está me deixando! Não conseguia pensar; minha cabeça parecia cheia de destroços de alvenaria. E Anna continuava olhando para mim; continuava espantada, continuava desconfiada. Lá fora, no corredor, alguém deixou cair alguma coisa com estardalhaço; ela ouviu o barulho e pareceu mais tranqüila. Talvez tenha pensado que fosse algo que eu houvesse dito, e achou que tinha entendido, pois fez que sim com a cabeça, mas de um jeito impaciente, como se dissesse "Não, você está enganado, não é nada disso!". Estendeu o braço e, com aquela mão que mais parecia uma garra, segurou firme o meu pulso. Ainda sinto aquela pressão, aquela pegada quase de um macaco. Pulei da cadeira, em pânico, e me ajoelhei ao lado da cama, como um daqueles indivíduos religiosos que, atemorizados, se prostram em adoração diante de uma aparição. Anna ainda segurava o meu pulso. Pus a outra mão na sua testa e tive a impressão de sentir a sua mente ali debaixo, num trabalho febril, fazendo um último esforço, tremendo para formular o seu pensamento final. Será que alguma vez na vida eu tinha olhado para ela com tamanha atenção quanto naquele instante? Como se o simples fato de olhar pudesse mantê-la ali; como se ela não pudesse partir enquanto os meus olhos não vacilassem. Anna ofegava, branda e lentamente, como um corredor que descansa um pouco quando ainda tem milhas e milhas pela frente. O seu hálito tinha um cheiro ruim, leve e seco, parecendo flores murchas. Quando a chamei pelo nome, ela apenas fechou os olhos por um breve instante, indiferente, como se eu devesse saber que ela já não era mais Anna, que já não era mais ninguém, e, depois, voltou a abri-los e a me fitar, com um olhar mais duro do que nunca, não de surpresa, mas de firme autoridade, desejando que eu ouvisse, ouvisse e compreendesse, o que ela tinha a dizer. Soltou o meu pulso e seus dedos percorreram a cama, à procura de algo. Peguei a sua mão. Pude sentir a palpitação irregular de seus batimentos na base do polegar. Disse alguma coisa, alguma coisa estúpida como "Não se vá", ou "Fique comigo". Mais uma vez, porém, ela abanou a cabeça com impaciência e puxou a minha mão para que eu chegasse mais perto. — Estão parando os relógios — disse ela, em tom conspiratório, num sussurro que era quase um sopro. — Detive o tempo. — Fez que sim com a cabeça, num gesto solene, de quem sabia o que estava dizendo, e também sorriu, posso jurar que foi um sorriso.

Foi o jeito brusco e hábil com que Chloe arrancou o casaco que me estimulou, que me autorizou a pôr a mão na parte de trás da sua coxa quando ela estava ali, de joelhos, ao meu lado. A pele dela estava fria e arrepiada, mas pude sentir o sangue correndo acelerado logo abaixo da superfície. Sem reagir ao meu toque, ela continuou olhando sabe-se lá o quê do outro lado da janela — toda aquela água, talvez, aquele fluxo lento e inexorável. Com o maior cuidado, fui subindo a mão até os meus dedos encostarem na borda justa do seu maiô. O casaco, que ela tinha posto no meu colo, escorregou e caiu no chão, lembrando-me alguma coisa, um ramalhete de flores despencando, quem sabe, ou um passarinho caindo do ninho. Ficar ali sentado, com a mão perto da bunda dela, o coração batendo num ritmo sincopado e os olhos pregados num buraco da parede em frente, teria sido o bastante para mim. Mas, com um movimento mínimo e convulsivo, Chloe afastou o joelho um nadinha para o lado, entreabrindo as pernas para os meus dedos atônitos. A entreperna do maiô estava encharcada de água do mar que pareceu ferver ao meu toque. Mal encostei ali, ela fechou novamente as pernas, prendendo a minha mão entre as suas coxas. Arrepios percorreram todo o seu corpo, como minúsculas correntes elétricas, e, com um movimento brusco, ela conseguiu se desprender de mim. Pensei que tinha terminado, mas estava enganado. Ela desceu do banco rapidamente, usando os joelhos e os cotovelos, veio se ajeitando e sentou ao meu lado, ergueu o rosto e me ofereceu os lábios frios e a boca quente para que eu a beijasse. As alças do seu maiô eram amarradas atrás do pescoço; de repente, sem descolar a boca da minha, Chloe desfez o nó com uma das mãos e deixou que o tecido molhado descesse até a cintura. Sem parar de beijá-la, inclinei a cabeça um pouco para o lado e, com o único olho que conseguia enxergar, acompanhei o relevo da sua espinha, chegando até o princípio da sua bunda, com o rego que tinha a cor de uma faca de aço polido. Com um gesto impaciente, Chloe pegou a minha mão e a levou até o relevo quase imperceptível de um dos seus seios, cujo bico estava frio e duro. Ao seu lado, Myles estava sentado com as pernas bem abertas, a cabeça recostada na parede às suas costas, e os olhos fechados.

Às cegas, Chloe estendeu a mão até encontrar a mão do irmão apoiada no banco, e a segurou. Nesse instante, pressionou a boca contra a minha e pude sentir, mais do que ouvir, o gemido quase inaudível que lhe subiu da garganta.

Não ouvi a porta se abrir, só notei que a luminosidade dentro da salinha tinha mudado. Chloe se enrijeceu, virou a cabeça rapidamente e disse algo, uma palavra que não entendi. Rose estava parada no vão da porta. Estava de maiô, mas tinha calçado os chinelos de salto alto que faziam as suas pernas claras, compridas e magras parecerem ainda maiores, mais brancas e mais finas. Ela me lembrou alguma coisa, mas não consegui saber o que seria, com uma das mãos na porta e a outra no portal, como se estivesse sendo mantida ali por duas correntes de ar bem fortes, uma delas vindo de dentro da cabana, pressionando-a pela frente, e, a outra, lá de fora, empurrando as suas costas. Mais que depressa, Chloe levantou a parte de cima do maiô e prendeu as alças na nuca, repetindo baixinho aquela tal palavra, aquela que não consegui entender — seria o nome de Rose, ou apenas algum palavrão? —, depois, pulou do banco, rápida como uma raposa, passou por baixo do braço de Rose e desapareceu porta afora. — Volte já aqui, senhorita! — gritou a governanta, e sua voz chegou a falhar. — Volte aqui imediatamente! — Olhou então para mim, com um jeito mais de tristeza do que de raiva, abanou a cabeça, virou as costas e foi embora, parecendo até uma cegonha com aquelas pernas brancas e compridas. Myles, que continuava escarrapachado no banco de madeira, riu baixinho. Olhei para ele. Tive a impressão de que tinha falado.

Vejo tudo o que aconteceu depois em miniatura, como num camafeu ou num daqueles medalhões centrais, vistos de cima, no meio dos quais os pintores de antigamente representavam o momento de um drama com detalhes tão minuciosos que mal podiam ser percebidos em meio às vastidões douradas e azuis do céu e do mar. Fiquei um pouco mais ali no banco, retomando fôlego. Myles não parava de me olhar, esperando para ver o que eu ia fazer. Quando saí da cabana, Chloe e Rose estavam mais abaixo, no pequeno semicírculo de areia entre as dunas e a água, encarando-se e discutindo aos berros. Não consegui ouvir o que diziam. De repente, Chloe se afastou e, pisando firme, ficou rodando em círculos, revolvendo a areia ao seu redor. Deu um pontapé na toalha de Rose. Bem sei que é só imaginação minha, mas posso ver as ondas miúdas lambendo gulosamente os seus calcanhares. Por fim, com um último grito e um gesto curioso, como que cortando o ar com um dos braços, ela se virou e saiu andando para a beira da água. Lá chegando, cruzou as pernas, atirou-se na areia e sentou apertando os joelhos contra o peito, a cabeça erguida fitando o horizonte. Rose ficou ali parada, com as mãos nas cadeiras, olhando para ela, furiosa. Vendo, porém, que não obteria qualquer reação, virou as costas e começou a juntar as suas coisas. Enfiou a toalha, o livro e a touca de banho debaixo do braço, como uma pescadora atirando peixes num cesto de vime. Ouvi um ruído atrás de mim, e, um segundo depois, Myles passou a toda, mais parecendo que dava saltos mortais do que corria. Quando chegou onde Chloe estava, sentou-se ao seu lado, passou o braço pelos seus ombros e encostou a cabeça na sua. Rose se deteve e olhou para eles, com um ar hesitante, vendo aqueles dois ali, abraçados, de costas para o mundo. Foi então que eles se levantaram calmamente, entraram na água, aquela água lisa como óleo, que mal se moveu ao seu redor; inclinaram-se para frente em uníssono e saíram nadando bem devagar, duas cabeças subindo e descendo naquelas ondulações esbranquiçadas, cada vez mais longe, cada vez mais longe.

Rose e eu ficamos olhando para eles. Ela, apertando junto ao corpo as coisas que tinha apanhado na areia; eu, simplesmente parado ali. Não sei em que estava pensando, não me lembro de estar pensando em nada. Há momentos assim, não tão freqüentes, em que a mente apenas se esvazia. A essa altura, os dois já estavam bem longe, tão longe que pareciam dois pontinhos pálidos entre o céu pálido e o mar mais pálido ainda, e, então, um dos pontinhos desapareceu. Depois disso, tudo acabou depressa demais, quero dizer, o que podíamos ver. Uns poucos respingos, um tantinho de água branca, mais branca do que o resto da água à sua volta, e, então, nada, o mundo indiferente se fechando.

Ouviu-se um grito. Rose e eu nos viramos e vimos um homenzarrão de rosto vermelho, com cabelos grisalhos cortados bem curtos, que vinha descendo das dunas na nossa direção, alvoroçadíssimo, trotando na areia escorregadia numa afobação que chegava a ser cômica. Estava usando uma camisa amarela, calças cáqui, sapatos de duas cores e brandia um taco de golfe. Posso até ter inventado os sapatos, mas tenho certeza de que a luva que ele usava na mão direita, a mão que segurava o taco, era marrom-clara, sem dedos, e tinha o dorso todo furadinho. Só não sei por que esse detalhe teria atraído a minha atenção. Gritava dizendo que alguém deveria chamar os salva-vidas. Parecia extremamente zangado, gesticulando no ar como um guerreiro zulu sacudindo a sua clava. Zulus, clavas? Talvez eu pretendesse dizer a sua lança... Nesse meio tempo, o seu *caddie*, um nanico esquálido de idade indefinida, usando um paletó de *tweed* abotoado de cima a baixo e um boné também de *tweed*, ficou parado lá no topo da duna, contemplando a cena a seus pés com uma expressão sardônica, apoiando-se no saco de golfe com as pernas cruzadas na altura dos tornozelos. Depois, um rapaz musculosíssimo, com um calção azul bem justo, surgiu sabe-se lá de onde, parecendo até ter se materializado do nada. Sem maiores explicações, o sujeito mergulhou no mar e saiu nadando rapidamente, com braçadas firmes de especialista. Rose estava agora andando para lá e para cá, na beira da água: três passos para um lado, parava, virava, três passos para o outro, parava, virava, como uma pobre Ariadne enlouquecida nas areias da praia de Naxos, ainda apertando toalha, livro e touca contra o peito. Algum tempo mais tarde, o suposto salva-vidas voltou, deslizando na nossa direção pela água sem ondas, com aquela pose de nadador, abanando a cabeça e fungando. — Nada feito — disse ele —, nada feito. — Rose soltou um grito, uma espécie de soluço, abanando a cabeça rapidamente, para um lado e para o outro, e o jogador de golfe a olhou espantado. E, num instante, estavam todos desaparecendo às minhas costas, porque saí correndo, tentando correr pela praia, em direção à Station Road e aos Cedros. Por que será que não cortei caminho, pelo terreno do Golf Hotel até a estrada, onde teria sido muito mais fácil de me locomover? Mas não estava querendo me mover com mais facilidade. Não queria chegar ao meu destino. Muitas vezes, em sonhos, lá estou eu de novo, lutando para correr pela areia que vai ficando mais e mais resistente, a ponto de os meus próprios pés parecerem feitos de alguma coisa terrosa e quebradiça. O que senti? Acho que o sentimento dominante foi uma espécie de temor, temor de mim mesmo, por ser alguém que tinha conhecido dois seres vivos que, agora, de repente, espantosamente, estavam mortos. Mas será que eu acreditava que estivessem mortos? Na minha cabeça, eles estavam pairando num vasto espaço brilhante, lá em cima, de braços dados e olhos bem abertos, fitando as infindáveis profundezas de luz à sua frente.

Finalmente, lá estavam o portão de grade verde, o carro estacionado no pátio e a porta da frente escancarada, como acontecia com tanta freqüência. Na casa, tudo estava calmo e tranqüilo. Andei pelos aposentos como se eu próprio fosse algo etéreo, um espírito errante, Ariel, libertado e inteiramente perdido. Fui encontrar Mrs. Grace na sala de visitas. Ela se virou para mim, levou a mão à boca, com a luz leitosa da tarde às suas costas. O silêncio foi total, exceto pelo zumbido letárgico do verão vindo lá de fora. Então, Carlo Grace entrou dizendo — Diabos, parece que... —, mas também parou, e ficamos ali, quietos, os três, no fim.

Foi bem feito?

Era noite, e tudo estava tão quieto, como se não houvesse ninguém ali, nem mesmo eu. Não estou conseguindo ouvir o mar, que, nas outras noites, rebenta e ressoa, ora pertinho, raivoso, ora distante, quase indistinto. Não quero ficar assim sozinho. Por que você não volta para me assombrar. Era o mínimo que eu esperaria que fizesse. Por que esse silêncio, dia após dia, noite após noite, interminável? Esse seu silêncio é como um nevoeiro. Primeiro, era só um borrão no horizonte; depois, estávamos cercados por ele, às cegas, tropeçando e nos agarrando um ao outro. Começou no dia seguinte àquela ida ao consultório de Mr. Todd, quando saímos da clínica para o estacionamento deserto, com todas aquelas máquinas ali dispostas em ordem, luzidias como golfinhos, mas sem emitir som algum, e não havia nem sinal da moça com os saltos barulhentos. Depois, a nossa casa, chocada, mergulhando naquela espécie de mutismo, e, logo após, os corredores calados

dos hospitais, as enfermarias silenciosas, as salas de espera, e, finalmente, o último quarto de todos. Mande-me o seu fantasma. Atormente-me, se quiser. Agite as suas correntes, arraste a sua mortalha pelo chão, lamurie-se como uma *banshee*, a fada da morte, mas faça alguma coisa. Pelo menos, eu teria um fantasma.

Onde está a minha garrafa? Preciso dela. Do meu sedativo.

MISS VAVASOUR ME OLHA consternada. Recuo diante desse olhar. Ela sabe muito bem quais as perguntas que quero lhe fazer, o que ando querendo lhe perguntar desde que cheguei aqui, mas não tive coragem. Hoje de manhã, quando viu mais uma vez a minha interrogação silenciosa, abanou a cabeça, de um jeito afável. — Não posso ajudá-lo — disse, sorrindo. — O senhor deve saber disso. — O que será que ela quis dizer com deve? Sei tão pouco sobre qualquer coisa. Estamos no saguão, sentados junto à janela abaulada, como fazemos com tanta freqüência. Lá fora, o dia está claro e frio, o primeiro dia efetivamente de inverno que tivemos. Tudo isto, no presente histórico. Miss Vavasour está remendando alguma coisa que se parece estranhamente com uma das meias do coronel. Usa um utensílio de madeira, no formato de um grande cogumelo, onde estica bem o calcanhar para fechar o furo que existe ali. Acho repousante vê-la realizar aquela tarefa atemporal. Ando precisando de descanso. Parece até que a minha cabeça foi envolvida em algodão úmido, e há, na minha boca, um gosto azedo de vômito que nem as xícaras de chá com leite bem servidas nem as torradas fininhas de Miss Vavasour conseguem eliminar. E tem também um machucado na minha têmpora, que está latejando. Fico sentado diante de Miss V., sem graça e contrito. Mais que nunca, estou me sentindo como um garoto delinqüente.

Mas que dia, o de ontem! Que noite, e, céus, que dia seguinte! Tudo começou com uma promessa bem razoável. Ironicamente, como se pôde constatar mais tarde, era a filha do coronel que deveria vir até aqui, com o marido e as filhas. O coronel tentou agir como se não estivesse ligando a mínima, assumindo uma atitude ranzinza — Vamos ser literalmente invadidos! —; já no café da manhã, porém, as suas mãos tremiam tanto que a mesa chegava a balançar e as xícaras tilintavam nos pires. Miss Vavasour insistiu para que a filha dele e a família ficassem para almoçar; disse que ia preparar uma galinha e perguntou qual era o sorvete preferido das crianças. — Ah, de jeito nenhum! — exclamou o coronel. — Não há necessidade de tudo isso! — No entanto, era óbvio que estava profundamente tocado, e, por um instante, os seus olhos ficaram marejados. Eu próprio estava um tanto ansioso com a possibilidade de finalmente ver a filha dele e o seu homem. Já a perspectiva de ter as crianças ali era meio desanimadora. Acho que crianças em geral despertam o Gilles de Rais que existe em mim...

A visita estava prevista para o meio-dia, mas os sinos tocaram, a hora do almoço chegou e se foi, e não se viu nenhum carro aparecer no portão, não se ouviu nenhum grito das menininhas. O coronel só fazia andar para lá e para cá, com uma das mãos agarrada no punho da outra às suas costas. Ou, então, parava diante da janela, dava uma espiada lá para fora, fazia uma certa encenação, erguendo o braço e dando uma olhada no relógio com ar de censura. Miss Vavasour e eu não sabíamos o que fazer e nem ousávamos falar. O cheiro da galinha assada que se espalhava pela casa parecia um deboche desalmado. A tarde já ia avançada quando o telefone do vestíbulo tocou, e todos nos assustamos. O coronel aproximou o fone do ouvido como um padre desesperançado no confessionário. A conversa foi breve. Tentamos não ouvir o que ele dizia. Voltou para a cozinha e pigarreou. — Foi o carro — disse, sem olhar para ninguém. — Quebrou. — Era evidente que tinham mentido para ele, ou ele estava mentindo para nós agora. Virou-se para Miss Vavasour, com um sorriso desolado, e acrescentou: — Lamento pela galinha.

Tentei animá-lo a sair comigo para beber alguma coisa, mas ele recusou. Estava um pouco cansado, disse; de repente, estava com uma pontinha de dor de cabeça. Subiu para o quarto. Os seus passos soaram tão pesados nos degraus da escada... Ele fechou a porta com tanta suavidade... — Oh, céus! — exclamou Miss Vavasour.

Fui sozinho para o bar Pier Head, e tomei um porre. Não tinha essa intenção, mas tomei. Era um daqueles fins de tarde plangentes de outono, com uns vestígios de luz que pareciam até uma lembrança daquilo que, num passado longínquo, teria sido o brilho intenso do meio-dia. Como tinha chovido mais cedo, havia poças na estrada, mais claras do que o céu, como se o resto do dia estivesse morrendo ali dentro. Ventava, e as pontas do meu casaco batiam nas minhas pernas, parecendo até meus próprios filhinhos implorando que o papai não fosse ao bar. Mas fui, sim. O Pier Head é um lugar meio deprimente, onde impera uma televisão imensa, o par perfeito da Panoramic de Miss V., e que vivia ligada, embora sem som. O dono é um homem gordo, um tanto lerdo, de poucas palavras. Tem um nome estranho que me foge nesse instante. Tomo conhaques duplos. Um ou outro momento da tarde ficou registrado em minha mente, com um brilho não muito nítido, como postes de luz no nevoeiro. Lembro de ter provocado, ou ter sido provocado, e começado a discutir com um velho, e de ser interpelado por um outro sujeito bem mais moço, seu filho, talvez, ou quem sabe seu neto, que acabei empurrando e ele ameaçou chamar a polícia. Quando o dono do bar interveio — Barragry, era este o seu nome —, tentei empurrá-lo também, investindo contra ele por cima do balcão com um grito rouco. Na verdade, não é o tipo de atitude que eu tomaria normalmente. Não sei qual foi o problema, quero dizer, além do problema habitual. Afinal, conseguiram me acalmar e, ainda invocado, voltei para uma mesa de canto, debaixo do televisor mudo, onde me sentei resmungando e suspirando. Incrível como esses suspiros de bêbado, borbulhantes e trêmulos, lembram o choro... Os últimos raios de luz do dia, que eu podia ver em parte pela metade superior da janela do bar que não era pintada, tinham aquela tonalidade raivosa de um marrom-arroxeado que acho comovente, mas, ao mesmo tempo, perturbadora, e que é a própria cor do inverno. Não que eu tenha algo contra o inverno; na verdade, é a minha estação favorita, juntamente com o outono; mas, este ano, esse brilho de novembro parecia o presságio de algo mais do que o inverno, e mergulhei num clima de amarga melancolia. Procurando aliviar o peso que sentia no coração, pedi mais conhaque; Barragry, porém, se recusou a me servir — numa demonstração de bom senso, como percebo agora —, e esbravejei, na maior indignação, ou tentei esbravejar, mas acabei cambaleando e voltei para Os Cedros, para a minha própria garrafa carinhosamente apelidada de *Petit Caporal*, em homenagem ao imperador francês que também é marca de conhaque. Na escada, encontrei o coronel Blunden e trocamos algumas palavras, mas não sei dizer exatamente sobre o quê.

A essa altura, já havia anoitecido. No entanto, em vez de ficar no meu quarto e ir para a cama, enfiei a garrafa debaixo do casaco e voltei a sair. Do que aconteceu em seguida, tenho apenas algumas lembranças fragmentadas e pouco nítidas.

Lembro ficar parado ao vento, sob a luz trêmula de um poste, esperando por alguma grande revelação, e, depois, de ter me desinteressado daquilo antes que a tal revelação houvesse ocorrido. Lembro estar na praia, no escuro, sentado na areia com as pernas estiradas à minha frente, e a garrafa de conhaque já vazia, ou quase, deitada no meu colo. Tive a impressão de ver luzes lá longe, no meio do mar, bem afastadas da praia, subindo e descendo, oscilando para lá e para cá, como as luzes de uma frota pesqueira, mas devo ter imaginado tudo isso, pois não há barcos de pesca nessas águas. Estava com frio porque o meu casaco não era grosso o bastante para proteger o meu traseiro da fria umidade da areia onde tinha me sentado. No entanto, não foi o frio nem a umidade que me fizeram levantar dali; foi a determinação de chegar mais perto e descobrir que luzes seriam aquelas. Devo ter pensado em mergulhar no mar e ir nadando ao seu encontro. Seja como for, estava na beira da água quando perdi o equilíbrio e caí, batendo a cabeça numa pedra. Sei lá por quanto tempo fiquei ali estirado, meio desacordado, sem poder ou sem querer me mexer. Foi bom que a maré estivesse baixa. Não estava sentindo dor alguma, e nem estava irritado. Na verdade, parecia bem natural ficar deitado ali, no escuro, sob um céu tumultuoso, olhando a pálida fosforescência das ondas que se atiravam para frente só para voltar a se recolher logo depois, como um bando de camundongos curiosos, mas assustadiços, com o *Petit Caporal*, que parecia tão bêbado quanto eu, chocalhando ao rolar para um lado e para o outro nas pedrinhas da praia, e ouvindo o vento que soprava, acima de mim, circulando pelos canais e pelos vácuos invisíveis do ar.

Depois, devo ter pegado no sono, ou até mesmo desmaiado, pois não me lembro de o coronel ter me encontrado, embora ele insista em dizer que falei com ele de uma forma bem sensata, permiti que me ajudasse a me levantar e me trouxesse de volta aos Cedros. Acho que foi isso mesmo que aconteceu, quero dizer, eu devia estar consciente, até certo ponto, pois, sem dúvida alguma, ele não teria força suficiente para me levantar sozinho, e muito menos para me carregar lá da praia até a porta do meu quarto, nas costas, talvez, ou me arrastando pelos calcanhares. Mas como será que ele soube onde me encontrar? Parece que, na conversa que tivemos na escada — se bem que conversa não é bem a palavra ideal, já que, segundo o coronel, eu falei praticamente sozinho —, discorri longamente sobre o fato incontestável — fato e incontestável segundo as minhas próprias palavras — de que o afogamento é a mais suave das mortes. Quando, bem mais tarde, ele não me ouviu voltar, ficou com medo de que, no estado de embriaguez em que me encontrava, eu tivesse tentado dar cabo de mim mesmo e decidiu então sair para me procurar. Precisou vasculhar a praia por um bom tempo, e já estava a ponto de desistir da busca quando uma claridade, vinda da lua ou de uma estrela mais brilhante, bateu no meu vulto, estirado ali, de barriga para cima, naquele litoral pedregoso. Depois de muito caminhar em linha sinuosa, com inúmeras pausas para eu dissertar sobre os temas mais diversos, chegamos finalmente aos Cedros. Ele me ajudou a subir as escadas e me levou até o meu quarto. De tudo o que acaba de ser relatado relativamente a essa expedição cambaleante, não me lembro, como já mencionei, de absolutamente nada. Depois, o coronel me ouviu vomitar copiosamente — não no tapete, mas no quintal, pela janela, ainda bem — e, ao ouvir algo que parecia o baque surdo de uma queda, decidiu entrar no meu quarto para me encontrar, pela segunda vez na mesma noite, desabado, como diz o outro, aos pés da cama, desacordado e, a seu ver, precisando urgentemente de cuidados médicos.

Não sei a que horas acordei, mas devia ser bem cedo, pois o dia ainda não tinha clareado, e deparei com uma cena estranha e desconcertante que, a princípio, pensei que fosse uma alucinação. Ali estava o coronel, impecável como sempre, usando *tweed* e sarja — ele não tinha pregado o olho a noite toda —, com a testa franzida, andando para cá e para lá. E, o que era ainda mais implausível, ali estava ainda Miss Vavasour que, como vim a descobrir, também tinha ouvido, ou melhor, sentido nos próprios ossos da velha casa, o barulhão que eu fiz quando caí no chão depois de ter vomitado pela janela. Usava o seu penhoar japonês e tinha o cabelo preso com uma daquelas redinhas que eu nunca mais tinha visto desde que era criança. Estava sentada numa cadeira, a pouca distância de mim, perto da parede, meio de lado, na mesma pose da mãe pintada por Whistler, com as mãos no colo, o rosto meio inclinado, de tal forma que as suas órbitas pareciam dois poços de escuridão vazia. Uma lâmpada, que pensei até que fosse uma vela, estava acesa numa mesa à sua frente, lançando um tênue halo de luz sobre aquela cena que, em seu conjunto — uma claridade pálida, com uma mulher sentada e um homem andando de um lado para o outro —, bem poderia ser um estudo noturno feito por Géricault ou por De la Tour. Perplexo, e desistindo de tentar entender o que estaria acontecendo, ou como aqueles dois teriam vindo parar ali, adormeci novamente, ou desmaiei novamente.

Quando voltei a acordar, as cortinas estavam abertas e já era dia claro. "O quarto tinha um aspecto purificado, e, de certa forma, até envergonhado", pensei eu. Tudo ali dentro parecia mais pálido e difuso, como o rosto sem maquiagem de uma mulher pela manhã. Lá fora, um céu uniformemente branco, imóvel, como que amuado, não parecia estar a mais de um ou dois metros de distância do telhado da casa. Os acontecimentos da noite começaram a voltar, vagamente e meio sem jeito, à minha mente confusa. Ao meu redor, as roupas de cama estavam amarfanhadas e revoltas, como depois de uma farra, e havia um forte cheiro de vômito. Ergui uma das mãos e senti uma pontada de dor na cabeça quando os meus dedos tocaram o calombo carnoso em minha testa, no lugar que machuquei ao bater na pedra. Foi só então, com um sobressalto que fez a cama ranger, que me dei conta da presença do rapaz sentado na minha cadeira, inclinado para frente, com os braços apoiados na minha escrivaninha, lendo um livro aberto e pousado no forro de couro que protegia o tampo do móvel. Usava óculos de aro metálico, tinha uma testa alta, com entradas pronunciadas, e um cabelo ralo que não era de nenhuma cor especial. As suas roupas também eram indefinidas, embora eu tenha tido uma vaga impressão de veludo cotelê já bem usado. Quando ouviu que eu estava me mexendo, ergueu os olhos da página, sem pressa, virou a cabeça e olhou para mim. Tinha um ar tranqüilo; chegou até a sorrir, embora sem muito entusiasmo, ao me perguntar como estava me sentindo. Desnorteado — este é o termo, sem dúvida alguma —, lutei para me sentar na cama que parecia cambalear sob o meu corpo, como se o colchão estivesse cheio de um líquido espesso e viscoso, e lancei ao rapaz algo que pretendia ser um olhar imperiosamente inquisidor. Ele, porém, continuou a me fitar na maior calma, sem se abalar. O médico, segundo disse, de um jeito que parecia até que só existia um único médico no mundo, tinha passado para me ver, durante a minha ausência — *a minha ausência*, foram essas as suas palavras, e, por um instante, cheguei a me perguntar se teria voltado à praia, sem nem perceber — e declarado que eu parecia estar com uma concussão agravada por uma séria, embora temporária, intoxicação alcoólica. Parecia? Parecia?

— Vim com Claire — disse ele ainda. — Ela está dormindo um pouco.

Jerome! O namorado sem queixo! Agora o reconheço. O que será que fez para reconquistar a minha filha? Será que ele foi a única pessoa que lhe ocorreu chamar no meio da noite, quando o coronel ou Miss Vavasour, sabe-se lá qual dos dois, telefonou para lhe contar a última que seu pai tinha aprontado? "Se foi isso mesmo que aconteceu, a culpa é toda minha", pensei eu, embora não saiba muito bem por quê. Como me xinguei, deitado ali naquela cama de doges, de ressaca, ainda meio tonto, e, ao mesmo tempo, sem forças para pular em cima daquele sujeitinho presunçoso, agarrá-lo pelo cangote e atirá-lo porta afora pela segunda vez... Mas o pior ainda estava por vir. Depois, Jerome saiu para ver se Claire já estava acordada, e ela voltou com ele, com os olhos vermelhos e o rosto abatido, usando uma gabardina sobre a roupa de baixo. Assim que entrou no quarto, declarou, com um jeito de quem dispara uma arma rapidamente, para poder, no mínimo, desviá-la, que os dois estavam comprometidos. Por um instante, naquele meu atordoamento, não entendi direito o que ela estava querendo dizer — comprometidos com quem? com o quê? —; e este instante foi o bastante para me derrotar. Não consegui voltar a tocar no assunto, e cada momento que se passava consolidava ainda mais a sua vitória sobre mim. É assim que, num piscar de olhos, ganhamos e perdemos as coisas. Leiam De Maistre, acerca das operações militares.

E Claire nem ao menos parou por aí. Animada com o triunfo inicial, e se aproveitando de minha incapacidade temporária, logo decretou, com uma mão expressivamente apoiada na cintura, que eu tinha de fazer as malas, deixar Os Cedros imediatamente e concordar que ela me levasse para casa — para casa, foi o que disse! —, onde cuidaria de mim. Tais cuidados, pelo que pude compreender, incluíam a proibição de qualquer estimulante alcoólico, ou de soporíferos, até que o doutor, sempre ele, me declarasse pronto para uma coisa ou outra, para a vida, suponho. O que posso fazer? Como posso resistir? Acrescentou ainda que já era hora de eu retomar o trabalho. — Ele está terminando — prosseguiu, dirigindo-se ao amado, não sem um brilho de orgulho filial na voz — um livro importantíssimo sobre Bonnard. — Não tive ânimo para lhe dizer que o meu livro importantíssimo sobre Bonnard — puxa, parece até atração de parque de diversões — não passava da metade de um suposto primeiro capítulo, e de um bloco recheado de trechos alheios e de observações mal digeridas. Bom, mas isso não tem importância. Há outras coisas que posso fazer. Ir para Paris e pintar, por exemplo. Ou me recolher a um mosteiro, passar os meus dias em serena contemplação do infinito, ou escrever um grande tratado, uma vulgata sobre os mortos. Já posso até me ver na minha cela, de barba comprida, com uma pena na mão, um gorro e um leão bem manso aos meus pés; pela janela ao meu lado, avistam-se minúsculos camponeses, ao longe, empilhando feno, e, pairando sobre minha cabeça, a pomba refulgente. Ah, a vida é sem dúvida prenhe de possibilidades...

Suponho que tampouco vão permitir que eu venda a casa.

Miss Vavasour diz que vai sentir a minha falta, mas acha que esta é *a decisão acertada*. Não fui eu que decidi deixar

Os Cedros, retruquei, estou sendo obrigado a ir embora. Ela sorri ao me ouvir dizer isso. — Oh, Max! — exclama. — Não acredito que um homem como você possa ser obrigado a fazer o que quer que seja. — Aquela frase me fez hesitar, não pelo tributo que prestava à minha determinação, mas pelo fato, que registrei com um leve choque, de ser a primeira vez que ela me chamava pelo nome. Mesmo assim, não creio que isso signifique que posso chamá-la de Rose. Uma certa distância formal é necessária à boa manutenção daquela relação delicada que se estabeleceu ou se restabeleceu entre nós durante as últimas semanas. Aquele pequeno indício de intimidade fez, porém, com que as velhas perguntas caladas voltassem à tona. Queria lhe perguntar se ela se sentia culpada pela morte de Chloe — estou persuadido, sem nenhum fundamento, devo dizer, que foi Chloe quem se afogou primeiro, e Myles a seguiu, tentando salvá-la —, e se estava convencida de que o afogamento de ambos, juntos, fora apenas um acidente, ou teria sido algo mais. Ela decerto me diria, se eu perguntasse. Não é do tipo reticente. Falou efetivamente um pouco sobre os Grace — É claro que a vida daqueles dois foi destruída — e disse que ambos também morreram, não muito tempo depois de terem perdido os gêmeos. Carlo foi o primeiro, vitimado por um aneurisma; mais tarde, Connie morreu num acidente de carro. Perguntei que acidente tinha sido esse, e ela me olhou bem nos olhos: — Connie não era o tipo de pessoa que se mataria — comentou, retorcendo levemente a boca.

Após o incidente, os Grace foram muito bons para ela, disse; nunca lhe fizeram qualquer censura ou sequer insinuaram uma acusação de que tivesse traído a sua confiança. Conseguiram que ficasse ali, nos Cedros, convencendo a família de Cocky, sua conhecida, a contratá-la para tomar conta da casa. — E ainda estou aqui — acrescentou ela, com um sorrisinho meio sinistro —, depois de tantos anos.

O coronel está inquieto lá em cima, fazendo uns ruídos discretos, mas bem perceptíveis. Está feliz porque vou embora, sei disso. Agradeci pela ajuda que me deu ontem à noite. — Provavelmente, o senhor salvou a minha vida — disse eu, percebendo de repente que era decerto verdade. — Ora bolas! Não fiz mais do que a minha obrigação... — respondeu ele, bufando, pigarreando e apertando ligeiramente o meu braço com a mão. Chegou até a me dar um presente de despedida, uma caneta-tinteiro, uma Swan, tão velha quanto ele, creio eu, ainda no estojo, cercada de papel de seda amarelado. É com ela que estou escrevendo estas palavras: uma caneta macia, que funciona bem, só fazendo um ou outro borrão eventual. Onde será que o coronel a conseguiu? Fiquei sem saber o que dizer. — Não precisa dizer nada — retrucou ele. — Isso nunca teve qualquer serventia para mim, mas deve ter para o senhor, para os seus trabalhos etc. — Saiu, então, apressado, esfregando aquelas mãos brancas e secas. Percebi que, apesar de não ser fim de semana, ele estava usando o tal colete amarelo. Afinal, nunca saberei se ele é realmente um velho militar ou um impostor. Esta é mais uma pergunta que não tenho coragem de fazer a Miss Vavasour.

— É dela que tenho saudade — disse Miss V. — De Connie, de Mrs. Grace. — Suponho que tenha feito um ar de espanto, pois ela me lançou outro daqueles olhares compadecidos. — Nunca tive nada a ver com ele — acrescentou. — Você não pensava que fosse isso, não é? — Lembrei vê-la parada sob as árvores, aos prantos, a cabeça pendendo entre os ombros encolhidos e o lenço amarfanhado em suas mãos. — Não

— disse ela —, ele não, nunca. — E lembrei também o dia do piquenique, ela sentada na grama às minhas costas, olhando o mesmo ponto para onde se dirigiam os meus olhos ávidos, e vendo algo que não era absolutamente destinado a mim.

ANNA MORREU ANTES DO AMANHECER. Para dizer a verdade, eu não estava lá, tinha ido para as escadas da clínica, respirar profundamente o ar escuro e lustroso da manhã. E naquele momento, tão calmo e tão desolado, me lembrei de um outro momento, acontecido anos atrás, no mar daquele verão em Mininagh. Tinha ido nadar sozinho, não sei por que Chloe e Myles não estavam ali, nem sei onde estariam; talvez tivessem ido a algum lugar com os pais, o que teria sido um dos últimos passeios que fizeram juntos, talvez o último mesmo. O céu estava todo nublado e não havia um vento sequer para agitar a superfície do mar em cujas margens as ondas miúdas se quebravam numa linha um tanto apática, fazendo sempre o mesmo movimento, como uma bainha incessantemente dobrada por uma costureira sonolenta. Havia pouca gente na praia, e, mesmo assim, bem longe de mim. E algo, naquele ar denso e estático, fazia com que o som das suas vozes parecesse vir de uma distância ainda maior. Eu estava parado, com aquela água absolutamente transparente batendo no meu peito. Podia ver a areia estriada do fundo do mar, conchinhas minúsculas, pedaços de uma pata de caranguejo quebrada, e os meus próprios pés, descorados e estranhos, parecendo espécimens em exposição numa vitrine de vidro. De repente, não, não foi de repente, mas como numa espécie de intenso deslocamento das águas, o mar inteiro se ergueu. Não foi uma onda, mas um movimento suave que parecia vir das profundezas, como se alguma coisa bem grande tivesse se mexido lá embaixo. Fui erguido do chão por um instante e arrastado até a praia. E, então, lá estava eu, de pé como antes, como se nada tivesse acontecido. E efetivamente nada aconteceu, nada de importante, só mais um daqueles enormes dar de ombros do mundo indiferente.

Uma enfermeira veio procurar por mim. Me virei para acompanhá-la, e foi como se estivesse entrando no mar.

Editora responsável
Izabel Aleixo

Produção editorial
Daniele Cajueiro

Revisão de tradução
Janaína Senna

Revisão
Eduardo Carneiro

Diagramação
Abreu's System

Este livro foi impresso em Guarulhos, em maio de 2007,
pela Lis Gráfica e Editora, para a Editora Nova Fronteira.
A fonte usada no miolo é Minion, corpo 11,5/15,5.
O papel do miolo é pólen soft 70g/m²,
e o da capa é cartão 250g/m².

Visite nosso site: www.novafronteira.com.br